Zu diesem Buch

«Schau mal, da rechts ...»

Ein Wagen war frontal gegen einen Baum am Straßenrand geprallt.

Er stieg aus. Der Kopf des Fahrers lag unterhalb der Kopfstütze an der Rückenlehne, die rechte Hand auf dem Beifahrersitz, die andere Hand hing schlaff, mit der Handfläche nach unten, aus dem zersplitterten Seitenfenster. Gorfinkle sah, daß er atmete.

Rabbi David Small lebt seit fünfundzwanzig Jahren in Barnard's Crossing, und so kennt er Gott und die Welt, zumindest aber die jüdischen Mitglieder der Gemeinde. Der verunglückte Autofahrer gehört zwar nicht seiner Glaubensrichtung an, aber auch ein Katholik hat das Recht, wenn schon nicht rechtzeitig gerettet, so doch die Polizei auf Trab zu bringen, solange die Todesursache nicht restlos geklärt ist.

Und klären, so findet Captain Lanigan, Polizeichef in Barnard's Crossing und langjähriger Freund des Rabbi, das kann David Small. Manchmal ist es dem Captain aber auch schon fast zuviel, wenn der Rabbi seine Theorien und Möglichkeiten ausbreitet.

Fest steht, daß das Opfer, der Anglistikprofessor Victor Joyce, stark getrunken hatte, daß seine Armbanduhr auf mysteriöse Weise abhanden gekommen ist, und fest steht vor allem, daß er einige Neider und Feinde hatte, die keineswegs unglücklich über den plötzlichen Tod sind. Selbst die junge Witwe, eine sehr fromme, junge Frau, sieht den Fragen von Lanigan gefaßt ins Auge.

Und wenn es die letzte «Amtshandlung» des Rabbi sein sollte – denn Rabbi Small trägt sich mit dem Gedanken der Kündigung –, ungelöst läßt Rabbi Small dieses Rätsel des toten Professors nicht.

Harry Kemelman

Ein neuer Job für den Rabbi

Deutsch von
Ute Tanner

rororo
Rowohlt

rororo thriller
american crime scene
herausgegeben von Bernd Jost

28.–32. Tausend August 1996

Deutsche Erstausgabe
Veröffentlicht im Rowohlt Taschenbuch Verlag GmbH,
Reinbek bei Hamburg, April 1994

Die Originalausgabe erschien bei Fawcett Columbine/
Ballantine Books, New York 1992, unter dem Titel
«The Day The Rabbi Resigned»

Redaktion Jutta Schwarz
Umschlaggestaltung: Walter Hellmann
Foto: ZEFA-Black Star
Satz Iridium (Linotronic 500)
Gesamtherstellung Clausen & Bosse, Leck
Printed in Germany
1290-ISBN 3 499 43120 3

Harry Kemelman, geboren 1908 in Boston, hat sich von Kindheit an mit dem Talmud beschäftigt. Sein Vater, ein Diamantenhändler und talmudischer Gelehrter, sah es nicht gern, daß Harry Kemelman Lehrer wurde. («Man darf mit seinem Wissen kein Geld verdienen.») Aber Kemelman war auch in der Wirtschaft und in der Behörde tätig. 1947 veröffentlichte er seine erste Kriminalgeschichte mit dem Serienhelden Nicky Welt. 1964 erschien der erste Kriminalroman mit Rabbi David Small, der erfolgreichste Rabbi-Detektiv in der amerikanischen Krimiszene. Seit seiner Pensionierung lebt das Ehepaar Kemelman (drei erwachsene Kinder) im Sommer in Marblehead bei Boston und im Winter in Israel.

Harry Kemelman erhielt für den ersten Rabbi-Small-Kriminalroman Am Freitag schlief der Rabbi lang (Nr. 2090) den Edgar Allan Poe Award. In der thriller-Reihe liegen außerdem vor: Am Samstag aß der Rabbi nichts (Nr. 2125), Am Sonntag blieb der Rabbi weg (Nr. 2291), Am Montag flog der Rabbi ab (Nr. 2304), Am Dienstag sah der Rabbi rot (Nr. 2346), Am Mittwoch wird der Rabbi naß (Nr. 2430), Der Rabbi schoß am Donnerstag (Nr. 2500) und Eines Tages geht der Rabbi (Nr. 2720) sowie die Detektivstories Quiz mit Kemelman (Nr. 2172)

Die Frommen und die nicht so Frommen
– Die Gemeinde von Barnard's Crossing –

Rabbi David Small	möchte aussteigen – und steigt in einen Fall ein.
Miriam Small	glättet die Wogen und backt Kekse.
Cyrus Merton	ist fromm und erfolgreich.
Agnes Burke	hält die Fäden und den Haushalt in der Hand.
Margaret Merton	hätte ihrer Berufung folgen sollen.
Prof. Victor Joyce	liebt Frauen, Whisky und seine Karriere
Prof. Mordecai Jacobs	wünscht sich eine Frau und eine Festanstellung.
Prof. Alice Saxon	hat alles, was sie sich wünscht.
Clara Lerner	hat die Nase voll vom Studium.
Donald Macomber	will die Universität erneuern.
Dr. Abner Gorfinkle	weiß auch als Augenarzt, wie man den Puls fühlt.
Miriam ‹Mimi› Gorfinkle	haßt es, ‹Mimi› genannt zu werden.
Charlie Aherne	findet manchen Professor ungerecht.
Al Bergson	ist immer sehr überzeugend.
Chief Captain Lanigan	hat Mühe mit Dieben und Mitarbeitern.

Luigi Tomasello	bespricht als DA viele Sachen mit Lanigan.
Detective Sergeant Dunstable	hat die Allüren eines TV-Helden.
Malcolm Dorfbetter	hat keine Ahnung, was er gestohlen hat.

Für Stephen R. Volk:
Willkommen in der Familie!

1

Der Abend bei den Bergsons war durchaus angenehm, zeitweise sogar heiter verlaufen. Dennoch spürte Rabbi David Small, als er, beide Hände fest ums Lenkrad gelegt, den kurzen Weg nach Hause fuhr, daß sein Frau Miriam sich über ihn ärgerte. Dabei stimmte ihn nicht so sehr ihr Schweigen bedenklich – sie vermied es stets, ihn beim Fahren durch nichtssagendes Geschwätz abzulenken –, sondern das vorgeschobene Kinn und die aufrechte Haltung, bei der ihr Rücken kaum die Sitzlehne berührte. Wie immer ließ er sie vor der Haustür aussteigen und fuhr den Wagen in die Garage. Normalerweise wartete sie dann auf ihn, sie gingen gemeinsam die Stufen hoch, er schloß die Tür auf und ließ sie vorangehen. Heute aber benutzte sie, als er sie vor der Tür absetzte, ihren eigenen Schlüssel und betrat das Haus.

«Ist was?» fragte er, als er wenige Minuten später nachkam. Durch den runden Gelehrtenrücken und die Neigung, den Kopf vorzuschieben, während er durch die Nickelbrille mit den dicken Gläsern kurzsichtig in die Gegend sah, wirkte er kleiner, als er war.

Miriam war rank und schlank wie ein junges Mädchen, und auch das herzförmige Gesicht wirkte jugendlich, aber die Fältchen in den Augenwinkeln und das feste, entschlossene Kinn verrieten die reife Frau. Das blonde Haar, bei dem jetzt hin und wieder der Friseur mit einer Färbung oder «Tönung» nachhalf, wie sie zu sagen pflegte, war in genialischer Unordnung hochgesteckt, als ginge es ihr nur darum, es aus dem Weg zu haben. Stocksteif stand sie da und sah ihn vorwurfsvoll an.

«Du warst heute abend nicht sehr gesellig», sagte sie frostig. «Du warst sogar ausgesprochen aggressiv.»

«Nur im Gespräch mit diesem Trottel Ben Clayman und seinem Freund Myron Levitt von General Electric, der vor ein oder zwei Jahren aus Rochester gekommen ist.»

«Und warum? Was hat Ben Clayman dir denn getan?»

«Er hat mich gefragt, ob ich Morris Fisher im Krankenhaus besucht hätte. Ich wäre noch nicht dazu gekommen, habe ich gesagt, und als er ein mißbilligendes Gesicht zog, habe ich ihn gefragt, ob er denn schon dagewesen sei. Nein, räumte er ein und fügte hinzu: «Aber ich bin ja auch nicht sein Rabbi! Und weil mich das wirklich gefuchst hat, habe ich ihm auseinandergesetzt, daß es allen Juden aufgegeben ist, ihre Kranken zu besuchen, und daß das nicht nur zu den Pflichten des Rabbis gehört.»

«Du hast ihn abgekanzelt.»

Der Rabbi lächelte. «So könnte man sagen...»

«Ich hab's gehört», bestätigte sie. «Noch vom anderen Ende des Zimmers her.»

«Möglich, daß ich ein bißchen laut geworden bin. Inzwischen waren noch ein paar Gäste dazugekommen, und Arnold Robbins krähte immer wieder: ‹Aber Sie sind unser geistiger Führer.› Das war mir denn doch zuviel. Wenn es ihnen um einen geistigen Führer ginge, sagte ich, sollten sie sich statt eines Rabbis vielleicht lieber einen evangelischen Pfarrer oder einen katholischen Priester suchen.»

«Nein!» sagte sie entrüstet, mußte aber unwillkürlich ein bißchen lachen.

«Doch!» bekräftigte er zufrieden. «Und dann hat dieser Levitt gesagt, der Rabbi in Rochester, der ihn getraut habe, sei ein wahrer Heiliger, und bestimmt sei nur deshalb seine Ehe so glücklich geworden. Wie soll man auf so viel Dummheit reagieren? Ja, sagte ich, sicherlich sei das der Grund für die niedrige Scheidungsrate in der Jüdischen Gemeinde von Rochester.»

«David, wie konntest du nur!»

«Ich glaube, er hat gar nicht gemerkt, daß das ironisch gemeint war. Als ich Clayman fragte, ob er sich über seine Ehe zu beklagen habe – du weißt ja, daß ich ihn getraut habe –, sagte jemand, daß Ben es nie wagen würde, das zuzugeben, und damit war das Thema erledigt.»

«Ben Clayman ist einer deiner treuesten Mitstreiter. Daß du ausgerechnet ihn gegen dich aufbringen mußtest...»

«Ich hab ihn nicht gegen mich aufgebracht, ich hab ihn nur ein bißchen hochgenommen.»

«Aber Arnold Robbins hast du vor den Kopf gestoßen. Neuerdings bist du deinen Gemeindemitgliedern gegenüber sowieso ziemlich unduldsam, finde ich.»

Er lächelte. «Hast du Angst, sie könnten mir den Stuhl vor die Tür setzen?»

«Natürlich nicht, aber –»

«Du weißt doch so gut wie ich, daß der Vorstand schon zehn-, zwölfmal versucht hat, mich loszuwerden. Schon seit meinem ersten Jahr hier. Ich habe immer um meine Stellung kämpfen müssen und dabei stets den Standpunkt vertreten, daß die Gemeinde mich haben wollte und nur der Vorstand gegen mich war. Vielleicht waren das aber auch nur vorgeschobene Vernunftgründe für meine Dickköpfigkeit.»

«Das war damals. Inzwischen steht der Vorstand hundertprozentig hinter dir. Du hast ihn für dich gewonnen. Jetzt mögen sie dich, und das nutzt du schamlos aus.»

Er schüttelte den Kopf. «Nein, Miriam. Es ist einfach so, daß ich älter geworden bin, während der Vorstand immer jünger wird.»

«Wie meinst du das?»

«Als ich herkam, war ich noch keine dreißig, und die Vorstandsmitglieder waren in den Vierzigern und Fünfzigern, zwei sogar in den Sechzigern. Wenn ich in einer Frage anderer Meinung war als sie, hielten sie mich für einen vorlauten jungen Spund, sozusagen ein Kid. Inzwischen bin ich mit dreiundfünfzig älter als die meisten Leute in unserem Vorstand. Die Älteren sind gestorben oder weggezogen, nach Florida oder sonstwo. Die meisten Vorstandsmitglieder habe ich – soweit die Frauen von hier sind – selbst getraut, einige, Ben Clayman zum Beispiel, sogar auf die Bar Mizwa vorbereitet. Inzwischen bin ich der Senior, und die anderen, sogar die in meinem Alter, sind der Nachwuchs. Wenn ich mich barsch und unnachgiebig gebe, habe ich den Verdacht, daß sie geradezu stolz auf diesen reizbaren Brummbären sind, der unerbittlich auf seinen Prinzipien herumreitet.» Er lächelte. «Und wenn du meinst, ich hätte Ben Clayman gegen mich aufgebracht, kann ich dich beruhigen. Ich habe zufällig mitbekommen, wie er seinem Kumpel von General Electric auseinandersetzte, ich hätte mich gegen die geistige Führerschaft nur deshalb verwahrt, weil ich ein so feiner, bescheidener Mensch bin.»

«Ist es denn so schlimm, wenn sie in dir ihren geistigen Führer sehen?»

«Na hör mal!» sagte er ganz empört. «Das fällt nun wirklich nicht in unser Fach. Wir erheben keinen Anspruch darauf, einen besonders guten Draht zum Allmächtigen zu haben. Ein Rabbi kann sich – anders als ein protestantischer Pfarrer oder ein katholischer Priester – nicht mit einer göttlichen Berufung schmücken. Ich zum Beispiel bin von Jake Wasserman, dem damaligen Vorsitzenden des Ritualkomitees, auf diesen Posten berufen worden. Für das Rabbinat habe ich studiert, wie andere Jura oder Medizin studieren, und mich dafür entschieden, Rabbiner zu werden, weil mich von jeher der Talmud fasziniert hat. Meine Aufgabe als Rabbi ist es, über mir vorgetragene Streitigkeiten zu entscheiden, beratend in Fragen unserer Tradition tätig zu werden, unsere Traditionen zu lehren und die Gemeinde darin anzuweisen. Man könnte sagen, daß ich so eine Art Schriftgelehrter bin, den sich die Jüdische Gemeinde leistet. Ich segne weder Menschen noch Gegenstände und spiele keine herausragende Rolle bei unseren Gottesdiensten. Was man sich konkret unter geistiger Führerschaft vorzustellen hat, weiß ich nicht, aber der Begriff läßt irgendwie an übermenschliche Kräfte denken, und ich habe den Verdacht, daß bei dem Versuch, Übermenschliches zu leisten, leicht die Menschlichkeit zu kurz kommt.» Er lachte ein bißchen. «Unter Umständen schlagen gerade Pfarrerskinder so oft über die Stränge, weil sie die Enttäuschung nicht verkraften können, daß ihre Väter ganz normale Männer sind – Männer, die sich ärgern, wenn der Toast anbrennt, und wütend werden, wenn ihre Frau beim Zurückstoßen aus der Garage den Kotflügel verbeult – und eben nicht jene weltfremden, vergeistigten Wesen, als die sie der Gemeinde sonntags auf der Kanzel gegenübertreten.»

«Schön, ein geistiger Führer bist du also nicht. Aber du predigst.»

«Ja, weil die Gemeinde es erwartet. Vielleicht mache ich es, um etwas Abwechslung in unsere langen Gottesdienste zu bringen.» Er lächelte. «Vielleicht aber auch, um ihnen zu zeigen, daß ich das Geld wert bin, das sie mir zahlen. Früher war der Rabbi laut Arbeitsvertrag nur zu zwei öffentlichen Auftritten im Jahr verpflichtet, und da erwartete man keine Predigten, keine Erbauungsreden von ihm, sondern eher so was wie wissenschaftliche Vorträge.»

«Du berätst die Gemeinde.»

«Nur weil ich gerade greifbar bin. Die Leute kommen in mein Arbeitszimmer in der Synagoge, weil ich mich tagsüber gewöhnlich dort aufhalte, erzählen mir, was sie bedrückt, und ich höre zu. Für manch einen ist es schon eine Erleichterung, wenn er sich mal aussprechen kann. Anderen erteile ich Ratschläge, die mir schlicht und einfach der gesunde Menschenverstand eingibt, und vielleicht hilft ihnen das ein bißchen. Und ich weiß, an welche sozialen Einrichtungen sie sich wenden können, wenn es etwa um die Pflege eines älteren Angehörigen geht oder dergleichen. Aber ich habe keine Spezialausbildung auf diesem Gebiet.»

«Weißt du was, David? Ich glaube, du brauchst Urlaub.»

«Nur ist das, was man bei so einem Urlaub hinter sich läßt, danach nicht anders geworden.»

«Ja, aber vielleicht bist *du* danach anders geworden. Tätest du dich in einer anderen Gemeinde leichter?»

Er hob die Schultern. «Schwer zu sagen. Als ich herkam, hatte sich diese Gemeinde gerade erst etabliert. Vielleicht wäre es in einer älteren Großstadtgemeinde, in der sich die Mitglieder in ihrer Religion besser auskennen, ein bißchen anders. Vielleicht hatte ich aber auch hier nur einen ungünstigen Start, so daß die Gemeinde Skepsis und Argwohn ihrem Rabbi gegenüber nie ganz losgeworden ist.» Er sah Miriam mit schiefgelegtem Kopf nachdenklich an. «Bei Licht besehen war mein schönstes Jahr hier das, in dem ich das Judaistik-Seminar in Windermere gehalten habe. Wäre ich nicht der Rabbi von Barnard's Crossing gewesen, hätte man mir diese Chance nicht gegeben.»

«Wärst du lieber Hochschullehrer geworden als Rabbi? Wärst du lieber an einer Hochschule tätig als in einer Gemeinde?»

«Als Rabbi bin ich ja im Wortsinn Lehrer. Nur habe ich leider den Eindruck, daß die Klasse, die man mir zugeteilt hat, diese Schar junger, erfolgreicher Freiberufler und Manager in der Jüdischen Gemeinde von Barnard's Crossing, nicht viel von meiner Lehrtätigkeit profitiert. Bei den Studenten kam ich besser an, und das hat mich natürlich sehr viel mehr befriedigt.»

«Hör mal, David», sagte sie vorwurfsvoll, «dieser Gedanke ist dir doch bestimmt nicht erst heute wegen Ben Claymans Bemerkung gekommen.»

«Nein», räumte er ein. «Er beschäftigt mich schon einige Zeit.»

«Wie lange?»

«Seit meinem Geburtstag.»

«Und warum gerade seit diesem Zeitpunkt?»

«Ich bin dreiundfünfzig geworden. In ein paar Jahren bin ich zu alt, um beruflich noch umzusatteln. Vielleicht bin ich sogar jetzt schon zu alt, aber ich würde es trotzdem gern versuchen.»

«Und hast du schon etwas in dieser Richtung unternommen?»

«Ich habe an meinen Vetter Simcha geschrieben.»

«Simcha den Apicorus? Weil er als Atheist bestimmt damit einverstanden wäre, wenn du das Rabbinat an den Nagel hängst?»

«Nein, sondern weil er seit über vierzig Jahren Hochschullehrer in Chicago ist und mir deshalb vielleicht behilflich sein könnte. Und ein Apicorus oder Apikayress ist nicht unbedingt ein Atheist. Wir benutzen den Begriff ziemlich locker für jeden, der sich nicht genau an unsere Vorschriften hält.» Er sah sie prüfend an. «Es scheint dich nicht besonders hart zu treffen, daß ich meinen Beruf aufgeben möchte...»

«Stimmt genau», sagte sie fast ein bißchen patzig. «Glaubst du denn, es ist ein Kinderspiel, die Frau des Rabbis zu sein?»

«Warum? Ach so, weil du dich verpflichtet fühlst, zu den Sitzungen des Frauenvereins und der Hadassah zu gehen.»

«Das macht mir nichts aus, da würde ich wahrscheinlich auch hingehen, wenn ich nicht die Rebbitzin wäre. Nein, wirklich hart ist dieses ständige Nett-sein-Müssen. Wir sind mit den Bergsons gut befreundet, aber ich würde doch nie zu Rachel sagen, daß sich meiner Meinung nach Janice Slobodkin zu stark schminkt. Oder daß Nancy Bersin ihre Kinder nach Strich und Faden verwöhnt. Oder daß ich die andere Nancy, Nancy Goldstein, für eine miserable Hausfrau halte...»

«Weil du Angst hast, Rachel Bergson könnte es weitertragen?»

«Nein, nicht so direkt, aber sie könnte es mal im Gespräch mit ihrer Freundin Debbie Cohen erwähnen, und Debbie Cohen ist mit beiden Nancys befreundet, so daß sie es womöglich auf diesem Wege erfahren würden.»

«Ich habe keine Hemmungen, Al Bergson zu sagen, was ich von unseren Gemeindemitgliedern halte.»

«Nein, wahrhaftig nicht. Seit wir hier sind, hast du immer mit der einen oder anderen Fraktion im Streit gelegen. Manchmal hattest du den ganzen Vorstand gegen dich. Und Männer reden ja auch nicht um des Redens willen.»

«Wie meinst du das?»

«Männer rufen sich gegenseitig nur an, wenn sie einen ganz bestimmten Anlaß haben. Frauen telefonieren stundenlang miteinander, auch wenn sie eigentlich gar nichts zu sagen haben. Anrufe ersetzen fast einen Besuch, sind eine bestimmte Spielart der Kontaktpflege. Und dabei wird von vielem gesprochen, was man eigentlich gar nicht rauslassen wollte. Unentwegt muß ich lächeln und freundlich sein, und das strengt an. Janice Slobodkin nennt mich ‹Mimi›. Ich finde das gräßlich, aber wenn ich sie bäte, Miriam zu sagen, würde sie denken, daß ich arrogant bin oder sie auf Distanz halten will. Ich bin sehr dafür, daß wir fortgehen von hier, David. Such dir was an einem College oder in einem Verlag –»

«Mit dreiundfünfzig ist es nicht so einfach, auf ein ganz anderes Gebiet umzusteigen. Bis ich eine neue Stellung habe, kann ich diese hier nicht aufgeben.»

«Und warum nicht, David? Wir sind nur noch zu zweit. Jonathon geht Ende des Jahres in diese große Anwaltsfirma, und Hepsibah heiratet im September.»

«Was uns eine schöne Stange Geld kosten wird.»

«Dafür haben wir gespart.»

«Haben wir?»

«Habe ich gespart...»

«Trotzdem müssen wir schließlich von irgendwas leben. Wenn ich nun nichts finde? Sollen wir uns von unseren Kindern ernähren lassen?»

«Nein, natürlich nicht. Aber wir kommen schon durch. In zwei, drei Wochen, im Juni, sind wir fünfundzwanzig Jahre hier, dann hast du Anrecht auf eine Pension, das heißt auf drei Viertel deines jetzigen Einkommens. Fünfundsiebzig Prozent deines jetzigen Gehalts, David, nur für uns beide – das reicht allemal, auch wenn du nicht gleich etwas findest. Wir können Reisen machen. Wir können nach Israel fliegen, ohne daß wir unbedingt zu den Hohen Feiertagen oder zu einer Trauung wieder hier sein müssen.»

Lächelnd schüttelte er den Kopf.

«Nein, einen Job brauche ich auf jeden Fall.»

«Warum eigentlich?»

«Weil ich mich beschäftigen muß. Weil ich eine Aufgabe brauche, um meinem Leben Inhalt zu geben. Bei einer Frau ist das etwas anderes, sie hat immer zu tun, muß sich um das Essen kümmern, den Haushalt besorgen. Ein Mann ohne Beschäftigung verkommt. Du weißt ja, wie es mit Männern geht, die pensioniert werden: Ständig sitzen sie ihren Frauen auf der Pelle, begleiten sie in die Geschäfte, tragen ihnen die Einkaufstaschen. Wohin man zum Mittagessen geht oder was es zum Abendessen geben soll – das wird für sie zur großen Entscheidung des Tages. Nein, besten Dank, ich gebe diesen Job erst auf, wenn ich einen neuen habe.»

Später, als sie sich für die Nacht fertig machten, fragte sie: «Warum hast du Morris Fisher eigentlich nicht besucht, David? Warst du nicht ohnehin im Krankenhaus? Und besuchst du dort nicht immer alle Gemeindemitglieder?»

«Und auch alle anderen Juden, die gerade dort liegen», ergänzte er. «Ich war tatsächlich am Dienstag wie gewohnt im Salem Hospital und habe nach ihm gefragt, aber er war nicht in seinem Zimmer, von der Schwester habe ich erfahren, er sei zum Röntgen. Wenn er am nächsten Dienstag noch da ist, versuche ich es wieder. Er seufzte. «Sonst muß ich ihn eben mal zu Hause besuchen.»

«Sehr begeistert klingt das nicht gerade. Magst du ihn nicht?»

«Er ist ein so trübsinniger Mensch, ständig läuft er mit dieser Trauermiene herum.»

«Ja, weil er seine Frau verloren hat.»

«Aber das war vor fünf oder sechs Jahren, damals wohnte er noch gar nicht in Barnard's Crossing. Von Leuten, die ihn näher kennen, hab ich gehört, daß er schon immer so war.»

«Vielleicht muntert dein Besuch ihn auf.»

«Ich kann ihn ja mit einer Feder an den Fußsohlen kitzeln...»

«Du bist wirklich unmöglich. Jetzt komm ins Bett.»

2

Wenn Mark Levine, ein kleiner Dicker, dessen Haare sich stark auf dem Rückzug befanden, von Dallas nach Boston kam, versäumte er nie, seinen alten Freund Donald Macomber aufzusuchen. Sie waren Jahrgangskollegen im College gewesen und hatten im letzten Studienjahr zusammen gewohnt. Nach dem College war Levine zu einer Versicherungsgesellschaft nach Dallas gegangen, hatte sich ein, zwei Jahre später selbständig gemacht, klug investiert oder, wie er zu sagen pflegte, enormen Massel gehabt, und war jetzt ein reicher Mann.

Donald Macomber, groß und schlank, mit durchdringenden blauen Augen und silbergrauem Haar, hatte in Geschichte promoviert, war als Hochschullehrer an eine gute Universität gegangen, hatte dort auch als Dekan sein Verwaltungstalent unter Beweis gestellt und schließlich den Posten des Präsidenten am Windermere Christian College in Boston übernommen. Mark Levine hatte ihm, als er von der Berufung hörte, nur halb im Scherz geschrieben: «Es war nur eine Frage der Zeit. Wer so aussieht wie du, muß früher oder später Universitätspräsident werden.»

Sie waren brieflich und telefonisch immer in Kontakt geblieben, und wenn Mark geschäftlich in Boston zu tun hatte, hielt er sich regelmäßig einen Abend frei, um mit seinem alten Freund zu essen.

An einem dieser Abende hatte Macomber gefragt: «Hättest du nicht Lust, in unseren Aufsichtsrat zu kommen, Mark?»

«Ich? In den Aufsichtsrat des Windermere Christian College? Du machst wohl Witze? Welche Konfession ist es denn?»

«Das ist ein durchaus ernstgemeinter Vorschlag. Übrigens ist das College religiös nicht gebunden.»

«Und was war es früher?»

«Es hat nie eine bestimmte Richtung vertreten. Angefangen hat es Mitte des letzten Jahrhunderts als Bildungsanstalt für junge Damen. Du weißt ja, wie das damals war, nach der Oberschule wurden die Mädchen ein, zwei Jahre in diesen Instituten untergebracht, bis sie einen Mann gefunden hatten. Arbeiten konnten sie nicht, denn damals kam für eine junge Frau aus gutem Hause allenfalls eine Stellung als Lehrerin in Frage. Die reichen Mädchen schickte man in Pensionate auf dem Land, wo sie Tennis spielen und reiten konnten und all das lernten, was vornehme Dämchen so wissen mußten. Windermere war eher für den Mittelstand gedacht und hat sich bewußt in der Stadt etabliert, so daß die Mädchen zu Hause wohnen konnten. Damals nannte es sich das Windermere Ladies' Christian Seminary, nicht weil dort ein besonders frommer Ton herrschte, sondern um den Eindruck zu vermitteln, daß es in diesem Institut sehr streng und moralisch zuging und man den jungen Dingern nichts durchgehen lassen würde.

Um die Jahrhundertwende änderten sie den Namen in Windermere Christian College for Women. Pensionate waren inzwischen ziemlich aus der Mode gekommen, und das Institut wurde zu einem geisteswissenschaftlichen College mit vier Jahrgangsstufen umstrukturiert. Damals öffneten sich allmählich neben dem Lehrberuf den Frauen auch noch andere Möglichkeiten der beruflichen Betätigung.»

«Vielleicht waren auch zwei Jahre nicht genug, um sich einen Ehemann zu angeln», vermutete Levine.

Macomber lachte in sich hinein. «Da mag was dran sein. Jedenfalls behielten sie das christliche Element zumindest im Namen noch bei, was vielleicht sogar seine Berechtigung hatte, denn in den Mädchencolleges mit vier Jahrgangsstufen ging es lange nicht mehr so streng zu wie in den früheren Instituten mit zweijähriger Ausbildung. Ich glaube allerdings nicht, daß die Leute darin ein Anzeichen für eine religiöse

Ausrichtung sahen. In den Listen der Collegeabgänger habe ich eine Reihe jüdischer Namen gefunden.»

«Das beweist überhaupt nichts», wandte Levine ein. «Soweit ich weiß, nimmt man in katholischen Ländern wie Irland und Polen auch Juden in religiös ausgerichtete Schulen auf, sie brauchen dann einfach nicht an den Gottesdiensten teilzunehmen.»

«Mag sein, aber da das College schon so lange besteht, dürfte seine Ausrichtung zumindest hier in der Gegend bekannt sein.»

«Na schön...»

«Nach dem Zweiten Weltkrieg ermöglichte die G. I. Bill vielen Veteranen einen Collegebesuch, und Windermere wurde, wie so viele andere, ein gemischtes College. Auch die Frauenemanzipation mag dazu beigetragen haben.»

«Aber vom Christlichen könnt ihr – zumindest im Namen – immer noch nicht lassen», hakte Levine nach.

«Ganz recht. Angeblich auch deshalb nicht, weil das College weithin unter der Kurzbezeichnung Windermere Christian bekannt ist. Es ist eben nicht so einfach, einen Namen über Bord zu werfen. American Express hält noch immer an der früheren Bezeichnung fest, obgleich das Unternehmen schon lange keine Pakete mehr ausliefert. Außerdem hieß es, Windermere Christian habe eine Reihe von Stipendien und Stiftungen bekommen, die man vielleicht bei einer Namensänderung würde zurückgeben müssen. Zumindest hat man mir das so erklärt, als ich hier Präsident wurde. Ich habe zunächst nicht auf einer Namensänderung bestanden, weil ich merkte, daß ich den Vorstand nicht hinter mir hatte. Aber um deutlich zu machen, daß das College keine religiösen oder konfessionellen Bindungen hat, biete ich jetzt ein Seminar über jüdische Ideengeschichte an, das ein gewisser Rabbi Lambden von einer Reformgemeinde in Cambridge hält. Kein herausragender Gelehrter, aber sehr beliebt, weil man bei ihm nicht viel zu tun braucht und trotzdem eine Eins bekommt. Unser Institut ist nämlich so was wie ein College zweiter Wahl...»

«Zweiter Wahl?»

«Du weißt ja, wie schwer es inzwischen ist, in Eliteuniversitäten wie Harvard, Yale oder Princetin anzukommen. Deshalb hat es sich eingebürgert, daß die jungen Leute sich erst dort und dann an einer weniger hochgestochenen Hochschule wie Windermere bewerben für den Fall, daß sie an der Uni ihrer Wahl nicht angenommen werden. Deshalb kamen nun zunehmend auch Studenten von außerhalb, besonders aus New York und New Jersey. Bis dahin waren unsere jungen Leute hauptsächlich aus der näheren Umgebung gekommen. Unter den Studenten aus New York und New Jersey sind auch immer wieder Juden, und das Seminar über jüdische Ideengeschichte, habe ich mir gedacht, würde die Eltern beruhigen, die sich vielleicht Gedanken wegen des christlichen Elements in unserem Namen machen.»

«Und mein Name in der Liste des Aufsichtsrats, hast du dir gesagt, hätte eine ähnliche Wirkung, was?»

«Nein, ehrlich, Mark, darum geht es mir nicht.»

«Worum dann? Um eine Stiftung vielleicht?»

Macomber lächelte. «Geld kann ein College immer gebrauchen, aber auch dieser Gedanke liegt mir fern. Der Aufsichtsrat tagt nur viermal im Jahr, die Tagesordnung wird vorher verschickt. Wenn du zu einer Sitzung mal nicht kommen kannst, ist das weiter kein Unglück. Viele Aufsichtsratsmitglieder von außerhalb kommen nur ein- oder zweimal im Jahr, obgleich ihnen das College die Reisekosten erstattet. Der Aufsichtsrat hat zwanzig Mitglieder. Wenn eine Stelle frei wird, nominiere ich einen Nachfolger. Über meinen Vorschlag wird zwar noch abgestimmt, aber der von mir benannte Kandidat ist so gut wie gewählt. Jetzt ist es wieder mal soweit, und ich würde dich gern vorschlagen. In unserem Aufsichtsrat ist man übrigens Mitglied auf Lebenszeit.»

«Da muß also erst einer sterben, ehe –»

«Ab und zu tritt jemand zurück, und einmal war ein Mitglied in einen ziemlich anrüchigen Konkurs verwickelt. Der Aufsichtsrat hat dem Mann dringend den Rücktritt nahegelegt und war fest entschlossen, ihn abzuwählen, wenn er nicht freiwillig gegangen wäre. Aber das war vor meiner Zeit.»

«So was habt ihr von mir nicht zu befürchten. Aber jetzt verrate mir mal, warum du unbedingt mich haben willst.»

«Weil ich im Aufsichtsrat Leute brauche, auf die ich mich verlassen kann.»

«Aber steht der Aufsichtsrat nicht automatisch hinter seinem Präsidenten?»

«Es ist nicht so, als wenn du eine Firma übernimmst, in der deine Leute die Aktienmehrheit haben. In einer gemeinnützigen Organisation wie einem College ist man nicht im Aufsichtsrat, weil man bestimmte Aktienanteile besitzt oder vertritt, sondern weil man selbst eine wichtige Persönlichkeit ist oder aus einer wichtigen Familie kommt.»

«Komm, erzähl keine Märchen. Willst du behaupten, die Väter haben ihnen den Sitz im Windermere-Aufsichtsrat testamentarisch vermacht?»

«Das nicht, aber wenn John Sowieso der Zweite von der Firma XYZ stirbt und John Sowieso der Dritte ans Ruder kommt, wird ihm meist der Sitz in den Aufsichtsgremien aller gemeinnützigen Organisationen angetragen, in denen sein Vater ehrenamtlich tätig war. Im Augenblick habe ich eine Mehrheit, aber sie ist knapp.»

«Und mit mir wäre sie ausreichend?»

«Hinlänglich, aber noch nicht stark genug, um mir freie Hand zu geben. Für bestimmte Entscheidungen – unter anderem eine Namensänderung – brauche ich eine Zweidrittelmehrheit.»

«Es ist dir hoffentlich klar, Don, daß du keine finanziellen Zuwendungen von mir erwarten kannst, solange das College *Windermere Christian* heißt. Die jüdischen Organisationen würden allesamt mit Bettelbriefen über mich herfallen oder versuchen, mir noch größere Summen als bisher aus der Nase zu ziehen.»

«In der Hinsicht erwarte ich auch gar nichts von dir.»

«Okay, wenn das klar ist, mache ich mit. Hast du dann deine Zweidrittelmehrheit?»

«Nein. Es hätte klappen können, nur... manchmal macht eben jeder einen Fehler. Als wir die alten Reihenhäuser in der Clark Street aufkauften, weil wir mehr Platz für das College brauchten, lernte ich einen gewissen Cyrus Merton kennen, einen gewieften Immobilienmakler, der mir sehr geholfen hat. Er hat gute Beziehungen zu mehreren Banken, von denen wir Hypotheken bekommen haben, und er ist ein wahres Finanzgenie. Daraufhin habe ich ihm einen Sitz im Aufsichtsrat angeboten, und er hat angenommen.»

«Und das war ein Mißgriff?»

«Inzwischen ist er eins unserer aktivsten Mitglieder. Weil er schon halb und halb im Ruhestand ist, hat er viel Zeit für uns. Er ist Vorsitzender des Lehrkörperkomitees und läßt sich häufig im College sehen.»

«Aber?»

«Er unterstützt mich in allem – nur nicht in der Frage der Namensänderung. Er ist ein frommer, laut Charlie Dobson, einem ebenfalls katholischen Aufsichtsratsmitglied, fast fanatischer Katholik. Gerade das Christliche in unserem Namen hat es ihm angetan. Und aus seiner Sicht ist eben deshalb, weil wir religiös ungebunden sind, die Beibehaltung des jetzigen Namens so wichtig.»

«Und wenn ich in den Aufsichtsrat komme –»

«– wird er sich wahrscheinlich freuen», ergänzte Macomber. «Weil das – so wie er es sieht – einmal mehr zeigt, daß alle Glaubensrichtungen vertreten sind, auch wenn das College im Kern christlich ausgerichtet ist.»

«Aber die Zweidrittelmehrheit –»

«Wenn du im Aufsichtsrat bist, sind wir fast am Ziel. Er ist der Anführer der Opposition, und solange er seine Leute bei der Stange hält, kann er uns bremsen. Aber sie sind nicht alle so knallhart wie er, und wenn wir auch nur einen umdrehen können, haben wir es geschafft.»

3

Mit fünfundsechzig war Cyrus Merton ein wohlhabender Mann. Nach der High School hatte er in Dorchester, dem Vorort von Boston, in dem er aufgewachsen war, einen Job in einem kleinen Maklerbüro gefunden. Er hatte Büroarbeiten gemacht und auch sonst alles, was dort so zu tun war, er hatte gefegt und Staub gewischt, Kaffee und Doughnuts geholt, Schriftstücke auf die Banken und ins Katasteramt gebracht. Mit zweiundzwanzig machte er schon Besichtigungen mit den Kunden und kassierte einen Anteil der Kommission, wenn er ein Geschäft gemacht hatte. Mit fünfundzwanzig hatte er seine Zulassung als Makler und ein eigenes Büro.

Die Geschäfte gingen mehr recht als schlecht, bis er zufällig einen Schulkameraden traf, der ein Priesterseminar besucht hatte und jetzt Hilfspfarrer in der St. Thomas-Gemeinde in Barnard's Crossing war. Pater Joseph Tierney brachte Cyrus mit dem katholischen Pfarrer zusammen, der gerade dabei war, die Gemeindeschule zu bauen. Es gab Schwierigkeiten beim Grundstückskauf, und Cyrus konnte ihm bei den Finanzierungsverhandlungen und der Abwicklung der Kaufverträge helfen.

Der dankbare Pfarrer revanchierte sich, indem er Cyrus Merton an Gemeindemitglieder weiterempfahl, die sich für den An- und Verkauf von Grundstücken interessierten. Mit einem Schlag war Merton im Geschäft. Er gab das Büro in Boston auf und ließ sich in Barnard's Crossing nieder.

Das war eine gute Entscheidung, denn Barnard's Crossing, bis dahin von Boston durch einen Meeresarm getrennt und hauptsächlich von Sommerfrischlern besucht, entwickelte sich zu jener Zeit dank einer Untertunnelung und einer Brücke rasch zu einem Vorort der Großstadt Boston, und der Wert der Grundstücke stieg von Tag zu Tag. Merton kaufte soviel Land wie möglich oder sicherte sich Optionen auf einzelne Grundstücke und wurde innerhalb von zehn Jahren ein reicher Mann.

Seit er in Barnard's Crossing wohnte, ging er täglich zur Messe, nicht nur, weil er ein frommer Katholik war – bisher hatte er es mit dem Kirchgang nie so genau genommen –, sondern weil es gut fürs Geschäft war. Schließlich empfahl ihn ja der Pfarrer seiner Gemeinde, drängte ihn seinen Schäflein förmlich auf. Je erfolgreicher er wurde, desto mehr festigte sich in ihm die Überzeugung, daß er es auch deshalb so weit gebracht hatte, weil er ein treuer Sohn der Kirche war.

Zum Heiraten hatte er nie Zeit gefunden, außerdem hatten es die Männer in seiner Familie damit nie eilig gehabt. Jetzt aber fand der fünfundvierzigjährige gutsituierte Junggeselle, daß es an der Zeit war, sich eine Frau zu suchen, die für ihn kochen und ihm sein schönes Haus auf dem Point in Ordnung halten würde, ein weibliches Wesen, dem er sich anvertrauen und mit dem er abends seine Geschäfte besprechen konnte, das seine Angestellten im Auge behalten würde, wenn er nicht im Büro war, und das ihm – und das war das Wichtigste – Kinder schenken würde, um den Namen Merton weiterzutragen. An Sex dachte er in diesem Zusammenhang eigentlich weniger, er stellte in dieser Beziehung wenig Ansprüche, und wenn er doch einmal das Bedürfnis danach verspürte, kaufte er sich, was er brauchte, wobei er seinen Sündenfall stets gewissenhaft beichtete.

Es gab genug junge, hübsche Frauen, die bereit gewesen wären, einem reichen und erfolgreichen Junggesellen wie Cyrus Merton die recht begrenzte sexuelle Befriedigung zu verschaffen, die er brauchte, und ihm die Kinder zu schenken, die er sich wünschte, aber als Haushälterin, Vertraute und Bürovorsteherin waren sie alle nicht ganz das, was er sich vorgestellt hatte. Und dann ergab sich plötzlich eine partielle Lösung für sein Problem: Seine jüngere Schwester Agnes erfuhr, daß ihr Mann, Army Captain Ronald Burke, in Vietnam vermißt wurde. Sie hatte spät, erst mit neununddreißig, geheiratet, nachdem sie lange in einer Bundesbehörde tätig gewesen war, wo sie auch ihren Mann kennengelernt hatte. Cyrus konnte sie ohne große Mühe dazu bewegen, zu ihm zu ziehen und ihm den Haushalt zu führen, während sie – vergeblich – auf Nachricht von ihrem Mann wartete.

Zur Familie gehörte noch der um einiges jüngere Halbbruder James Merton, zu dem Cyrus und Agnes kaum Kontakt hatten. Seine Mutter hatten sie abgelehnt, weil der Vater sie kurz nach dem Tod seiner ersten Frau – ihrer leiblichen Mutter – geheiratet hatte. Die Abneigung hatte sich nach der Geburt von James noch verstärkt, zumal sie den eigenen Sohn immer den beiden Stiefkindern vorzog. Die ohnehin lockeren Bindungen lösten sich ganz, als er sich – und wie sie fanden, auch ihnen – die Schande antat, eine Puertoricanerin zu heiraten, eine «dreckige kleine Latinoschlampe», wie Agnes es ausdrückte. Daß die Einladung zur Hochzeit wie zum Hohn erst ein paar Tage nach der Trauung eintraf, war nicht dazu angetan, die Stimmung zu verbessern. Sie überlegten hin und her, ob sie ein Geschenk schicken sollten, und entschieden sich dann dagegen. Als drei Monate später die Nachricht von der Geburt einer Tochter, Margaret, eintraf, hielten sie es genauso. Hin und wieder schrieben sie sich zu Weihnachten, das heißt, wenn eine Karte von Mr. und Mrs. James Merton kam, schrieben Cyrus Merton und Agnes Burke eine Karte zurück, ansonsten meldeten sie sich nicht. Margaret bekamen sie erst zu Gesicht, nachdem James und Theresa Merton bei einem Badeunfall umgekommen waren. Es hieß, James habe beim Schwimmen einen Krampf erlitten, und Theresa sei bei dem Versuch, ihn zu retten, mit ihm untergegangen. Damals war Margaret zwölf.

Cyrus Merton und seine Schwester plagte das schlechte Gewissen, nicht nur, weil sie das Gefühl hatten, daß sie von Rechts wegen Kummer über den Verlust des Bruders hätten empfinden müssen, den sie seit Jahren nicht mehr gesehen hatten, sondern weil seine Frau, über die sich besonders Agnes immer so abfällig geäußert hatte, mit ihm umgekommen war. Der Anblick des kleinen Mädchens, das sie zu sich nach

Barnard's Crossing holten, war für Agnes Burke ein ständiger Vorwurf. Die Gewissensbisse legten sich etwas, als Cyrus meinte, der Bericht über den Doppeltod könne auch unzutreffend gewesen sein.

«Vielleicht war es ja genau umgekehrt», sagte er.

«Wie meinst du das?»

«Auf solche Berichte ist doch nie Verlaß. Vielleicht hat ja auch James versucht, seine Frau zu retten. Soweit ich weiß, war er ein sehr guter Schwimmer. Niemand hat ja ihren Rettungsversuch gesehen, irgend jemand hat nur gemeint, daß er zuerst ins Wasser gegangen ist.»

«So daß er auch bei dem Versuch hätte ertrinken können, sie zu retten.»

«Genau.»

«Ja, möglich ist das natürlich», sagte seine Schwester erleichtert.

4

Wäre Margaret als Zwei- oder Dreijährige zu Cyrus Merton und seiner Schwester gekommen, hätten sie zwar eine Betreuerin für sie einstellen müssen, hätten aber ein putziges kleines Ding zum Spielen und Liebhaben im Haus gehabt. Die Zwölfjährige war äußerlich wenig einnehmend, staksig und ungelenk, und hatte – was noch schlimmer war – starke Ähnlichkeit mit ihrer Großmutter, der Stiefmutter von Cyrus und Agnes. Sie war blaß und schweigsam, was natürlich verständlich war, aber Onkel und Tante Unbehagen verursachte. Häufig hörte man die Kleine nachts weinen. Da Cyrus und Agnes keinerlei Erfahrung mit Kindern hatten, konnten sie nicht unbefangen mit ihr reden, geschweige denn sie trösten, und Margaret sprach von sich aus nur, wenn sie angesprochen wurde. Pater Joe Tierney, der inzwischen zum Gemeindepfarrer avanciert war, erwartete natürlich, daß sie in die auch mit Cyrus' Hilfe erbaute Gemeindeschule gehen würde, aber als Agnes sagte, niemand könne sich um die Kleine kümmern, wenn sie nach der Schule heimkam, schlug er vor, sie in ein Internat in Ohio zu geben, das von dem gleichen Orden betrieben wurde wie die Schule in Barnard's Crossing, den Schwestern der Maria vom Berge.

«Falls Sie Margaret dann später doch wieder herholen wollen, haben Sie keine Schwierigkeiten mit dem Lehrplan», meinte er.

«Hoffentlich empfindet sie es nicht als eine Art Verbannung», sagte Cyrus, als Agnes ihm von diesen Plänen erzählte. «Sie hat gerade erst ihre Eltern verloren, hat sonst niemanden auf der Welt, und jetzt wollen wir sie zu völlig Fremden geben...»

«Aber wir sind ihr ja auch völlig fremd», gab Agnes zu bedenken. «Im Internat ist sie unter Gleichaltrigen, und die Nonnen werden schon dafür sorgen, daß sie keine Zeit zum Grübeln hat.»

Einmal in der Woche schickte Margaret Merton einen Brief an Tante und Onkel – eine Seite lang, wie vorgeschrieben – und unterschrieb als *Eure Euch liebende Nichte Margaret*. Jeder weniger herzliche Gruß hätte Anlaß zu Fragen ihrer Betreuerinnen gegeben. Sie schrieb vom Wetter: *Es hat die ganze Nacht geschneit, und nach der Schule haben wir einen Schneemann gebaut und eine Schneeballschlacht gemacht* und vom Unterricht: *In Geographie nehmen wir die Neuenglandstaaten durch, und ich mußte von Massachusetts erzählen. Ich habe von Boston erzählt und von Barnard's Crossing, davon hatten die Kinder in meiner Klasse noch nie was gehört. Und ich habe vom Meer erzählt und dem Leuchtturm auf dem Point und den Möwen. Und Schwester Anne hat gesagt, daß es sehr interessant war.*

Am Ende des Schuljahrs kam sie nach Boston zurück, wurde neu eingekleidet und ins Sommerlager geschickt. Und bei diesem Rhythmus blieb es: Schule, Sommerlager, Schule, zwischendurch ein, zwei Wochen in Barnard's Crossing. Tante und Onkel verhielten sich freundlich, aber distanziert und unpersönlich. Für Margaret waren die beiden Autoritätspersonen, nicht anders als die Direktorin des Internats und die Leiterin des Sommerlagers auch.

Natürlich hatten sie zur Abschlußfeier nach Ohio fahren wollen, aber ein wichtiges Geschäft stand kurz vor dem Abschluß, so daß Cyrus sich nicht freimachen konnte.

«Und wenn ich allein fahre?» sagte Agnes. «Einer von der Familie sollte schon dabeisein, es macht einen merkwürdigen Eindruck, wenn keiner kommt.»

«Ja, aber ich hab gerade jetzt so viele Besprechungen außerhalb, da brauche ich jemanden, der sich ums Büro kümmert. Mit dem Ralston-Abschluß kann ich nur dich betrauen.»

«Aber die Nonnen werden denken –»

«Überhaupt nichts werden die denken. In einem Internat gibt es jede Menge Mädchen, deren Eltern – genau wie wir – unabkömmlich sind, weil sie gerade in Europa oder sonstwo herumreisen, das hat Margaret mir neulich selbst erzählt. Mag ja sein, daß sie sich an dem Tag ein bißchen vereinsamt vorkommt, aber das ist schnell vergessen, wenn sie sieht, was ich ihr zugedacht habe.»

«Was hast du ihr denn zugedacht?» fragte Agnes neugierig.

«Einen flotten Sportwagen. Fahrstunden hatte sie schon, da hat sie im Handumdrehen ihren Führerschein. Und mit dem Wagen ist sie im Sommerlager und später im College beweglich.»

«Ich glaube, sie ist nicht sehr scharf aufs College.»

«Ist mir egal. Sie wird die erste Merton sein, die aufs College geht, und damit basta.»

«Und wenn sie es nicht schafft? Ihre Leistungen sind nicht besonders.»

«Irgendwo krieg ich sie bestimmt unter. Über Macomber hab ich meine Beziehungen. Keine Angst, das schaff ich schon.»

Als Margaret heimkam, versicherte sie Onkel und Tante, es habe ihr nichts ausgemacht, daß die beiden nicht zur Abschlußfeier gekommen waren. Cyrus freute sich, daß sie ihre Enttäuschung, vielleicht auch ihren Ärger, so gut verbarg, aber Agnes dachte bei sich, daß es ihr vielleicht wirklich nicht weiter nahegegangen war.

Natürlich freute sie sich sehr über den Wagen, und Agnes hatte den Eindruck, daß sich zum erstenmal so etwas wie ein herzliches Verhältnis zwischen ihnen entwickelte. Zu ihren Zukunftsplänen äußerte sie sich ziemlich vage, aber als Agnes mal unter vier Augen mit ihr sprach, gestand sie, daß sie es bestimmt nicht schaffen würde, ins College zu kommen, weil sie nicht den College-Vorbereitungskurs, sondern einen allgemeinbildenden Kurs belegt hatte.

Agnes berichtete ihrem Bruder von diesem Gespräch, aber der sagte nur: «Sie ist noch ein Kind –»

«Sie ist achtzehn.»

«Sie ist noch ein Kind und weiß nicht, was gut für sie ist. Natürlich geht sie aufs College, laß mich nur machen.»

Wenige Tage später verkündete er triumphierend, daß er ihr einen Platz in einem katholischen College für Mädchen in New Hampshire besorgt hatte. «Sie muß noch einen Sommerkurs machen, aber dann kann sie im September ganz normal dort anfangen. Daß sie in diesem Jahr dadurch nicht ins Sommerlager kommt, ist zwar schade, aber das College geht vor.»

«Hast du das über Macomber geschafft?» fragte Agnes.

«Nein, über Pater Joe», antwortete er kurz angebunden.

Margaret sträubte sich nicht – im Hinblick auf das großzügige Geschenk des Onkels wäre das auch recht peinlich gewesen –, zeigte aber auch keine Begeisterung.

«Sie ist ein braves Kind», bemerkte Cyrus.

«Und sehr fromm», ergänzte Agnes. «Ich hab sie mehrmals mit der Uhr ihres Vaters in der Hand beten sehen. Ob sie ihm noch nachtrauert?»

«Nein», sagte Cyrus entschieden. «Die Uhr hält sie beim Beten wegen der Reliquie auf dem Zifferblatt in der Hand. Ins Internat –»

«– hat sie die Uhr immer mitgenommen, ich weiß.»

«Soll mir nur recht sein. Im College wird bestimmt auch viel gebetet.»

Onkel und Tante fuhren sie hin, weil man als Erstsemester dort noch keinen Wagen haben durfte. «Wir sehen uns dann zu Weihnachten», sagte Cyrus, als sie sich in ihrem Zimmer eingerichtet hatte.

Doch zu Weihnachten gab es kein Wiedersehen. Margaret lag mit Lungenentzündung in der Krankenabteilung und war nicht reisefähig. Eigentlich, fanden Cyrus Merton und seine Schwester, hätten sie hinfahren und die Nichte besuchen sollen, aber noch ehe sie einen passenden Termin gefunden hatten, rief Margaret an. Sie sei schon auf dem Wege der Besserung und würde dann zu den Osterferien nach Hause kommen.

Zu ihrer Tante hatte Margaret ein besseres Verhältnis als

zu ihrem Onkel, denn Agnes war eine Frau, und sie waren öfter allein zusammen. So war sie auch immer mit ihrer Tante nach Boston gefahren, um sich für das kommende Schuljahr einkleiden zu lassen. Und ihrer Tante vertraute sie sich auch jetzt an und bat sie, es dem Onkel schonend beizubringen.

«Sie sagt, daß sie eine Berufung hat und ins Kloster will.»

«Nach ihrem Abschluß, meinst du?»

«Nein, jetzt gleich. Sie mag nicht mehr die Schulbank drükken.»

«Lächerlich! Das dürfen wir auf keinen Fall zulassen. Da wendet sie sich ja von der Welt ab, ehe sie sich darin auch nur ein bißchen hat umsehen können. Vielleicht war es ein Fehler, sie in ein Mädchencollege zu schicken. In einem gemischten College hätte sie zumindest die Gelegenheit gehabt, auch Jungen kennenzulernen. Ich bring sie einfach in Windermere unter. Wenn's nur um ihre Noten geht – da läßt sich bestimmt was machen.»

«Aber wenn sie meint, daß sie eine Berufung hat, Cyrus...»

«Eine echte Berufung ist auch in ein, zwei Jahren noch da. Viele Mädchen reden sich das mit der Berufung nur ein, dabei wollen sie nur weg von der Familie oder haben Liebeskummer. Vielleicht hat sie einfach keine Freundinnen dort. Es war wohl doch nicht das richtige College für sie. In diesem Alter müßte sie Jungen im Kopf haben – Jungen und Verabredungen und Partys und die eigene Hochzeit.»

«Hochzeit? So jung wie sie ist?»

«Warum nicht? Sie ist neunzehn, bald zwanzig. Ein gutes Heiratsalter. Die Mertons haben immer spät geheiratet, deshalb ist die Familie so klein. Drüben in der alten Heimat mußten sie warten, weil sie erst relativ spät eine Familie gründen konnten, und dann fehlte der Schwung. Wie bei uns beiden auch. Ich war immer mit der Firma verheiratet, und du hast auch ganz für deinen Beruf gelebt. Aber Margaret hat keine besonderen Interessen und keinen Job, und auch das Lernen interessiert sie nicht sonderlich, da hat sie natürlich reichlich Zeit zum Grübeln. Sie müßte heiraten und Kinder kriegen, viele Kinder. Sie ist die letzte unseres Stammes. Wenn sie ins

Kloster geht, sind die Mertons am Ende, die Merton-Gene oder C-Chromosomen oder wie man die Dinger nennt, sterben aus. Ein schrecklicher Gedanke. Und was wird aus dem, was ich mir hier aufgebaut habe, wenn wir nicht mehr sind?»

«Machen wir uns nichts vor, Cyrus: Eine Schönheit ist sie nicht.»

«Na und? Auch häßliche Mädchen kriegen einen Mann – woher kämen sonst die häßlichen Kinder? Sie ist ein braves, vernünftiges Ding und wird mal eine gute Ehefrau werden. Schönheit ist bei Gott nicht das Wichtigste im Leben. Bei einer reichen Erbin drückt so mancher beide Augen zu, das kannst du mir glauben. Ich besorg ihr einen Mann, im College und durch die Firma hab ich ja genug Möglichkeiten. Wär doch gelacht, wenn wir sie nicht in einem Jahr unter der Haube hätten...»

5

An Wochentagen begann der Frühgottesdienst in der Synagoge um halb acht, falls es gelang, die vorgeschriebene Zahl von zehn Männern zusammenzubekommen, was bei schlechtem Wetter durchaus nicht immer der Fall war. Am Sonntag fing der Gottesdienst erst um neun an, und die zehn Männer für den Minjan kamen mühelos zusammen, denn um neun fing auch der Religionsunterricht an. Die Väter, die ihre Kinder hinbrachten, gingen dann widerspruchslos auch zum Minjan, weil sie ohnehin warten mußten, bis ihre Sprößlinge fertig waren.

Die wöchentliche Vorstandssitzung der Jüdischen Gemeinde fing um zehn an. Sie tagten im Gemeindesaal im Untergeschoß, wo auch die Räume für den Religionsunterricht lagen sowie die kleine Kapelle, in der die Morgengebete gesprochen wurden. Einige Vorstandsmitglieder gingen direkt vom Gottesdienst in den Gemeindesaal und warteten plaudernd auf die anderen, die von daheim kamen.

Um zehn klopfte der Vorsitzende, Al Bergson, kräftig mit den Knöcheln auf den Tisch. Er hatte dazu auch ein Hämmerchen, das er aber nur selten benutzte, weil er bei den Sitzungen nach Möglichkeit auf Förmlichkeiten verzichtete. «Hiermit eröffne ich unsere Vorstandssitzung.»

«Ron Berlin läßt sagen, daß er heute ein bißchen später kommt», sagte Aaron Schneider.

«Gut, er kommt aber noch, ja?» vergewisserte sich Bergson. «Beschlußfähig sind wir jedenfalls, deshalb fange ich jetzt an. Wenn wir auf alle warten würden, die versprochen haben, noch zu kommen, wäre überhaupt keine Zeit mehr für unsere Probleme. Der Schriftführer wird jetzt den Bericht der letzten Sitzung verlesen.»

Der Schriftführer, Bill Leftow, erhob sich pflichtschuldigst. «Eröffnung der Sitzung um 10 Uhr 05 ... Hauskomitee berichtet über Maßnahmen zur Reparatur des Daches ... Diskussion über die Notwendigkeit eines neuen Daches ... Ritualkomitee ... Festkomitee ... Diskussion noch nicht erledigter Punkte ... Antrag, Arbeitsgruppe zur Ermittlung der Kosten einzusetzen ... Norman Rath wird gebeten, bis zum 15. April einen Bericht abzugeben ... Schluß der Sitzung 11 Uhr 47 ...»

«Bemerkungen zum Bericht? Falls nicht ...»

«Hat nicht jemand den Antrag gestellt, eine Vortragsreihe zu starten?»

«Das war im Komitee für Soziales.»

«Nein, bestimmt, da war doch ein Antrag ...»

«Ja, richtig, Arthur Edelweiss hat das mit der Vortragsreihe beantragt, aber schon vor zwei Wochen», sagte der Schriftführer. «Du warst nicht da. Letzte Woche hat er es im Komitee für Soziales erwähnt.»

«Darüber müßte aber gesprochen werden, finde ich.»

«Wir haben vor zwei Wochen darüber gesprochen.» Der Schriftführer blätterte in seinen Notizen. «Und wir haben abgestimmt, der Antrag wurde siebzehn zu drei abgelehnt.»

«Ich finde, das müßte weiterdiskutiert werden.»

«Du kannst ja Wiederaufnahme der Diskussion beantragen oder einen neuen Antrag stellen.»

«Moment mal. Ich glaube nicht, daß jemand zwei Wochen nach Ablehnung eines Antrags die Wiederaufnahme der Diskussion beantragen kann, allenfalls einer von denen, die den Antrag abgelehnt haben.»

«Na schön, kann er ja noch einen Antrag stellen.»

«Aber nicht unter dem Punkt Unerledigtes.»

«Dann eben als besonderen Punkt der Tagesordnung ...»

Erst kurz vor zwölf war die Sitzung zu Ende. Es war ein milder Tag, der Rabbi war deshalb zu Fuß gekommen und lehnte dankend alle Angebote ab, sich mit dem Wagen heimbringen zu lassen. Bergson, der Vorsitzende, wohnte nur zwei Blocks weiter als der Rabbi, und auch er wollte zu Fuß gehen.

Unterwegs sagte Bergson: «Hast du dir eigentlich schon mal überlegt, David, warum du dir die Mühe machst, Woche für Woche an den Vorstandssitzungen teilzunehmen?»

«Weil du mich zu Jahresbeginn dazu eingeladen hast.»

«Und du jetzt glaubst, es wäre unhöflich, wegzubleiben.»

«Nicht nur.»

«Aber du mußt dich doch zu Tode langweilen. Mir geht es ja genauso. Warum müssen wir eigentlich jede Woche zusammenkommen? Meist wird kaum etwas erledigt, eine wichtige Entscheidung fällt allenfalls alle fünf, sechs Wochen. Warum halten wir unsere Sitzungen nicht einmal im Monat statt wöchentlich ab?»

«Wahrscheinlich», sagte der Rabbi nachdenklich, «weil es eine gute Gelegenheit ist, zusammenzukommen und... einfach miteinander zu reden. In der Großstadt, in den Hochhäusern, wohnen viele Juden beieinander und sehen sich ständig. Hier, in Barnard's Crossing, gibt es nur Einfamilienhäuser, und die Juden sind über die ganze Stadt verteilt. Gewiß, wir sehen uns auf Partys, wie bei dir neulich, aber dann sind eigentlich nur Leute beisammen, die sich sowieso kennen und aus den gleichen Kreisen kommen. Es ist anders als in dem jüdischen Viertel einer Großstadt, wo man weiß, daß alle Nachbarn, alle Leute auf der Straße Juden sind. Man mag sich in Fragen der Politik, der Moral und Ethik streiten, aber man weiß, daß sich in gewissen Dingen – wie der Sicherheit Israels, dem Stolz auf einen Juden, der den Nobelpreis oder sonst eine Auszeichnung bekommen hat, oder in dem Unbehagen, wenn einer der Unseren ein schlagzeilenträchtiges Verbrechen begangen hat – alle einig sind.»

«Aber dieses endlose Gerede...»

«Das ist nur eine sehr menschliche Art der Kontaktpflege. Menschenaffen und Schimpansen streicheln und lausen sich, wir reden miteinander – über das Wetter, über die Politik, über Baseball, über alles mögliche. Diese Diskussion heute, der Streit darüber, ob etwas unter dem Punkt Unerledigtes oder einem neuen Tagesordnungspunkt behandelt werden soll, die Frage einer Vortragsreihe, eines

Bücherflohmarkts, eines Sommerlagers – das ist wie menschliches Lausen.»

«Und deshalb gehst du so brav zu allen Sitzungen, David?»

Der Rabbi lächelte durchtrieben. «Jedenfalls nicht wegen der Themen, die dort besprochen werden.»

6

Professor Victor Joyce, ein hochgewachsener, gutaussehender Ire mit leuchtendblauen Augen zu pechschwarzem Haar und selbst nach sorgfältigster Rasur noch dunkel schimmernden Wangen, war einer der beiden Bewerber für die Stelle, die im Fachbereich Anglistik des Windermere Christian College vakant war. Der zweite Bewerber, Professor Mordecai Jacobs, galt als der vielversprechendere Kandidat, weil er Harvard-Absolvent war und aus der Linguistik kam, während Joyce in Moderner Literatur promoviert hatte, was als weniger wissenschaftlich galt, und vor allem, weil er schon Beiträge für das hochangesehene *Journal of Modern Languages* geliefert hatte.

Wie man es machte, eine Festanstellung zu ergattern, war ohnehin umstritten und wurde von einem Fachbereich zum anderen unterschiedlich gehandhabt. Wenn man den Gerüchten im Dozentenzimmer glauben durfte, war es vor allem wichtig, sich mit dem Vorsitzenden des Dozentenkomitees im Aufsichtsrat gutzustellen.

«Wer ist denn das zur Zeit?»

«Ein gewisser Cyrus Merton.»

«Und wie komme ich am besten an den heran? Soll ich telefonisch ein Gespräch mit ihm vereinbaren? Oder ihn zu Hause überfallen?»

«Das kannst du einfacher haben. Er ist schon so halb und halb im Ruhestand und kommt oft her. Meist sitzt er dann im Vorzimmer des Präsidenten und schwatzt mit der Sekretärin, bis Macomber Zeit für ihn hat.»

«Und da gehe ich hin und stelle mich vor?»

«Nein, du setzt dich einfach mal zu ihm – er ist leicht zu erkennen, ein kleiner Bursche um die sechzig mit randloser

Brille –, und dann ergibt es sich ganz von selbst, daß ihr ins Gespräch kommt. Nach einem kurzen Vorgeplänkel sagst du ihm dann, du wolltest den Präsidenten fragen, wie deine Chancen für die Festanstellung stehen. Damit hast du ihn dann da, wo du ihn haben willst.»

Joyce folgte diesem Rat und schaute in den Freistunden öfter mal in Macombers Sekretariat vorbei. Tatsächlich – am Freitagnachmittag saß dort der ‹kleine Bursche um die sechzig mit der randlosen Brille› Kaum hatte Joyce erzählt, daß er am katholischen Boston College promoviert und seine Doktorarbeit über Lady Gregory und das Abbey Theatre geschrieben hatte, als Merton sagte: «Eigentlich hatte ich Präsident Macomber auf ein Bier einladen wollen, aber der ist offenbar bis auf weiteres nicht zu sprechen. Trinken Sie Bier? Sie haben doch im Augenblick keine Veranstaltung, oder?»

Beim Bier – und auf Mertons Zureden ließ es Joyce nicht bei dem einen bewenden – erzählte ihm der junge Mann von seinen Problemen, eine Position an der Hochschule zu bekommen, und seiner Befürchtung, er könnte in Windermere nicht fest angestellt werden, «... weil ich am Boston College promoviert habe, das hier nicht so gut angesehen ist wie Harvard oder Tufts oder die Boston University. Dabei kann mein Doktorvater, ein Jesuit, es mit den besten Wissenschaftlern in Harvard aufnehmen, und –»

Merton seinerseits erzählte von seinen Anfängen, seinem Immobiliengeschäft, von seiner Schwester, die ihm den Haushalt führte, und von seiner Nichte, der letzten aus dem Stande der Merton. «Ein sehr frommes Mädchen ...» Also bei Gott keine Schönheit, folgerte Joyce messerscharf. «Eigentlich wollte sie ins Kloster gehen.»

«Ich habe selbst einmal mit dem Gedanken gespielt, einem Orden beizutreten. Aber mit dem Keuschheitsgelübde wäre ich bestimmt nicht zurechtgekommen.» Victor lächelte vielsagend.

«Ihre Frau wird sich freuen, daß Sie sich anders besonnen haben», sagte Merton.

«Ich bin unverheiratet», sagte Joyce. «Als Hochschullehrer ohne Festanstellung könnte ich nie eine Familie ernähren.»

«Mal sehen... Vielleicht läßt sich da was machen.» Merton zwinkerte Joyce hinter der randlosen Brille zu.

Sie saßen fast zwei Stunden zusammen, und als sie sich trennten, lud Merton ihn für den Sonntag zum Essen ein. «Oder nein – kommen Sie am besten schon morgen nachmittag, dann zeig ich Ihnen unsere Stadt. Sie kennen Barnard's Crossing doch sicher noch nicht. Wunderschön gelegen, viele Baudenkmäler aus der Kolonialzeit. Sie übernachten bei uns, dann gehen wir am nächsten Morgen alle zur Messe und essen zusammen.»

Als Joyce die vier Treppen zu seinem Altbauzimmer in der Commonwealth Avenue hochstieg, war er förmlich berauscht – nicht vom Bier, sondern von den Aussichten, die sich da vor ihm auftaten. Später gönnte er sich in einem Lokal um die Ecke ein ziemlich kärgliches Essen und besuchte zur Feier des Tages eine Singles-Bar, wo er sich von einer gut zehn Jahre älteren Frau ansprechen und mitnehmen ließ. Sie war klein und weich und füllig, hatte wilde blonde Locken und hieß Marcia Skinner. Auf seine Frage sagte Marcia, sie sei Einkäuferin für Consolidated Stores, und als er etwas skeptisch dreinschaute, gab sie ihm ihre Karte. Tatsächlich, da stand es: Consolidated Stores, Marcia Skinner, Einkäuferin für Jugendsportkleidung, dahinter die Durchwahlnummer. Es schien sie zu freuen, daß er ihre Privatnummer dahinterschrieb.

Wenn es nach Marcia Skinner gegangen wäre, hätte er das ganze Wochenende bei ihr verbringen können, aber am Samstag, gegen zwölf, gelang es ihm schließlich, sich zu verabschieden, weil er, wie er sagte, noch etwas Dringendes zu erledigen hatte. Er fuhr rasch nach Hause, duschte, rasierte sich gründlich, trug Aftershave auf und tupfte Talkumpuder darüber, um die bläulichen Schatten auf den Wangen zu dämpfen. Dann nahm er, Mertons Anweisungen folgend, einen Zug nach Swampscott und von dort ein Taxi. Die Häuser am Point waren groß und sahen nach Geld aus, Rasenflächen und Gärten waren gepflegt. Das Heim der Mertons, ein zweigeschossiges Holzhaus mit breiter Veranda an der Seeseite, machte da keine Ausnahme.

Cyrus öffnete ihm selbst die Tür! «Aggie!» rief er, «Peg! Unser Besuch ist da.» Die beiden Frauen kamen zusammen aus dem oberen Stockwerk. Cyrus' Schwester Agnes, die offenbar nur wenige Jahre jünger war als der Bruder, schenkte Joyce zunächst nur einen flüchtigen Blick, dafür musterte er Margaret um so aufmerksamer. Ja, er hatte richtig vermutet: Eine Schönheit war sie nicht. Dünnes, glattes Haar, leicht vorstehende Zähne, lange, schmale Nase, traurige Augen, dafür eine weiße, makellose Haut. Ein bißchen erinnerte sie ihn an Schwester Bertha, seine Lehrerin aus der sechsten Klasse, von der er manchmal träumte.

«Haben Sie schon gegessen?» fragte Agnes etwas besorgt und schien erleichtert, als er die Frage bejahte. Er hatte auf dem Bahnhof einen Kaffee getrunken und sich ein belegtes Brot dazu geleistet.

«Bestens.» Cyrus rieb sich die Hände. «Ich hatte zwar versprochen, Ihnen die Stadt zu zeigen, aber mir ist etwas Wichtiges dazwischengekommen. Sie müssen sich schon ein bißchen gedulden...»

«Selbstverständlich», sagte Joyce.

«Oder – da fällt mir was ein. Peg könnte Sie herumführen. Einverstanden, Peg?»

«Ja, sehr, ich hole mir nur noch ein Tuch.»

Sie nahmen den Sportwagen. Es war ein warmer Apriltag. Sie fuhren mit geöffnetem Verdeck. Wie sie so am Steuer saß und der Wind ihr ins Gesicht wehte, fand er sie durchaus attraktiv. Am Leuchtturm stiegen sie aus und sahen auf das Gewirr der Boote im Hafen herunter. Beim Weiterfahren erklärte sie ihm die Gegend. «Das ist der Carlson Yacht Club, für Katholiken und Juden gesperrt.» Und ein Stück weiter: «Das ist der North Shore Yacht Club. Die nehmen Katholiken, aber keine Juden. Und dahinter das braune Haus ist der Barnard's Crossing Club, da kann jeder Mitglied werden.» Sie zeigte ihm die katholische Kirche. Pater Joseph Tierney, erzählte sie, sei ein alter Brummbär, der seinem Hilfspfarrer, Pater Bill, das Leben schwermachte. «Wir gehen immer zur Messe von Pater Joseph, meiner Tante und meinem Onkel ist Pater Bill zu modern.»

Im Stadtzentrum stellten sie den Wagen ab und schlenderten durch die schmalen Straßen. An vielen Häusern waren Schilder angebracht, auf denen man nachlesen konnte, wann und von wem sie erbaut waren. Die meisten stammten aus dem achtzehnten, manche sogar aus dem 17. Jahrhundert.

«Besonders hübsch sind sie alle nicht», sagte Margaret, «aber sie sehen doch recht malerisch aus. Deshalb lockt die Stadt so viele Künstler an. Onkel Cyrus mag sie nicht und würde ihnen nie was vermieten. Nur verkaufen. Wenn sie genug Geld haben, um ein Haus zu kaufen, sagt er, sind sie vermutlich einigermaßen solide, aber als Mieter traut er ihnen nicht über den Weg. Er denkt, daß sie ständig wilde Partys feiern und die Einrichtung demolieren.»

Als es dunkelte, wollte er sie noch auf einen Kaffee in eins der vielen kleinen Lokale der Stadt einladen, aber sie sagte: «Bei uns kommt das Abendessen Punkt sieben auf den Tisch. Mrs. Marston, unsere Haushälterin, erwartet, daß wir um diese Zeit essen, sie wird böse, wenn wir uns verspäten.»

«Klirrt dann das Geschirr?»

«Nein, aber sie läßt es einen deutlich merken.»

«Hätten Sie dann vielleicht Lust, nach dem Abendessen mit mir ins Kino zu gehen?»

«Ja, gern. Im *Criterion* gibt es einen Film, den ich gern sehen würde, aber Onkel und Tante wollten nicht hin, und allein geh ich nicht gern ins Kino.»

Das Abendessen wurde von Mrs. Marston in dem großen getäfelten Speisezimmer aufgetragen. Das Gespräch drehte sich hauptsächlich um den Ausflug der beiden jungen Leute. «Habt ihr gesehen...» «Hast du ihm gezeigt...» «Warum seid ihr nicht noch...» Auch Joyce wurde nach seinen Eindrücken befragt und lobte natürlich alles über den grünen Klee.

Nach dem Essen sagte Margaret: «Victor will mit mir ins *Criterion* gehen.»

«Es soll ein guter Film sein», erklärte Agnes.

«Kommt nicht zu spät», sagte Cyrus und zwinkerte Victor zu. Demnach, sagte sich dieser, wurde von ihm geradezu erwartet, Margaret hinterher noch auszuführen. «Vergeßt nicht, daß wir zur Frühmesse wollen.»

Der Film war kurz nach zehn aus, und sie gingen noch in ein kleines Lokal. Victor verzichtete auf den Cocktail, den er gern getrunken hätte, und bestellte Bier. Im Gespräch kamen sie sich schnell näher. Margaret erzählte von der Schule, von netten und weniger netten Lehrerinnen.

«Von deinem Onkel weiß ich, daß du eigentlich ins Kloster gehen willst», sagte er.

«Ja, ich glaubte ein Berufung zu haben, aber mein Onkel meint, das bilde ich mir nur ein, weil ich ja immer nur mit Ordensschwestern zusammen war. Ich soll mich erst mal ein bißchen in der Welt umsehen und was erleben, sagt er, ehe ich mich endgültig entscheide. Nachdem er so viel für mich getan hat, möchte ich ihm diesen Gefallen schon tun.»

«Und hast du deine Entscheidung geändert, nachdem du dich in der Welt umgesehen hast?»

«Ach, ich weiß nicht... Sehr viel hab ich ja noch nicht erlebt.»

Kurz nach Mitternacht waren sie wieder zu Hause.

Nach der Messe sahen sie sich die politische Berichterstattung im Fernsehen an, lasen Zeitung und setzten sich dann zum Sonntagsessen, einem üppigen Mahl mit Fasan als Hauptgericht. Victor ließ es sich schmecken, wurde aber allmählich leicht nervös. Er hätte nichts dagegen gehabt, einen Spaziergang zu machen oder sich mit Cyrus zu einem Gespräch unter Männern in dessen Arbeitszimmer zurückzuziehen, aber der Sonntag war in diesem Haus offenbar strikt als Familientag angelegt, und er hatte das deutliche Gefühl, daß man ihn schief ansehen würde, wenn er aus der Reihe tanzte. Wie lange würde er wohl noch bleiben müssen? Er überlegte gerade, ob er sich wohl unter dem Vorwand, eine Vorlesung vorbereiten zu müssen, mit Anstand verabschieden konnte, als

Cyrus Merton ans Telefon gerufen wurde. Als er zurückkam, sagte er: «Ich habe noch etwas in Revere zu erledigen. Wenn Sie wollen, nehme ich Sie mit nach Swampscott, dann bekommen Sie noch den Drei-Uhr-Zug nach Boston.»

«Gern. Ich hole meine Sachen.»

«Hoffentlich hat es Ihnen bei uns ein bißchen gefallen», sagte Cyrus, als er Joyce am Bahnhof absetzte.

«Sehr. Sie waren alle so nett zu mir.»

«Dann kommen Sie doch nächste Woche wieder. Ich soll Sie auch im Namen von Agnes herzlich einladen, und auch Peg würde sich freuen.»

«Gern, Mr. Merton.»

«Wissen Sie was? Ich muß am Freitag sowieso nach Boston. Wenn Sie Ihr Gepäck ins College mitnehmen, hole ich Sie nach der letzten Veranstaltung dort ab.»

«Eigentlich hatte ich einen Termin auf einer Driving Range gemacht, um ein paar Bälle zu schlagen. Ich brauche wieder mal Bewegung.» Er hatte vorgehabt, sich mit Marcia Skinner zu treffen, falls sie frei war.

«Sie spielen Golf? Dann bringen Sie am Freitag Ihre Schläger mit. In Breverton, eine knappe halbe Autostunde von Barnard's Crossing, ist ein Golfplatz. Peg kann Sie am Samstagvormittag hinfahren, und danach können Sie zusammen im Country Club essen, das Restaurant ist ausgezeichnet.»

Auf der halbstündigen Fahrt von Swampscott zur North Station von Boston dachte Victor Joyce über das hinter ihm liegende Wochenende nach. Er hatte das deutliche Gefühl, daß Cyrus Merton ihn nicht eingeladen hatte, um festzustellen, ob er der geeignete Kandidat für die Festanstellung am Windermere war, sondern ob er gegebenenfalls als Ehemann für seine Nichte taugte. Die Ausrede, er habe noch zu tun, war nichts als ein fadenscheiniger Vorwand gewesen, die beiden jungen Leute zusammenzubringen. Hätte Victor Margaret nicht von sich aus ins Kino eingeladen, hätten Cyrus oder Agnes es ihm vermutlich nahegelegt. Die eingehenden Erkundigungen, was sie bei der Stadtbesichtigung gesehen oder auch nicht gesehen hatten, zielten offenbar darauf ab, die beiden zu weiteren Ausflügen in die Umgebung zu ermuntern. Und nun hatten sie ihn fürs Wochenende erneut eingeladen. Wenn das nicht deutlich war...

Warum schließlich nicht? Er war zweiunddreißig, sie mochte neunzehn oder zwanzig sein. Für ihn wurde es langsam Zeit zum Heiraten. Ganz so hatte er sich seine künftige Frau allerdings nicht vorgestellt, eine sinnlich-kurvenreiche Schöne wäre ihm lieber gewesen. Andererseits hatten Cyrus Merton und seine Schwester keinen Zweifel daran gelassen, daß Peg später ein ansehnliches Vermögen erben würde, was natürlich noch in ferner Zukunft lag. Die begehrte Festanstellung hingegen lag zum Greifen nah vor ihm.

In manchen Fachbereichen stimmten die festangestellten Hochschullehrer über die Einstellung neuer Kollegen ab, in anderen Fachbereichen – zu denen auch die Anglistik gehörte – lag die Entscheidung beim Fachbereichsvorsitzenden. Der seinerseits verständigte den Dekan, der die Empfehlung an Cyrus Merton, den Vorsitzenden des Dozentenkomitees im Aufsichtsrat, weitergab. Die letzte Entscheidung lag dann beim Präsidenten. Würde Arthur Sugrue, der Vorsitzende des Fachbereichs Anglistik, es wohl wagen, einen anderen Kandidaten zu benennen, wenn er, Joyce, der Schwiegersohn von Cyrus Merton war, der soviel Einfluß auf die Dozentengehälter, die Verteilung der Mittel, ja, sogar auf die Lehrpläne hatte?

Schön war Margaret Merton wahrhaftig nicht, andererseits ging von ihrer schlichten, keuschen Art etwas aus, was irgendwie... er suchte nach dem richtigen Wort... ja, irgendwie herausfordernd, fast sexuell erregend auf ihn wirkte. Der Zug fuhr in den Bahnhof ein. Victor Joyce ging auf den U-Bahn-Eingang zu, suchte nach Kleingeld für die Sperre und fand dabei Marcia Skinners Karte. Er überlegte kurz, dann ging er zu einem Münzfernsprecher. «Marcia? Bist du allein? Wir haben uns so schnell wieder trennen müssen...»

«Ach, du bist's... Wo steckst du denn? Wenn du willst, kannst du noch bei mir vorbeikommen.»

«In einer halben Stunde könnte ich da sein.»

«Einverstanden.»

Als sie ihm die Tür aufmachte, trug sie einen langen seidenen Morgenrock mit Reißverschluß. Sie warf einen Blick auf seinen Koffer. «Willst du hier einziehen?»

«Nur für eine Nacht.» Er nahm sie in die Arme und streichelte ihren Rücken, während er sie an sich drückte. «Eine möglichst lange Nacht, wenn's nach mir geht...» Er griff nach dem Reißverschluß.

7

Am Dienstag machte der Rabbi wieder seinen wöchentlichen Besuch im Salem Hospital, ließ sich in der Anmeldung eine Liste der jüdischen Patienten geben und ging dann gleich zu Morris Fisher.

Fisher war ein kleiner, beleibter Siebzigjähriger mit einem krausen weißen Haarkranz auf einer spiegelnden Glatze. Von seinem leichten Schlaganfall hatte er sich weitgehend erholt, mußte aber bis zum Abschluß weiterer Untersuchungen noch im Krankenhaus bleiben. Als der Rabbi hereinkam, saß er in Pyjama und Bademantel in dem einzigen Sessel des Zimmers. Einige Tage war seine linke Seite partiell gelähmt gewesen, inzwischen aber konnte er den Arm und das Bein wieder bewegen. Nur der linke Mundwinkel war noch ein bißchen verzogen, was seinem Gesicht einen spöttischen Ausdruck verlieh.

«Hallo, Rabbi», begrüßte ihn Fisher. «Sie haben mich bestimmt nicht wiedererkannt.»

Da sich Fisher – mit Ausnahme der Hohen Feiertage – kaum in der Synagoge sehen ließ, war das eine nicht ganz unbegründete Vermutung, aber so hatte er es natürlich nicht gemeint.

Der Rabbi ließ sich auf dieses Gambit nicht ein, sondern fragte harmlos: «Sie haben ein bißchen abgenommen, nicht?»

«Das auch», räumte Fisher ein. «Ich bin jetzt eine Woche hier, da kann man ganz schön an Gewicht verlieren.»

«Ist das Essen nicht gut?»

«Man kann es sich sogar aussuchen. Und wann kann man es sich aussuchen? Jeweils beim Frühstück für den nächsten Tag. Wie soll man wissen, worauf man am nächsten Tag Appetit hat, wenn man gerade erst aufgehört hat zu essen? Sie bringen einem das Zeug zu festen Zeiten auf einem Tablett, und man muß sich mächtig ranhalten, damit das Eis nicht schmilzt, bis man zum Nachtisch kommt. Und inzwischen wird der Kaffee kalt. Ich bin wahrhaftig kein Kettenraucher, nur zum Kaffee rauch ich schon gern eine Zigarette. Aber wenn man hier bloß nach einem Glimmstengel greift, tun die so, als wollte man das ganze Krankenhaus vergasen.

Mitten in der Nacht wird man geweckt zum Blutdruck- und Fiebermessen und zum Blutabzapfen. Und irgendwann kommt dann ein Assistenzarzt zur Untersuchung, der horcht einem die Brust ab und drückt einem auf dem Bauch herum und klopft einem mit einem Gummihämmerchen auf Knie und Ellbogen. Und fast jedesmal ist es ein anderer.»

«Aber der für Sie zuständige Chefarzt –»

«– glänzt durch Abwesenheit. Höchstens, daß er einmal am Tag vorbeirauscht und kurz guten Tag sagt, aber alles andere machen die Assistenzärzte und die Schwestern. Früher hat sich der Chefarzt auch mal zu einem gesetzt und sich ein bißchen unterhalten, aber das ist vorbei. Heute sieht man ihn nur so, wie die Mannschaftsgrade ihren General sehen.»

«Ja, in den letzten Jahren hat sich tatsächlich vieles geändert», sagte der Rabbi. «Nicht zuletzt in den freien Berufen.»

«Das können Sie laut sagen», bestätigte Fisher. «In Ihrer Zunft ist es ja nicht anders. Mein Vater war kränklich und mußte immer wieder ins Krankenhaus, aber der Rabbi hat ihn nicht ein einziges Mal besucht. Dabei wohnten wir damals in Boston, wo's jede Menge Rabbis gab.»

Der Rabbi nickte. «Gewiß, aber ich hoffe doch, daß Ihr Vater sonst viel Besuch hatte. Allen Juden ist aufgetragen, ihre Kranken zu besuchen, aber hier in Barnard's Crossing, wo schon viel an jüdischen Sitten und Gebräuchen in Vergessenheit geraten ist, wird erwartet, daß der Rabbi die Krankenbesuche macht, weil er gewissermaßen der einzige praktizierende Jude ist. Wir haben auch einen Besuchskreis, der eigentlich –»

«Ja, von denen sind auch ein paar dagewesen.»

«Und Ihre Angehörigen?»

«Ich hab keine Angehörigen, Rabbi.»

«Keine Kinder?»

Fisher schüttelte nachdrücklich den Kopf. «Meine Frau hatte nur ihren Beruf im Kopf, die hatte keine Zeit für Kinder. Damals war ich allerdings auch nicht so scharf drauf. Ich –»

Eine weißbekittelte junge Frau mit einem Stethoskop um den Hals kam herein. «Mr. Fisher? Ich bin Dr. Pederson.» Sie sah den Rabbi an. «Dürfte ich Sie wohl bitten –»

«Ich wollte gerade gehen», sagte der Rabbi. «Weiter gute Besserung, Mr. Fisher.» Während er ins nächste Krankenzimmer ging, überlegte er, ob er mit seinem Besuch Fisher wirklich eine Freude gemacht oder im Grunde nur sein eigenes Gewissen beruhigt hatte.

8

Am nächsten Freitag nahm Victor außer Pyjama, Hausschuhen und Bademantel auch seine Golfschläger, Golfschuhe, Sporthose, Sporthemd und Anorak mit ins College. Den Kollegen im Dozentenzimmer, die ihn fragend ansahen, als er seine Schläger und den Koffer hinter seinem Schreibtisch an die Wand stellte, sagte er nur, daß er übers Wochenende verreisen würde. Wohin er wollte, sagte er nicht.

Als er um zwei ins Dozentenzimmer zurückkam, wartete Cyrus Merton schon auf ihn. Die Kollegen waren offenbar nicht mehr im Haus, was Victor nur recht war. Von seiner besonderen Beziehung zu Cyrus Merton brauchten sie vorläufig noch nichts zu wissen.

Cyrus Merton fuhr langsam und vorsichtig, so daß sie für die dreißig Meilen bis Barnard's Crossing fast eine Stunde brauchten, obgleich nicht viel Verkehr war. Es war schon nach drei, als sie auf dem Point ankamen, zu spät, um noch irgend etwas zu unternehmen. Man konnte nur dasitzen, fernsehen und aufs Abendessen warten.

Am nächsten Morgen legte Victor seine Schläger in Pegs Kabrio, und die beiden machten sich auf den Weg nach Breverton. Der Point, eine langgezogene Halbinsel, die wie ein Finger in den Hafen hineinragte, war über die Abbot Road mit der Stadt verbunden. Peg fuhr langsam, und Victor, der sich auf seine Golfrunde freute, fragte: «Müssen wir eigentlich so schleichen?»

«Wir sind hier noch im Stadtgebiet, da ist eine Höchstgeschwindigkeit von 25 Meilen vorgeschrieben», erläuterte sie, «und die Verkehrspolizei macht oft Kontrollen. Aber bis zum Highway sind es nur noch drei Meilen.»

«Und wie weit ist es von da zum Breverton Country Club?»

«Ungefähr zwanzig Meilen. Wenn wir erst auf dem Highway sind, ist es in fünfundzwanzig bis dreißig Minuten zu schaffen.»

«Dein Onkel hat aber gesagt, daß es von euch nur eine halbe Stunde ist.»

«So? Dann hat er wohl die Strecke über die Pine Grove Road gemeint.»

«Und warum fahren wir die nicht?»

«Ich mag sie nicht besonders, es ist eine alte Straße, die wohl noch aus der Kolonialzeit stammt, schmal und gewunden, und auf beiden Seiten stehen Bäume, so daß die Sicht schlecht ist. Wir können so zurückfahren, damit du sie mal kennenlernst.»

«Ja, gern.»

Dann fiel ihm etwas ein. «Gibt es eigentlich Geschäfte in Breverton? Dann könntest du einen Einkaufsbummel machen, während ich meine Runde drehe, und hinterher treffen wir uns zum Mittagessen.»

«Ich wollte dir eigentlich zusehen.»

«Es ist eine ziemlich lange Strecke», sagte er etwas skeptisch.

«Wir könnten uns einen dieser Wagen nehmen, mit denen sie auf dem Gelände herumfahren.»

«Ach, sie haben elektrische Golfkarren? Super, dann kannst du mein Caddy sein.»

«Was hat ein Caddy zu tun?»

«Normalerweise trägt er die Schläger, aber da wir ja fahren, brauchst du nur aufzupassen, wo mein Ball landet.»

«Das werde ich wohl noch schaffen.»

Auf dem Golfplatz war nicht viel Betrieb, und kurz nach zwölf hatte er seine Runde beendet. Sie setzten sich in das geräumige Restaurant, und er trank einen Scotch mit Soda, während sie die Speisekarte studierten. Als sie die Bestellung aufgaben, ließ er sich einen zweiten bringen. Weil er das Gefühl hatte, daß sie ihn ein bißchen schief ansah, erklärte er: «Der erste Drink ist der übliche Abschluß einer Golfrunde. Der zweite ist mein Aperitif.»

Sie fuhren über die Pine Grove Road zurück und waren erstaunlich schnell auf dem Point. «Mich wundert eigentlich, daß sie die Straße nicht in Ordnung bringen», sagte Victor, «sie spart wirklich viel Zeit.»

«Zwischen den beiden Städten gibt es nicht viel Verkehr, interessant ist die Strecke eigentlich nur für Leute, die zum Golfen wollen.»

«Und für Liebespaare», ergänzte er.

Sie errötete leicht. «Schon möglich...»

Auf dem Golfplatz und auch auf der Fahrt über die Pine Grove Road war Victor ein paarmal versucht gewesen, Peg den Arm um die Schulter zu legen und dann wie zufällig mit den Fingerspitzen ihre Brust zu berühren, hatte es dann aber doch gelassen, womöglich hätte sie es falsch verstanden.

Wie in der vergangenen Woche brachte Cyrus ihn am Sonntag zum Drei-Uhr-Zug, nachdem er ihm zugeredet hatte, den Wochenendkoffer und die Golfschläger gleich dazulassen.

«Sie kommen doch hoffentlich nächste Woche wieder? Ich hole Sie am Freitagabend ab.»

Wieder rief er von der North Station aus Marcia Skinner an und reagierte bei ihr den Frust ab, der sich im Lauf der vergangenen zwei Tage in ihm aufgestaut hatte.

Mehrere Wochenenden verliefen nun nach diesem Muster. Am Freitag holte Cyrus ihn ab, am Sonntagnachmittag brachte er ihn zur Bahn, und der Rest des Tages und manchmal auch die Nacht gehörten Marcia Skinner.

Dann bekam Victor Joyce eine schwere Erkältung. Am Donnerstag quälte er sich noch durch seine Veranstaltungen, aber nach einem besonders heftigen Husten- und Schnupfenanfall schickte Professor Sugrue, der Fachbereichsleiter, ihn nach Hause. Er solle sich ins Bett legen und am Freitag seinen Studenten nicht zu nahe kommen, empfahl er ihm. Victor nickte und nahm sich sogar ein Taxi, um den ziemlich langen Fußweg zu vermeiden.

Da er wußte, daß man ihn zum Wochenende in Barnard's Crossing erwartete und Cyrus ihn wie üblich im College abholen wollte, rief er bei den Mertons an. Cyrus meldete sich. Als

Victor schniefend und mit heiserer Stimme Bericht erstattet hatte, fragte Cyrus: «Waren Sie beim Arzt?»

«Nein.»

«Haben Sie Fieber?»

«Ich besitze gar kein Fieberthermometer.»

«Jetzt passen Sie mal auf, Victor. Ich bin morgen gegen neun bei Ihnen, Sie ziehen sich warm an, und ich bringe Sie nach Barnard's Crossing, damit wir uns ein bißchen um Sie kümmern können. Wir haben eine Grippewelle, da darf man kein Risiko eingehen.»

Am nächsten Tag, kurz vor neun, stand Cyrus Merton bei Victor vor der Tür, ließ ihn einsteigen und legte ihm eine Decke um die Schultern, eine zweite über die Knie.

«Haben Sie schon was gegessen?» fragte Cyrus.

«Nein, ich hatte keinen Appetit.»

Im Haus der Mertons wurde er sofort ins Bett gesteckt, und Peg brachte ihm das Frühstück.

«Der Arzt kommt nachher vorbei», sagte sie.

«Ich dachte, Ärzte machen heutzutage gar keine Hausbesuche mehr.»

«Bei meinem Onkel schon.»

Dr. Riley untersuchte Victor und meinte, er solle ein, zwei Tage im Bett bleiben. Victor hatte nichts dagegen. Er war hier gut aufgehoben und genoß es, bedient zu werden. Peg brachte ihm die Mahlzeiten und leistete ihm beim Essen Gesellschaft. Als sie am Sonntag nach dem Abendessen seinen Teller wegnehmen wollte, hielt er ihre Hand fest und küßte sie. Und um ihr zu zeigen, daß ihn dazu nicht nur Dankbarkeit bewogen hatte, drehte er die Hand um und küßte auch die Handfläche. Sie zuckte leicht, aber dann lächelte sie und ging mit dem Tablett weg. Als sie ihm kurz darauf die Sonntagszeitung brachte, küßte er wieder ihre Handfläche. Diesmal reagierte sie mit einem Kuß auf seine Stirn. Sie hätte vermutlich auch nichts dagegen gehabt, auf den Mund geküßt zu werden, aber natürlich ließ er das schön bleiben, er wollte sie schließlich nicht anstecken.

Abends war er soweit wiederhergestellt, daß er aufstehen

und im Bademantel mit der Familie essen konnte. Cyrus redete ihm zu, die ganze Woche in Barnard's Crossing zu bleiben, aber das wollte Victor, wie er sagte, seinen Studenten nicht antun. Allerdings sagte er am Montag im College Bescheid, daß er erst am Dienstag kommen würde. An dem Tag hatte er nur ein Seminar, das erst am Nachmittag stattfand. Am Dienstagvormittag fuhr ihn Cyrus zurück nach Boston.

Als er wieder in seiner Wohnung war, fiel ihm ein, daß Marcia Skinner vielleicht am Sonntagnachmittag auf seinen Anruf gewartet hatte. Er würde ihr rasch Bescheid sagen, schließlich wollte er es mit ihr nicht verderben. Statt Marcias Stimme aber kam eine Ansage vom Band: «Kein Anschluß unter dieser Nummer...»

Am nächsten Morgen versuchte er es unter ihrer Durchwahlnummer im Büro. «Miss Skinner ist nicht im Haus», hieß es.

«Wann kommt sie denn?»

«Gar nicht mehr. Sie ist nach New York versetzt worden.»

«Bis wann?»

«Auf Dauer.»

Ein Wink des Schicksals, dachte er bedrückt. Demnach liegt meine Zukunft bei Margaret Merton.

9

Peg war mit Victor unterwegs, Cyrus und seine Schwester saßen allein beisammen. «Na, Aggie, was hat Dr. Riley gesagt?»

«Sie hat Untergewicht und ist ein bißchen blutarm. Er hat ihr Eisentabletten verschrieben und will sie in zwei Monaten wiedersehen. Ich habe dann, während sie sich anzog, noch unter vier Augen mit ihm gesprochen. Er meinte, es wäre vielleicht ganz gut, wenn sie nicht gleich heiratet, sie sollte erst noch ein bißchen zu Kräften kommen.»

«Diese Ärzte! Da will man nur einen medizinischen Rat von ihnen, und schon versuchen sie, einem in alles reinzureden. Und was hat sie dazu gesagt?»

«Darüber hat er mit ihr gar nicht gesprochen. Wenn die Frau blutarm ist, meint er, hat das unter Umständen Auswirkungen auf das Kind. Kinder anämischer Mütter könnten mit allen möglichen angeborenen Schädigungen auf die Welt kommen, und in Anbetracht ihrer Herkunft und Erziehung hielte sie sicher nicht viel von Geburtenkontrolle.»

«Weil sie eine gute Katholikin ist? Sie könnte ja die Rhythmusmethode anwenden.»

«Ja, schon, aber –»

«Dr. Riley könnte sie ihr erklären.»

«Damit weiß sie Bescheid, sie hatten in der Schule Sexualerziehung.»

Cyrus war entsetzt. «Das darf ja nicht wahr sein! In einer katholischen Schule?»

«Ja, sicher. Wir hatten das auch schon im Unterricht, allerdings wurde damals wohl manches noch nicht so unverblümt ausgesprochen wie heute.»

«Hast du bei ihr mal vorgefühlt, was... na ja, was sie vom Heiraten hält? Und von Victor?»

«Ja. Sie sagt, daß sie, so dankbar sie uns für alles ist, was wir für sie getan haben, doch gern ihren eigenen Hausstand haben möchte. Victor ginge es ebenso, sagt sie, er sei auch so was wie eine Waise. Wie sie das meint, habe ich gefragt, aber darüber wollte sie sich nicht auslassen, du weißt ja, wie sie ist, wenn sie über etwas nicht sprechen will, dann sagt sie keinen Piep mehr und stellt sich taub, wenn man sie was fragt. Weißt du Genaueres? Du wolltest dich ja mal erkundigen.»

«Ja, der Auslöser war, daß ich mir überlegt habe, wie das ist, wenn seine Eltern zur Hochzeit kommen wollen. Daß sie sich die Reise vielleicht nicht leisten können. Sie leben in Kalifornien. Dann hätte ich ihnen das Geld für den Flug spendiert, irgendwie als Kredit getarnt oder so. Als dann Victor sagte, seine Eltern würden auf gar keinen Fall kommen, habe ich über die Bank Erkundigungen einziehen lassen.»

«Ja, und?»

Es wollte ihm nicht recht über die Lippen, obgleich er es schon seit einiger Zeit wußte. «Zum Jubeln ist es nicht», sagte er schließlich. «Die Eltern haben sich getrennt, als er vier war. Was heißt getrennt... der Mann hat sie sitzenlassen, und weil sie sich nicht um das Kind kümmern konnte oder wollte – es gab da wohl ein Alkoholproblem –, wurde das Vormundschaftsgericht eingeschaltet. Dann ist er von einer Pflegefamilie zur anderen weitergereicht worden und schließlich in einem christlichen Waisenhaus gelandet. Er war begabt, wurde gefördert und hat schon in der High School einen Leistungskurs in alten Sprachen gemacht. Weil er Stipendien bekam, konnte er aufs College und hinterher zum Fachstudium und zur Promotion an die Boston College Graduate School gehen.»

«Und so einen willst du unserer Peg geben?» wunderte sich Agnes.

«Warum nicht? Er ist groß und stark und sieht gut aus, ‹ein Kerl voller Saft und Kraft›, wie unser Vater gesagt hätte, während sie ja leider klein und ein bißchen mickrig geraten ist. Die Mertons waren alle robust. Bei einem Mann wie Victor stehen die Chancen gut, daß die Kinder auch wieder gesund und kräftig werden. Und immerhin hat er es trotz dieser Herkunft geschafft, Hochschullehrer zu werden, und gibt außerdem noch zweimal in der Woche Abendkurse. Der Mann hat Charakter, und das erkenne ich an. Mit unserer Herkunft ist es ja schließlich auch nicht soweit her. Pa war Straßenkehrer, und Ma ist putzen gegangen, das war ganz typisch für die Iren und auch die Einwanderer aus anderen Ländern, Italiener oder Polen, die vor ein, zwei Generationen herkamen. Deswegen sind sie ja auch ausgewandert. Die Ärzte und Advokaten und Großbauern sind in der alten Heimat geblieben, es waren immer die kleinen Leute, die anderswo ihr Glück versucht haben, und die haben dann hier ihre Chance bekommen – das sieht man ja an Victor. Ich bin hundertprozentig für ihn. Die Frage ist jetzt nur, ob sie ihn überhaupt will, ob sie was für ihn übrig hat.»

«Das glaube ich sicher. Er ist der erste und einzige, der sie je hofiert hat. Er ist zweiunddreißig, und sie ist für ihre zwanzig Jahre noch sehr jung, sie war nur auf Mädchenschulen und hat keine Erfahrungen mit Freunden. Gewiß, da hatten sie auch ihre Tanzereien, zu denen Jungen eingeladen wurden, aber ich glaube kaum, daß einer von denen sich in sie verguckt hat, so wie sie aussieht. Wir, ihre Familie, sind mit Victor einverstanden. Und er ist ja wirklich ein Kerl voller Saft und Kraft, da müßte sie schon ziemlich verbogen sein, um nichts für ihn übrig zu haben.»

«Dann ist ja alles in Ordnung. Am besten verheiraten wir die beiden so schnell wie möglich, damit dann bald die Enkel kommen.»

«Sollten wir nicht erst noch Verlobung feiern?»

«Wozu? Dann müssen wir nur Leute aus dem Ort einladen und holen uns dadurch womöglich die Konkurrenz ins Haus. Ich habe Victor einen Verlobungsring für Peg gekauft, was Anständiges kann er sich wahrscheinlich nicht leisten, und in Schulden soll er sich deswegen nicht stürzen.» Er holte ein Schmuckkästchen aus der Tasche, ließ es aufschnappen und reichte es seiner Schwester. Es enthielt einen goldenen Ring mit einem von zwei kleinen Brillanten eingefaßten Smaragd. «Wie findest du ihn?»

«Wunderschön. Sag mal, soll ich ihr auch ein Geschenk für Victor besorgen?»

«Nein, das ist völlig überflüssig.»

Margaret aber hatte dann doch ein Verlobungsgeschenk für Victor – eine Armbanduhr. «Es war die Uhr meines Vaters», erklärte sie. «Sie ist nicht sehr wertvoll, aber mein Vater hing sehr an ihr. Meine Mutter hat sie ihm gekauft, als sie zu ihrem zehnten Hochzeitstag nach Rom gefahren sind, und hat noch das Herz Jesu auf das Zifferblatt malen lassen. Und siehst du das silberne Röhrchen über der Zwölf? Das ist eine Reliquie des Heiligen Ulrich. Dad hat die Uhr immer an der Innenseite des Handgelenks getragen, damit sie möglichst nah an den Blutgefäßen und dadurch mit seinem Herzen verbunden ist.»

«Dann will ich sie auch so tragen.» Victor legte die Uhr an und ließ den Verschluß des goldfarbenen Metallbandes zuschnappen. «Gerade heutzutage, bei unserem ständigen Streß, ist es doch etwas sehr Schönes, wenn eine geweihte Uhr über unsere Zeit wacht.»

10

Agnes legte den Hochzeitstermin so, daß er in den Beginn von Victors Semesterferien im April fiel, und Cyrus schenkte dem Paar eine einwöchige Hochzeitsreise auf die Bermudas. Peg hatte sich seelisch auf das Trauma der Hochzeitsnacht vorbereitet, indem sie sich sagte, es sei ein Opfer, das sie bringen müsse. Daß sie dabei Schmerzen empfinden würde, hatte sie erwartet, aber sie fand den Liebesakt auch abstoßend. Ihre Tante hatte sie gewarnt: «Manche Frauen müssen sich erst ans Eheleben gewöhnen. Möglich, daß dir die Pflichten, die damit zusammenhängen, zuerst nicht so recht gefallen, aber das kommt schon mit der Zeit. Bei Männern ist das anders als bei uns Frauen, die haben Spaß daran. Sie brauchen es sogar, so wie... wie man unbedingt ein Glas Wasser trinken muß, wenn man großen Durst hat... Denk immer daran, daß du ihn lieb hast und er nicht darauf verzichten kann. Und ihm zuliebe solltest du zumindest so tun, als ob es dir Spaß macht.»

Doch Peg hatte kein Talent zur Verstellung und fand es nach wie vor unerfreulich, mit ihrem Mann zu schlafen, auch wenn sie keine körperlichen Schmerzen mehr dabei hatte. Zunächst war er zwar etwas geknickt darüber, daß sie seine Liebeskünste nicht recht zu würdigen schien, aber bald störte es ihn nicht mehr, im Gegenteil, er empfand fast so was wie einen zusätzlichen Kitzel, und manchmal mußte er, wenn er ihren Widerwillen spürte, an Schwester Bertha aus der sechsten Klasse denken.

Tagsüber war er dafür besonders lieb und rücksichtsvoll zu ihr. Sie lagen faul am Strand, schwammen, radelten durch die Gegend oder bummelten durch die Straßen und Geschäfte. Sie war gern mit ihm zusammen und freute sich auch nachts, ihn neben sich im Bett zu spüren. Es war der erste hautnahe

Kontakt zu einem anderen Menschen, seit sie ihre Eltern verloren hatte. Und der Liebesakt, der ihr so widerstrebte, war ja meist schnell überstanden.

Nur zu bald kam der Tag der Rückreise. Sie gingen davon aus, daß sie zunächst bei den Mertons wohnen würden, und zwar in Margarets Zimmer, das viel größer war als das Gästezimmer, in dem Victor bisher untergebracht worden war, und daß Agnes dort vielleicht ein bißchen umräumen, zumindest ein Doppelbett hineinstellen würde. Doch als Peggy nach oben ging, stellte sie fest, daß ihre Sachen – Kleider, Unterwäsche, Pullis, Strümpfe – verschwunden waren, Schrank und Kommode waren leer.

Sie ging ins Wohnzimmer, wo Victor mit ihrem Onkel und ihrer Tante bei einem Drink zusammensaß. «Meine Sachen sind weg», sagte sie. «Meine Kommode ist leer und mein Kleiderschrank und –»

Cyrus lächelte. «Ja, das haben wir alles schon in dein neues Heim geschafft.»

«In mein neues Heim?»

«Ja, was hast du denn gedacht? Zwei gesetzte ältere Herrschaften und ein Flitterpaar unter einem Dach – das kann doch nicht gutgehen. Wir haben deine Sachen in eins der Häuser im Shurtcliffe Circle gebracht, die ich als Sommerhäuser vermiete. Die Einrichtung ist einfach, aber ausreichend, besser als ein Hotelzimmer ist es allemal. Das Haus könnt ihr haben, solange ihr wollt und bis ihr was Besseres gefunden habt.»

Es war ein kleines Holzhaus am Ende einer Sackgasse. Die beiden Schlafzimmer im Obergeschoß waren durch einen Gang getrennt, an dem das Badezimmer lag. Das größere Schlafzimmer, wohl als Elternschlafzimmer gedacht, hatte noch eine eigene Toilette mit Bad. Zwei mit Krampen verbundene Einzelbetten bildeten ein superbreites Doppelbett. In dem Schrank des großen Schlafzimmers hingen schon Margarets Garderobe und der Anzug, den Victor für die Wochenenden bei den Mertons deponiert hatte. In dem anderen Schlafzimmer stand ein Einzelbett.

«Wie gefällt es euch?» fragte Cyrus.

«Es ist wunderschön», sagte Margaret.

«Ideal», bestätigte Victor.

«Also, die Möbel –» begann Cyrus entschuldigend.

«Nein, wirklich, es könnte nicht besser sein.»

«Geschirr und Töpfe und Pfannen sind auch da», sagte Cyrus. «Und ein Staubsauger. Jedenfalls ist einer vorgesehen, ich hab nicht noch mal nachgesehen.»

«Wir werden uns hier bestimmt wohl fühlen», sagte Margaret.

«Schön, dann lassen wir euch jetzt allein», sagte Cyrus. «Komm, Aggie, die beiden Turteltauben müssen sehen, wie sie mit ihrem neuen Hausstand zurechtkommen.»

An der Tür sagte Agnes noch: «Im Brotkasten sind Brot und Brötchen, und ich hab euch ein paar Sachen in den Kühlschrank gestellt, nichts Besonderes, nur Milch und Butter und Eier. Kaffee und Teebeutel und Zucker sind in der Speisekammer.»

«Und am Sonntag erwarten wir euch natürlich zum Essen», ergänzte Cyrus.

«Ja, das versteht sich von selbst», bestätigte Agnes.

«Und wenn Victor wegen seiner Abendkurse länger in der Stadt bleiben muß, kannst du zum Abendessen zu uns kommen, Peg.»

«Ich habe keine Angst vor dem Alleinsein», sagte Peg.

«Kennst du übrigens die Nachbarn?» fragte Victor noch.

«Nein, die Rosens sind Juden, soviel ich weiß, aber wohl ganz ordentlich. Zumindest hat sich keiner meiner Mieter bisher über sie beschwert.»

«In meinem ganzen Leben hab ich bestimmt noch keinen Juden kennengelernt», sagte Peg.

«Ich kann nichts gegen sie sagen. Wir haben ein paar jüdische Dozenten und eine ganze Menge jüdischer Studenten», sagte Victor.

Cyrus war noch etwas eingefallen. «Wie kommst du denn morgen früh in die Stadt?» fragte er. «Wann ist deine erste Veranstaltung?»

«Am Montag, Mittwoch und Freitag habe ich mein erstes Seminar um neun. Ich wollte Peg bitten, mich zum Bahnhof zu fahren.»

«Wenn du den Acht-Uhr-Zug nimmst, bist du um halb neun in der North Station, dann mußt du mit der U-Bahn zur Park Street, dort umsteigen, bis Arlington fahren und noch ein Stück zu Fuß gehen.» Er schüttelte den Kopf. «Mit einigem Glück schaffst du das bis neun, aber da muß alles glattgehen. Sicherer ist der Zug um halb acht. Und wie ist es mit der Heimfahrt? Bist du jeden Tag zur gleichen Zeit fertig?»

«Nein. Ich wollte dann jeweils Peg anrufen, damit sie zum Bahnhof kommt.»

«Dann mußt du dich immer zu Hause halten, Peg, und wenn du den Job in der Stadtbücherei annehmen willst...» Er schüttelte den Kopf. «Nein, das ist nichts. Einer meiner Vertreter hat letzte Woche aufgehört, Victor, und sein Wagen steht bei uns nur herum, den könnte ich dir herbringen lassen. Wenn es dir nichts ausmacht, daß er an der Seite das Logo von Merton Immobilien hat... Notfalls kannst du es auch wegmachen, es ist nicht auflackiert, sondern nur ein Abziehbild.»

«Aber... wenn du nun einen neuen Vertreter einstellst?»

«Der muß dann eben seinen eigenen Wagen nehmen, und ich zahle ihm Kilometergeld. Im Endeffekt kommt mich das wahrscheinlich noch billiger.»

«Ich weiß wirklich nicht, was ich sagen soll...» stotterte Victor ganz überwältigt.

«Dann sag nichts, mein Junge. Ich tu's doch gern.»

Am nächsten Morgen lernte Peg ihre erste jüdische Mitbürgerin kennen. Helen Rosen kam vorbei, um die neue Nachbarin mit einem Teller selbstgebackener Plätzchen zu begrüßen. Peg bat sie auf einen Kaffee herein.

«Nur Nescafé, ich hoffe, das stört Sie nicht...»

Bei Kaffee und Plätzchen erfuhr Peg, daß Herb Rosen ein großes Installationsgeschäft betrieb... «Sie haben die ganze Installation in der High School von Barnard's Crossing gemacht», obgleich er selbst keine Dichtungsscheibe wechseln und keinen Wasserhahn anschließen konnte. Daß er zunächst an der renommierten Juillard School of Music Musik studiert, dann aber, als feststand, daß er es nie zum Solisten bringen würde, den väterlichen Betrieb übernommen hatte. Daß er ein Orchester leitete, das einmal in der Woche zum Probieren in der Veteran's Hall zusammenkam... «Wenn Sie oder Ihr Mann ein Instrument spielen – ein Orchesterinstrument, nicht Gitarre oder Akkordeon –, sind Sie dort herzlich willkommen!»... und daß Helen nachmittags ehrenamtlich im Geschenke-Shop des Salem Hospital arbeitete. Daß Herb ein Boot hatte und im Sommer jede freie Minute zum Segeln nutzte, während Helen sich dafür nicht begeistern konnte. Daß sie eine Tochter, Phoebe, hatten, die das erste Jahr in die High School von Barnard's Crossing ging.

Helen Rosen ihrerseits erfuhr, daß die Joyces nicht wußten, wie lange sie in diesem Haus oder in Barnard's Crossing wohnen würden, weil es vielleicht doch zweckmäßiger war, nach Boston zu ziehen. Daß Cyrus Merton Pegs Onkel war und Peg seit ihrem zwölften Lebensjahr, nach dem Tod ihrer Eltern, bei den Mertons lebte. «Allerdings war ich die meiste Zeit in der Schule oder im Sommerlager.» Daß sie etwas über eine Woche verheiratet waren –

«Ja, ich habe die Anzeige im *Reporter* gelesen. Richtig, jetzt fällt's mir ein, als Brautvater war Cyril Merton genannt...»

Daß sie beide nicht segelten, «aber vielleicht fangen wir damit an, wenn wir in Barnard's Crossing bleiben», daß aber ihr Mann ein begeisterter Golfer war.

«Dann muß er in den Country Club nach Breverton, in Barnard's Crossing ist kein Golfplatz.»

«Ja, ich weiß, er war schon ein paarmal da.» Daß er am Windermere Christian in Boston unterrichtete... «So ein Zufall! Eine Freundin von mir ist dort auch Dozentin!»... daß Victor Joyce noch zweimal in der Woche in Boston an einer Abendschule unterrichtete, daß es Peg aber nichts ausmachte, allein zu bleiben. Daß sie einen Job in der Stadtbücherei bekommen hatte, so daß sie an den Tagen, wenn Victor später heimkam, dort die Abendschicht machen konnte.

11

Bei seinem nächsten Besuch im Salem Hospital erfuhr Rabbi Small, daß Morris Fisher entlassen worden war. Abends suchte Ben Clayman den Rabbi zu Hause auf.

«Ich war bei Fisher –»

«Er ist aber nicht mehr im Krankenhaus.»

«Nein, ich weiß, ich habe ihn zu Hause besucht.»

«Sind Sie denn mit ihm befreundet?»

«Persönlich befreundet nicht direkt, der Mann ist ja doppelt so alt wie ich, aber mein Vater kannte Fishers Frau von der Firma her, er gehört einfach zum Bekanntenkreis unserer Familie. Deshalb macht er auch seine Aktiengeschäfte mit mir. Er war einer meiner ersten Kunden, als ich beim Klan angefangen habe.»

«Beim Klan?»

«Das war so die gängige Bezeichnung für die Firma. Kravitz, Kaplan und Kohn – KKK wie beim Ku Klux Klan. Eine Zeitlang hat er spekuliert wie ein Weltmeister, inzwischen ist er etwas ruhiger geworden, aber ich bemühe mich, mit ihm in Kontakt zu bleiben. Für ihn ist es mehr ein Hobby, irgendeine Beschäftigung braucht ja der Mensch. Als es ihm gesundheitlich noch besser ging, hat er manchmal stundenlang in unserem Büro in Lynn gesessen und zugesehen, wie die Meldungen aus dem Ticker kamen. Natürlich erst nach seiner Pensionierung.»

«Er war Lehrer, nicht?» sagte der Rabbi.

«Ja. Mathematiklehrer in Lynn.»

«Konnte er sich denn von seiner Lehrerpension solche Börsenspekulationen überhaupt leisten?»

«Nein, das große Geld hat seine Frau gemacht. Als sie aus dem College kam, wollte sie arbeiten und Geld verdienen, aber damals konnte man als Frau eigentlich nur Lehrerin oder Krankenschwester werden. Und Lehrerinnen durften – in den öffentlichen Schulen jedenfalls – nicht verheiratet sein. Viele Frauen, die nicht gleich Kinder haben wollten, konnten allenfalls ein Geschäft aufmachen, einen Hutladen oder eine Teestube. Das hat dann auch Mrs. Fisher gemacht: Sie hat eine Teestube eröffnet, in der es auch Suppen und Sandwiches gab, aber das beste Geschäft machte sie nachmittags, wenn die Frauen nach dem Einkaufen, ganz kaputt vom vielen Herumrennen, auf eine Tasse Tee oder Kaffee und ein paar Plätzchen hereinkamen. Selbstgebackene Plätzchen, die Mrs. Fisher zu Hause machte und am nächsten Tag mit in ihre Teestube nahm. Eine Weile ging der Laden nicht gerade glänzend, aber leidlich, und die Kasse stimmte. Und dann hat sie sich eine Plätzchensorte einfallen lassen, die sie Nussini nannte. Pessach war gerade vorbei, da hat sie die Nüsse, die ihr übriggeblieben waren, gehackt und in den Teig getan, und das wurde der große Renner. Die Leute kamen nicht mehr zum Kaffee- oder Teetrinken, sondern um Nussini zu kaufen. Sogar die Männer waren ganz verrückt danach.

Schließlich wollten auch andere Geschäfte und Restaurants ihre Nussini haben, und das Ende vom Lied war, daß die Firma Continental Cracker sie aufgekauft hat. Sie hat einen schönen Batzen Geld dafür bekommen und einen Posten im mittleren Management von Continental Cracker, wo damals auch mein alter Herr arbeitete. So hat er die Fishers kennengelernt. Die Frau war gut, sagte er, und das haben sie in der Firma auch anerkannt. Sie wurde immer wieder befördert, und das Gehalt stimmte auch. Jetzt hatte sie also einen richtigen Beruf und dachte gar nicht daran, ihn aufzugeben, um zu Hause zu bleiben und Kinder zu kriegen.»

«Die Fishers haben also keine Kinder?»

«Nein. Als sie schließlich doch mit dem Gedanken spielten, war's wohl schon zu spät.»

«Freut mich, daß Morris Fisher wieder in Ordnung ist», sagte der Rabbi, um das Gespräch abzuschließen und sich wieder seinem Buch widmen zu können. «Bitte, grüßen Sie ihn von mir, wenn Sie ihn sehen.»

«So ganz in Ordnung ist er wohl nicht», sagte Clayman. «Sein Zustand hat sich stabilisiert, so nennt man das wohl. Der Blutdruck ist wieder ziemlich normal, und er bekommt Tabletten, damit das so bleibt, aber man weiß eben nie...»

«Dann wollen wir das Beste hoffen», sagte der Rabbi und stand auf.

Clayman aber machte noch keine Anstalten zu gehen. Er lehnte sich zurück und schlug die Beine übereinander. «Ja, also... weshalb ich eigentlich gekommen bin...»

«Ja?» Der Rabbi setzte sich wieder.

«Der alte Fisher hat überhaupt keine Angehörigen mehr, weder von seiner noch von ihrer Seite, irgendwo in Australien gibt's nur noch einen Vetter zweiten oder dritten Grades seiner Frau. Ich schätze, Fisher hat mindestens zweihunderttausend in Aktien, und sein Haus auf dem Point muß nach heutigem Marktwert dreihunderttausend wert sein. Keine Schulden, keine Hypotheken, gar nichts. Summa summarum eine halbe Million.»

«Und weiter?»

«Er hat sich mächtig gefreut, daß Sie ihn im Krankenhaus besucht haben. Sie sind so verständnisvoll, sagt er, und –»

«Ich habe ja kaum ein Wort gesagt, das Reden hat er besorgt.»

«Ja, ich weiß, er redet gern. Vielleicht hat er es so gemeint, daß Sie ein verständnisvoller Zuhörer waren. Und nun hab ich mir gedacht, wo er doch niemanden hat, dem er sein Geld hinterlassen kann und ihm das offenbar Kopfschmerzen macht, ob Sie nicht ab und zu mal abends bei ihm vorbeigehen, ihm Gesellschaft leisten, eine Partie Schach mit ihm spielen könnten – Sie spielen doch Schach, oder?»

«Ja, ich spiele Schach.»

«Na ja, und wenn Sie dann am Schachbrett sitzen und er wieder jammert, daß er keine Angehörigen hat und keine Erben für sein Vermögen, könnten Sie ihn fragen, ob er es nicht der Gemeinde vermachen will.»

«Nein, das könnte ich nicht.»

«Warum denn nicht?»

«Das wäre Erbschleicherei. Bei jedem Besuch, den ich im Krankenhaus mache, würde es in Zukunft heißen, daß ich mich nur einschmeicheln will, um etwas für die Gemeinde herauszuschlagen.»

Ein Schlüssel drehte sich im Schloß, und Miriam kam von einem Besuch bei einer Nachbarin zurück. «Ach, Sie sind's, Mr. Clayman. Möchten Sie eine Tasse Tee? Ich habe heute nachmittag Plätzchen gebacken und Mrs. Eastwick eine Kostprobe gebracht, sie war ganz begeistert. Eigentlich sind es Zitronenplätzchen, aber ich hab eine Handvoll Nüsse in den Teig gegeben, weil –» Sie machte große Augen, weil beide Männer laut loslachten.

12

Auf der Hochzeitsreise war Victor nicht nur lieb und rücksichtsvoll, sondern auch sehr aufmerksam gewesen, wohl auch deshalb, weil sie unter Fremden waren und keine anderen Gesprächspartner hatten. Als sie sich in ihrem neuen Heim eingerichtet hatten und Victor wieder regelmäßig ins College fuhr, wurde das anders. Jetzt verbrachte er seinen Arbeitstag unter Menschen, die er gut kannte und die ähnliche Interessen hatten wie er. Wenn er nach Hause kam – meist gegen vier, auch an den Tagen, an denen seine Veranstaltungen nur vormittags stattfanden –, hatten sich die jungen Eheleute wenig zu sagen.

«Hast du einen schönen Tag gehabt?» fragte er anstandshalber. Und sie sagte dann wohl: «Ich hab mich in Salem nach Schuhen zu meinem wollweißen Kleid umgesehen.» Manchmal fragte er dann, ob sie die passenden Schuhe gefunden hatte, häufiger aber murmelte er nur etwas Unverständliches. Damit war für ihn das Thema erledigt.

Wenn sie sich erkundigte, wie er den Tag verbracht hatte, war er auch nicht gesprächiger: «So wie immer», sagte er dann wohl, oder: «Wieder eine dieser idiotischen Fachbereichssitzungen, bei denen nie was rauskommt.»

Sie sagte sich, daß es vermutlich an ihren unterschiedlichen Interessen lag, wenn er so schweigsam und zugeknöpft war. Es war ja verständlich, daß ihn ihr müßiges Geschwätz über Schuhe und Kleider anödete. Deshalb las sie jetzt viel und wählte Bücher, die ihm, wie sie glaubte, liegen mußten. Doch ihre Versuche verliefen wenig erfolgreich.

«Ich hab gerade *Stolz und Vorurteil* gelesen», erzählte sie eines Abends. «Magst du Jane Austen?»

«Fällt nicht in mein Gebiet», sagte er kurz angebunden.

«Es handelt von diesem unheimlich reichen jungen Mann, der schrecklich eingebildet ist –»

«Ich weiß, wovon es handelt. Vor einer halben Ewigkeit hab ich es auch mal gelesen. Verzeih, aber ich muß noch Aufsätze korrigieren und eine Vorlesung vorbereiten.» Und dann verzog er sich in das Hinterstübchen, das er sich als Arbeitszimmer eingerichtet hatte.

Mit Schriftstellern aus seinem eigenen Fachgebiet erging es ihr nicht besser. «Ich habe für meine Doktorarbeit so viel von Bernhard Shaw lesen müssen, daß er mir zum Hals raushängt.»

So saß sie denn im Wohnzimmer vor dem Fernseher, während er in seinem Arbeitszimmer war. Manchmal überlegte sie, ob er dort wirklich arbeitete oder ob er sich dorthin nur zurückzog, weil ihm ihr Geschwätz auf die Nerven ging. Meist kam er zu den Zehn-Uhr-Nachrichten ins Wohnzimmer und verkündete anschließend, es sei Zeit, ins Bett zu gehen. Im Klartext: Zeit für Sex. Auch auf diesem Gebiet hatte sich einiges geändert. In den Flitterwochen hatte sie beim Liebesakt immerhin das Gefühl gehabt, daß er sie nahm, um ganz eins mit ihr zu werden, und gehofft, sie würde sich früher oder später daran gewöhnen können. Jetzt aber spürte sie, daß es ihm nicht mehr um ihre Person, sondern nur noch um den Sex ging, und sie fühlte sich jedesmal, wenn er mit ihr geschlafen hatte, beschmutzt und erniedrigt.

Als ihre unfruchtbare Periode zu Ende war, erzählte sie ihm von der Empfehlung des Arztes, mit einem Kind noch eine Weile zu warten.

«Ja, das hat mir deine Tante auch schon gesagt», gab Victor zurück.

«Was meinst du, sollen wir die Betten auseinanderrücken, bis –»

«Komm, Peg, ich bin kein grüner Junge, ich werde mich schon beherrschen.»

Das tat er auch. Zuerst. Nach einer Woche aber war er die Enthaltsamkeit leid. Er wußte es, sie wußte es. Und er versuchte, sie mit Gewalt zu nehmen. Sie stieß ihn von sich und sprang aus dem Bett.

«Entschuldige, Peg», sagte er zerknirscht. «Ich weiß nicht, was in mich gefahren ist. Es tut mir leid. Bitte, komm wieder her.»

Schließlich legte sie sich wieder neben ihn, aber als er am nächsten Tag heimkam, standen die Betten mit einem Meter Abstand auseinander.

«Das habe ich wohl verdient», seufzte er, «und wahrscheinlich ist es besser so, aber können wir die Betten nicht wieder zusammenrücken, wenn die kritische Zeit vorbei ist?»

«Mal sehen», sagte sie.

Ein paar Tage später rief er sie abends an und sagte, er würde später kommen. «Der Kurs ist heute zu Ende, und die Leute wollen noch ein bißchen mit mir feiern.»

«Wann glaubst du, daß du kommst?»

«Vielleicht erst nach Mitternacht, viel früher auf gar keinen Fall. Du brauchst nicht aufzubleiben, leg dich ruhig schon hin.»

Sie ging wie immer um halb elf zu Bett und schlief sofort ein. Als sein Wagen in die Einfahrt einbog, wachte sie auf und sah auf die Uhr. Es war nach eins. Summend kam er die Treppe herauf, holte sich auf Zehenspitzen Schlafanzug und Hausschuhe und ging damit ins Gästezimmer auf der anderen Seite des Ganges, um sie nicht zu wecken, während er sich auszog. Als er wenige Minuten später wieder hereinkam, stellte sie sich schlafend und schnarchte sogar ein bißchen.

Statt sich aber in sein eigenes Bett zu legen, kam er zu ihr. Sie spürte, wie die Matratze unter seinem Gewicht nachgab, und ehe sie auch nur eine Bewegung hatte machen können, hatte er die Arme um sie gelegt. Sie wehrte sich, aber er hielt sie fest und drückte seine Lippen auf ihren Mund, so daß sie keinen Laut von sich geben konnte. Sie drehte und wand sich, um freizukommen, aber sie war ihm nicht gewachsen, und er zwang ihr seinen Willen auf. Als er fertig war und sie losließ, sprang sie aus dem Bett und schloß sich im Badezimmer ein.

Ein, zwei Minuten blieb er auf der Bettkante sitzen, dann ging er zur Badezimmertür. Er hörte sie schluchzen.

«Es tut mir leid Peg. Bitte komm da raus.»

Er wartete, und als das Schluchzen nicht verstummen wollte, sagte er: «Für dich bin ich ein geiles Schwein, nicht? Aber ich schwöre dir, ich faß dich nicht wieder an, bis du mich darum bittest. Bitte verzeih mir und komm raus.»

Keine Antwort. «Na schön... Ich schlaf heute im Gästezimmer.»

Als sie ihn über den Gang gehen hörte, kam sie leise heraus, machte die Schlafzimmertür zu und klemmte einen Stuhl unter den Türknauf. Erst dann legte sie sich wieder ins Bett.

Als er am nächsten Morgen zum Frühstück kam, war nicht für ihn gedeckt. Sie hatte sich hinter der Zeitung verschanzt und trank ihren Kaffee.

«Wegen gestern nacht... es tut mir ehrlich leid. Ich hatte ein bißchen was getrunken, da hab ich wohl die Beherrschung verloren.»

Sie antwortete nicht und kam auch nicht hinter ihrer Zeitung hervor.

«Das Seminar um drei fällt aus, heute bin ich zeitig zu Hause.»

Sie reagierte nicht. Wenigstens aufsehen könnte sie doch, dachte er. Als nichts dergleichen geschah, drehte er sich um und ging aus dem Haus.

Auf der Fahrt in die Stadt kaute er auf dem Problem herum wie der Hund auf dem Knochen. Klar, daß sie noch nicht gleich schwanger werden will, aber daß es sowieso nicht gleich beim ersten Mal klappt, ist schließlich bekannt. Na ja, sie ist eben noch sehr kindlich, vielleicht weiß sie da nicht so gut Bescheid. Aber ich bin schließlich auch nur ein Mensch. Wenn ich denke, wie die Mädchen im College sich vor einem produzieren, viele tragen keinen BH, so daß man die Brustwarzen unter den Kleidern sieht... und diese knackigen Jeans, die nichts der Phantasie überlassen... die Kleine gestern abend in der ersten Reihe, die den Rock hochgezogen hat... das hat mich richtig angemacht. Und dann ein Drink und noch einer, da bin ich dann wohl ausgeflippt. Na schön, vielleicht redet sie ein, zwei Tage nicht mit mir, aber irgendwann fängt sie schon wieder an, kann sein, daß sie dann noch eine Weile auf Distanz macht, aber mit der Zeit beruhigt sie sich bestimmt wieder.

Ob er ihr ein paar Blumen als Friedensgabe mitbringen sollte? Nein, bloß nicht hochspielen, die ganze Geschichte... Später, wenn er wieder vernünftig mit ihr reden konnte, würde er ihr auseinandersetzen, daß so was immer mal wieder zwischen Mann und Frau passiert, daß erwachsene Menschen so was tolerieren und sich dadurch nicht die Beziehung kaputtmachen lassen.

Als er heimkam, war sie nicht da. Seine Sachen hingen im Gästezimmer, und was am schlimmsten war – an der inneren Tür des großen Schlafzimmers war ein Riegel. Das war zuviel. Victor Joyce fühlte sich entschieden ungerecht behandelt. Schließlich hatte er nicht mit Vorbedacht gehandelt, es war ein Ausrutscher gewesen. Dem Riegel hingegen, für den sie einen Handwerker ins Haus geholt haben mußte, haftete etwas so Absichtsvoll-Endgültiges an, daß er darüber in helle Empörung geriet.

Er sagte sich, daß er ein schlechtes Geschäft gemacht hatte. Wenn sie nun ihr Leben lang kränklich blieb? Und sie war zwar nicht dumm, aber unheimlich unreif. Gewiß, sie würde mal das Vermögen ihres Onkels erben, aber wenn nun Merton das verlor? Er hatte praktisch sein ganzes Geld in Häusern und Grundstücken angelegt. Die Immobilienpreise waren zur Zeit hoch, konnten aber auch wieder fallen. Und bis sie an das Geld herankamen, konnten noch viele Jahre vergehen. Wenn Cyrus starb, ging sein Vermögen vermutlich zunächst an seine Schwester. Agnes war noch nicht sechzig, die konnte gut und gern noch zwanzig Jahre leben.

Er beschloß, sich mit Peg auszusprechen. Sie war seine Frau, da brauchte er schließlich kein Blatt vor den Mund zu nehmen. Er würde loslegen, sobald sie wieder zu Hause war.

Aber sie kam ihm zuvor. Sobald sie die Tür hinter sich zugemacht hatte, sagte sie: «Victor, ich möchte mich scheiden lassen.»

Einen Augenblick verschlug es ihm buchstäblich die Sprache. «Aber... aber das geht nicht», stotterte er dann. «Unsere Kirche läßt das nicht zu.»

«Das weiß ich. Deshalb habe ich an eine kirchlich sanktionierte Trennung und eine Zivilscheidung gedacht.»

«Ist es... ist es wegen heute nacht?»

«Die vergangene Nacht hat mir nur gezeigt, daß unsere Heirat ein großer Fehler war.»

«Ich will dir mal sagen, wo der Fehler liegt. Bei dir nämlich. Du bist frigide. Du willst überhaupt keinen Mann. Du hast mich nur genommen, weil du von deinem Onkel und deiner Tante weg wolltest. Und vielleicht wollten sie dich auch loswerden und haben mich deshalb als Mann für dich geangelt. Sex, das war für dich der Preis, den du für deine Freiheit zahlen mußtest.» Er hatte die Stimme erhoben, ja, er schrie jetzt fast, aus Frust und vielleicht auch aus Angst vor den Folgen einer Scheidung. Und vielleicht in der leisen Hoffnung auf einen echten, rechten Ehekrach, dem dann die herkömmliche Versöhnung folgen konnte.

Peg blieb ganz ruhig und sprach leise und gelassen, ohne sich Ärger oder Kränkung anmerken zu lassen. «Du magst recht haben, und ich mache dir auch keinen Vorwurf. Ich weiß nur, daß wir so nicht weitermachen können.»

«Na schön.» Er setzte sich, die Hände auf den Knien, und lehnte sich vor. «Wenn du meinst, daß es nicht anders geht, laß uns vernünftig darüber sprechen. Hast du es schon deinem Onkel gesagt?»

«Nein.»

«Aber du hast es vor.»

«Es wird sich nicht vermeiden lassen.»

«Okay, dann will ich jetzt mal Klartext reden. Du mußt wissen, daß es mehr oder weniger eine arrangierte Ehe war. Dein Onkel hat sehr deutlich gemacht, daß der Mann seiner Nichte einmal ein reicher Mann sein wird. Und für die unmittelbare Zukunft hat er mir eine Festanstellung in Windermere so gut wie versprochen.»

«Ja, inzwischen ist mir klar, wie das alles gelaufen ist, und vermutet habe ich es wohl von Anfang an.»

«Und was bedeutet das für uns? Ich habe mich an meinen Teil der Abmachung gehalten. Aber weißt du, was passiert, wenn du es deinem Onkel sagst? Er wird dafür sorgen, daß ich die Festanstellung nicht bekomme. Wie das genau funktioniert, weiß ich nicht, aber ich weiß, daß er jede Menge Einfluß hat, und wenn er sich querlegt, wird nichts aus der Sache. Und dann sagt man mir vielleicht, daß meine Dienste im nächsten akademischen Jahr nicht mehr benötigt werden, und –»

«Das möchte ich nicht», unterbrach sie ihn. «Ich bin nicht rachsüchtig. Ich weiß, daß du mir nicht weh tun wolltest. Es ist nur ... ich habe das Gefühl, daß wir nicht zueinander passen. Ich bin bereit, mich ebenfalls an die Abmachung zu halten. Bis es mit deiner Festanstellung geklappt hat, wird mein Onkel von mir nichts erfahren. Wir können weiter zusammen hier im Haus wohnen, aber nicht als Mann und Frau. Sondern wie ... wie zwei Fremde in einem Hotel oder einer Pension. Die Entscheidung fällt doch in Kürze, nicht? In zwei Wochen, sagtest du, wenn ich mich recht erinnere ...»

Ihm kam ein neuer Gedanke. «Aber wie machen wir es sonntags mit dem Kirchgang und dem anschließenden Mittagessen bei deinem Onkel?»

Sie überlegte. «Das können wir erst einmal beibehalten. Wir dürfen uns eben nichts anmerken lassen. Wenn du es kannst, traue ich es mir auch zu.»

Ihm fiel noch etwas ein. «Und wenn ich mal abends in der Stadt bleiben möchte? Würdest du dich denn so ganz allein hier sicher fühlen?»

Die Antwort kam wie aus der Pistole geschossen. «Sicherer, als mit dir im Nebenzimmer.»

Wegen des Altersunterschieds und der unterschiedlichen Herkunft konnte es zwischen Margaret Joyce und Helen Rosen nicht zu einer echten Freundschaft kommen, aber sie waren trotzdem oft zusammen. Nachmittags hatten sie beide zu tun, Helen Rosen im Krankenhaus und Margaret in der Bücherei, aber oft tranken sie vormittags zusammen Kaffee oder gingen einkaufen.

Für Margaret war es eine wertvolle Beziehung. Zum erstenmal konnte sie sich ganz ungezwungen mit einer älteren Frau unterhalten, was sie mit ihrer Tante oder mit den Ordensschwestern in der Schule nie hatte tun können. Helen Rosen verstand sich aufs Zuhören, aber was die jüngere Frau ihr anvertraute, erfüllte sie mit Sorge. Sie sprach mit ihrem Mann darüber.

Es war ein Sonntagnachmittag ziemlich zu Beginn ihrer Bekanntschaft. Margaret war auf einen Kaffee ins Nachbarhaus gegangen, weil Victor zum Golfspielen nach Breverton gefahren war. Als sie Victors Wagen in der Einfahrt hörten, sagte Margaret: «Jetzt muß ich aber gehen, er möchte immer gern, daß ich zu Hause bin, wenn er kommt.»

«Sie scheint ja nicht gerade zu jubeln, wenn ihr Mann kommt», sagte Herb Rosen, als die Tür sich hinter ihr geschlossen hatte.

«Sie ist nicht glücklich, Herb. Ich hab so das Gefühl, daß die Ehe nicht lange hält.»

«Ach was, das sind doch beide gute Katholiken, und bei denen kommt eine Scheidung nicht in Frage. Was drückt sie denn?»

«Sie hat Angst davor, schwanger zu werden. Weil sie Untergewicht hat und etwas blutarm ist, soll sie mit einem Kind noch warten, hat der Arzt gesagt. Wenn die Mutter blutarm ist, kommt es beim Kind leicht zu angeborenen Schädigungen.»

«Das müßte doch aber der Mann wissen. Oder hat sie es ihm verheimlicht?»

«Nein, nein, er weiß natürlich Bescheid. Aber sie findet, daß er sich nicht genügend vorsieht, besonders wenn er was getrunken hat. Ich weiß wirklich nicht, was ich machen soll.»

«Jetzt will ich dir mal sagen, was du *nicht* machen wirst. Du wirst ihr keine guten Ratschläge geben. Wenn sie dich direkt fragt, sagst du, daß du keine Erfahrungen auf diesem Gebiet hast und dich deshalb lieber zurückhalten möchtest.»

Wenige Wochen später aber berichtete Helen ganz aufgeregt: «Sie läßt sich scheiden, Herb.»

«Wer läßt sich scheiden?»

«Peg Joyce. Sie läßt sich von Victor scheiden.»

«Aber wie soll denn das gehen? Für die katholische Kirche gibt's doch überhaupt keine Scheidung.»

«Sie strebt eine Zivilscheidung und eine kirchlich sanktionierte Trennung an.»

Er zuckte die Achseln. «Wenn eine kirchliche Ehe nicht funktioniert hat, hilft eine kirchliche Trennung auch nicht mehr.»

«Ja, aber –»

«Ich denke, die beiden hatten einfach einen besonders heftigen Ehekrach, das kommt bei jungen Paaren oft vor, denn schließlich ist eine Ehe immer auch eine Umstellung. Aber paß auf, irgendwann vertragen sie sich wieder, und nach und nach gewöhnen sie sich an den Ehealltag. Er ist ja kein grüner Junge mehr, sondern dreißig, fünfunddreißig Jahre alt, und hätte sie nicht geheiratet, wenn er nicht Lust auf sie gehabt hätte – mehr, als ihr lieb ist offenbar. Und nur weil vorübergehend mal der Haussegen schiefhängt, wird ihm die Lust schon nicht vergehen.»

Tatsache aber war, daß es mit Victors Lust auf seine Frau nicht mehr weit her war, denn inzwischen hatte er Alice Saxon kennengelernt.

13

Frau Professor Alice Saxon vom Fachbereich Psychologie war groß und schlank, hatte dunkle Augen, eine kühn gebogene schmale Nase und ein spitzes Kinn. Das kurzgeschnittene dunkelbraune Haar fönte sie nach hinten, so daß man die Ohrläppchen sah, in denen sie meist große Goldknopf-Ohrringe trug. Sie war fünfunddreißig, und in den sachlich-konservativen anthrazitfarbenen Nadelstreifenkostümen, die ihr Markenzeichen waren, hätte man sie für eine Betriebswirtschaftlerin halten können, die sich bis in die Führungsetage einer Maklerfirma hochgedient hatte.

Victor kannte sie natürlich vom Sehen, von flüchtigen Begegnungen auf den Gängen, im Dozentenzimmer und in der Cafeteria, hatte aber noch nie mit ihr gesprochen. Er dachte, daß sie Jüdin sein könnte – hauptsächlich deshalb, weil sie ein offenbar recht herzliches Verhältnis zu seinem Kollegen und Konkurrenten um die Festanstellung, Mordecai Jacobs, hatte.

Persönlich lernte er sie dann an einem Freitagnachmittag in der Fachbereichssitzung kennen. Sie war etwas später gekommen und hatte sich neben ihn gesetzt, wohl weil es der einzige freie Platz in der letzten Reihe war. Sie schrieb etwas in ihr Notizbuch und schob es ihm zu. *Victor Joyce?* stand da. Er nickte, ließ sich das Notizbuch geben und schrieb seinerseits: *Alice Saxon?* Sie nickte lächelnd.

Bei der Sitzung ging es vor allem um die Frage, wo die Semester-Abschlußfeier des Lehrkörpers stattfinden sollte. Der Ausschußvorsitzende ließ sich ausführlich über die verschiedenen Restaurants und Hotels aus und begründete, warum sie nicht in Frage kamen.

«Wie ist es mit *Turner House*?»

«Da waren wir vor drei Jahren. Manche von euch erinnern sich vielleicht noch an die dürftigen Portionen. Der Ausschuß ist deswegen ganz schön unter Beschuß geraten.»

«Aber das Essen im *Central* letztes Jahr war doch gut.»

«Da wollten wir eigentlich auch wieder hin, aber am Samstag hatten sie nichts mehr frei.»

Schließlich blieben das *Madison Hotel* in Lexington, das *College Inn* in Wellesley und der *Country Club* in Breverton übrig.

«Und warum machen wir es nicht in der Stadt?»

«Weil wir außerhalb sehr viel mehr für unser Geld bekommen.»

«Ja, aber die drei sind alle an die dreißig Meilen weit weg.»

«Aber in dreißig, vierzig Minuten erreichbar. Wenn man mit öffentlichen Verkehrsmitteln in die Stadt will, muß man auf Busse und Straßenbahnen warten, ein paarmal umsteigen und braucht letztlich genauso lange.»

«Aber mit dem Wagen schaffe ich es von meinem Haus aus in zwanzig Minuten.»

«Und wie lange brauchst du an einem Samstagabend, um einen Parkplatz zu finden? Und um danach zu Fuß zu dem Restaurant zu gehen?»

Miss Saxon holte ihr Notizbuch heraus und schob es Joyce hin. Er las: *Findest Du das auch so öde wie ich?*

Und ob, schrieb er.

Sie lächelte ihm zu und schrieb: *Ich könnte jetzt was trinken.*

Ich auch, schrieb er zurück.

«Gehen wir?» flüsterte sie ihm zu.

«Warten wir doch noch auf die Abstimmung.»

«Warum denn das?»

«Ich möchte für den *Country Club* stimmen, den kenne ich, weil ich dort ein paarmal Golf gespielt habe. Er ist sehr ordentlich.»

«Na gut, dann stimme ich auch für Breverton.»

Wenig später wurde abgestimmt, und der Breverton *Country Club* kam durch. Während der nächste Punkt der Tagesordnung aufgerufen wurde, verständigten sie sich mit einem kurzen Blick, dann stand Alice Saxon auf, und gleich darauf erhob sich auch Victor Joyce und verließ möglichst unauffällig den Saal.

Obgleich sie behauptet hatte, sofort und unbedingt etwas trinken zu müssen, ließ sie ihn bis fast an den Stadtrand fahren. «Warum mußte es denn gerade diese Pinte sein?» fragte Victor, als sie im Schummerlicht in einer Nische saßen.

«Weil mir die Inneneinrichtung gefällt.»

«Die kann man in diesem trüben Licht ja gar nicht erkennen.»

«Eben. Das Schöne an dieser Pinte ist das, was man nicht sieht – oder hört. Keine Hochschullehrer, keine Studenten. Wir sind weit weg von Schulen und Hochschulen – und das will für Boston schon was heißen – und weit weg von den Vierteln, in denen Studenten und Dozenten wohnen. Hierher komme ich immer, wenn mich eine Sitzung besonders genervt hat. Kein Unternehmen der freien Wirtschaft könnte es sich leisten, die ganze Führungsriege endlos darüber diskutieren zu lassen, wo ein Essen stattfinden soll.»

«Akademiker reden wirklich viel und gern», räumte er ein.

«Es würde mich sehr reizen, darüber mal was zu schreiben», sagte Alice, «nur würde ich es leider nirgends publizieren können, in keiner Zeitschrift jedenfalls, die meine Kollegen in die Hände bekommen. Sollte ich mal von der Uni weggehen, schreibe ich vielleicht ein Buch fürs breite Publikum. *Der Akademiker, das unbekannte Wesen* oder *Was haben Akademiker im Kopf* oder –»

«*Alice bei den Akademikern*», schlug er vor.

«Super!» freute sie sich und griff nach seiner Hand.

Er schob sich näher an sie heran, so daß ihre Schenkel sich berührten. Sie ließ seine Hand los, aber rückte nicht von ihm weg. Sie tranken noch eine Runde und fanden dann übereinstimmend, daß sie Hunger hatten.

«Vielleicht haben sie hier belegte Brote», meinte er.

«Nein, ich möchte was Richtiges essen. Gehen wir?»

Draußen war es frisch. Als sie zum Wagen gingen, griff sie nach seinem Arm, als hätte sie Angst zu fallen, und ihre weiche Brust lag an seinem Oberarm. Dann standen sie auf dem Parkplatz, aber ehe er die Schlüssel herausgekramt hatte, meinte sie: «Vielleicht ist es besser, wenn wir noch ein paar Schritte laufen.»

«Ich bin hundertprozentig fahrtüchtig.»

«Ja, aber es ist noch noch so schön draußen. Ein paar Querstraßen weiter kenne ich was ganz Nettes. Den Wagen können wir nachher holen.»

Ganz ohne Wirkung war der Alkohol nicht auf ihn geblieben, das merkte er besonders jetzt, an der frischen Luft, und deshalb stimmte er bereitwillig zu. Sie führte ihn in ein helles, freundliches italienisches Restaurant mit karierten Tischdekken. Das Essen war gut, und sie langten kräftig zu, tranken aber gemeinsam nur eine kleine Flasche Chianti. Die Kellnerinnen waren in mittleren Jahren und nicht die Flinksten, so daß es schon spät war, als sie das Lokal verließen. Langsam gingen sie zurück zum Parkplatz, und jetzt hatte Alice das Gefühl, daß sie ihn guten Gewissens ans Steuer lassen konnte.

«Das war ein schöner Abend», sagte er, als sie vor Alice Saxons Haus in der Beacon Street hielten.

«Kommst du noch auf einen Drink mit?»

«Gern, aber wirklich nur einen, ich hab noch eine ziemlich lange Fahrt vor mir.»

In dem modernisierten Altbau stiegen sie eng umschlungen die Treppe zu ihrer Wohnung im zweiten Stock herauf. Als er die Hand von ihrer Taille zum Po gleiten ließ, kicherte sie.

Sie verbrachten die Nacht zusammen.

Als er am nächsten Morgen aufwachte, hörte er sie in der Küche herumgehen. «Ich hab uns Frühstück gemacht, oder vielmehr Brunch», rief sie ihm zu. «Nimm dir meinen alten Bademantel, ich hab ihn dir aufs Bett gelegt.»

Er zog den Gürtel des lächerlich kurzen Bademantels fest

und ging in die Küche. Sie hatte Toast, Speck und Würstchen gemacht. «Ist dir das recht?» fragte sie. «Oder möchtest du lieber Cornflakes haben oder Eier?»

«Nein, das ist alles wunderbar. Woher hast du denn die Zeitung? Du bist doch nicht etwa nach unten gegangen, um sie zu holen?»

«Nein, die liefert mir der Zeitungsjunge vor die Tür.»

Sie aßen in der Küche, in der gerade genug Platz für einen kleinen Tisch war. Mit der zweiten Tasse Kaffee setzten sie sich ins Wohnzimmer und lasen Zeitung. Weil das Wetter so schön und mild war, zogen sie sich gegen Mittag an, um auf seinen Vorschlag einen kleinen Spaziergang zu machen. Das wäre die richtige Frau für mich gewesen, dachte Victor wehmütig. Klug, erfahren, gutaussehend...

«Du hast wohl nicht zufällig was zum Rasieren?» fragte er.

Sie brachte ihm ihren kleinen Achselhöhlenrasierer. «Reicht das?»

«Es wird schon gehen.» Er rasierte sich mehr schlecht als recht und ging unter die Dusche. «Erinnere mich, daß ich unterwegs einen Rasierer und Rasiercreme kaufe.»

«Wozu?»

«Damit ich mich morgen früh anständig rasieren kann.»

«Morgen bist du nicht mehr hier. Denk dran, daß du zur Kirche mußt.»

«Kirchen gibt es hier in der Gegend genug.»

«Und das Sonntagsessen bei den Mertons?»

Er fuhr unwillkürlich zusammen. «Woher weißt du denn das?»

«Ich weiß genau Bescheid über dich. Du hast Cyrus Mertons Tochter geheiratet.»

«Seine Nichte.»

«Kommt auf dasselbe heraus, er hat ja keine eigenen Kinder. Und deine Ehe ist ein totaler Reinfall. Ihr redet nicht miteinander, und deine Frau wartet nur, bis du deine Festanstellung hast, dann will sie sich scheiden lassen.»

«Aber... woher...»

«Woher ich das alles weiß? Weil ich gut mit eurer Nachbarin Helen Rosen befreundet bin, wir kennen uns seit der Schulzeit. Deine Frau hat Helen ihr Herz ausgeschüttet. Und das war für mich der Auslöser, dich anzusprechen.»

«Wie soll ich das verstehen?»

«Daß mir Männer auf die Nerven gehen, die mich heiraten wollen, und diese Gefahr besteht bei dir nicht.»

«Was hast du denn gegen die Ehe?»

«Die Institution Ehe hat sich überlebt, sie paßt nicht mehr in unsere Zeit. Sie war angemessen für eine Partnerschaft, in der es um die Produktion von Nachwuchs ging und die Frauen sich ihren Lebensunterhalt nicht selbst verdienen konnten. Aber ich will keine Kinder, und ich habe einen Beruf, der mir ein angenehmes Leben ermöglicht. Ich brauche einen Liebhaber und keinen Ehemann, eine Beziehung und keine Ehe.»

«Aber –»

«Einmal habe ich es mit dem Heiraten probiert, und das genügt mir für ein ganzes Leben.»

«Und warum?»

«Die Ehe engt mich einfach zu sehr ein. Zwei Menschen, die andauernd zusammen sind, die beide das Gefühl haben, ständig etwas von dem Partner verlangen zu können, müssen sich ja auf den Geist gehen. Bilde dir nur nicht ein, daß du hier einziehen kannst, wenn du deine Festanstellung bekommst – was, wenn Merton sich für dich einsetzt, ziemlich sicher sein dürfte – und die Trennung ausgesprochen ist. Du kannst ein paar Sachen hierlassen, aber ich erwarte, daß du dir eine eigene Wohnung nimmst, in die du dich verziehen kannst oder in die ich dich scheuchen kann, wenn es mir zuviel wird.»

«Demnach würdest du mich auch nicht heiraten, wenn ich frei wäre?»

Sie schüttelte den Kopf. «Nicht einmal, wenn es deiner Frau gelänge, eine Annulierung der Ehe zu erreichen, was, soviel ich weiß, heutzutage auch nach Vollzug der Ehe möglich ist. Auch deshalb nicht, weil dann einer von uns seine Stellung aufgeben müßte. Dozenten-Ehepaare sind in Windermere nicht gern gesehen.»

«Bedeutet dir dein Beruf soviel?»

«Ja, für mich ist er ideal. Auch die Institution Hochschule hat sich geändert. Früher war sie für die Studenten, heute ist sie für die Dozenten da. Man bekommt für ziemlich wenig Arbeit ein sehr anständiges Gehalt, kann seine Auslastung mehr oder weniger selbst bestimmen, und wenn man eine Festanstellung hat, ist man praktisch unkündbar. Ich denke nicht daran, meine Position hier aufzugeben.»

Er sah sie bewundernd an. «Du bist... also du bist einfach toll. Schön, ich bleibe nicht noch eine Nacht, aber wenn ich gegen Abend heimfahre, reicht das auch. Wann sehe ich dich wieder?»

Sie tätschelte ihn wie einen jungen Hund. «Vielleicht am Montag. Wenn wir Lust haben.»

14

Clara Lerner hatte nach ihrem Abschluß an der Boston University schon den vierten Job, was für Massachusetts, den Staat mit der niedrigsten Arbeitslosenrate im ganzen Land, nicht ungewöhnlich war. Ihre Eltern, die beide als Anwälte im nahe gelegenen Lynn tätig waren, hatten vergeblich versucht, sie noch zu einem Jurastudium zu bewegen. «Ich mag nicht mehr lernen. Ich möchte auch mal ein Buch lesen können, weil ich Lust dazu habe und nicht, weil ich es fürs Studium brauche», hatte sie gesagt.

Zu den ersten Jobs hatte sie vom elterlichen Haus in Charleton, einem Stadtteil von Barnard's Crossing, allenfalls eine Viertelstunde zu fahren brauchen. In der Kunstgalerie, in der sie als Sekretärin und Empfangsdame gearbeitet hatte, war sie nur einen Monat geblieben, weil die Galerie den Besitzer gewechselt hatte und der neue Chef ihr nicht gefiel. «Ein widerlicher Kerl, ständig kratzt er sich und popelt in der Nase.» Danach war sie zu einem Bootshändler gegangen, der Boote kaufte, verkaufte und vermietete und seine Büroräume direkt am Hafen hatte. Dort erledigte sie die Korrespondenz und Ablage, empfing Kunden, bot ihnen Kaffee an und vertröstete sie, wenn der Chef nicht da war: «Mr. Williams wird gleich kommen.» Wenn aber, was häufig vorkam, Mr. Williams Boote besichtigte oder sich mit potentiellen Kunden auf einen Drink zusammensetzte, war sie allein im Büro und konnte, wenn sie sich Abwechslung wünschte, höchstens auf den Hafen hinaussehen. «Und allmählich ist mir das Meer da draußen einfach auf den Geist gegangen», sagte sie.

Die Stelle als Vorzimmerdame bei einem Arzt in Charleton hatte den Vorteil, daß sie zu Fuß hingehen konnte, das war aber auch das einzig Positive, was sich über den Job sagen ließ, so daß sie ihn nach ein paar Monaten wieder aufgab und sich eine Stellung in Boston suchte. Als ihre Eltern fragten, wie es ihr dort gefiel, sagte sie unverbindlich: «Ganz gut soweit.» Nach einer Woche aber rief sie aus Boston an. Sie müsse Überstunden machen und würde in der Stadt übernachten. In der Woche darauf sagte sie, es wäre vielleicht praktischer, sich eine Wohnung in der Stadt zu nehmen.

«Hoffentlich kriegst du die vielen Überstunden auch bezahlt», bemerkte ihr Vater.

Die Mutter aber konnte sich schon denken, woher der Wind wehte. «Du hast jemanden in Boston, nicht?»

«Na ja, ich treffe mich manchmal mit einem jungen Mann zum Abendessen.»

«Aus eurem Büro?» wollte die Mutter wissen.

«Dann mußt du also gar keine Überstunden machen?» folgerte ihr Vater messerscharf. «Du hast dich jeden Abend von einem Mann ausführen lassen, und –»

«Nicht jeden Abend. In der letzten Woche nur dreimal, und er hat mich nicht ausgeführt, wir haben halbe-halbe gemacht.»

«Halbe-halbe gemacht?» wiederholte Claras Vater irritiert.

«Sein Gehalt ist nicht üppig, und da ist es mir lieber, wenn ich meinen Anteil bezahle und wir uns dafür öfter sehen können.»

«Scheint was Ernstes zu sein», stellte die Mutter fest.

«Ja.»

«Und bei ihm?»

«Ich glaube schon. Ja, doch...»

«Was macht er beruflich?»

«Wie sieht er aus?»

«Wie heißt er?»

«Warum lädst du ihn nicht zum Essen ein, damit wir ihn uns mal ansehen können?»

«In dem Punkt ist er altmodisch. Wenn er ins Elternhaus eines Mädchens zum Essen kommt, sagt er, ist das genausogut, als ob er seine Verlobung mit ihr bekanntgibt.»

«Und was wäre dagegen einzuwenden, wenn es euch ernst ist?»

«Wo hast du ihn kennengelernt?»

«Wie lange kennst du ihn schon?»

«Seit der Schulzeit, da hab ich ihn auf einer Party kennengelernt, er promovierte gerade in Harvard. Damals waren wir ein paarmal miteinander aus, aber er hatte nicht viel Zeit wegen seiner Dissertation und weil er sich auf die mündliche Prüfung vorbereiten mußte, und wohl auch nicht viel Geld. Jetzt bin ich ihm ganz zufällig in Boston über den Weg gelaufen, er hat mich zum Essen eingeladen, und seither sind wir zusammen.»

«Und was macht er beruflich?»

«Er ist Lehrer», sagte sie abwehrend. «Dozent für Anglistik am Windermere Christian.»

«Windermere Christian?»

«Es hat keine religiösen Bindungen. Und er heißt Mordecai Jacobs.»

Als die Eltern weiterfragten, stellte sich heraus, daß sein weiterer Berufsweg noch nicht ganz klar war. Sein Fachbereichsleiter hatte ihm zwar angedeutet, daß er wahrscheinlich Ende des Jahres eine Festanstellung bekommen würde, aber sicher war das noch nicht.

«Aber wir würden ihn doch sehr gern kennenlernen», drängte Mrs. Lerner. «Daß er gewisse Hemmungen hat, zum Essen herzukommen, kann ich schon verstehen. Aber wie wäre es denn, wenn er am Samstagabend zu Bens Bar Mizwa käme? Unter den vielen Gästen fällt er dann nicht so auf.»

«Daran habe ich auch schon gedacht», sagte Clara. «Ich habe ihm eine Einladung geschickt. Dummerweise ist am gleichen Abend das große Semesterabschlußdinner für die Dozenten im Breverton Country Club, und man hat ihm zu verstehen gegeben, daß er sich da sehen lassen müßte. Er wird versuchen, früher wegzukommen, aber versprechen kann er es nicht.»

Als Mrs. Lerner später mit ihrer Tochter allein war, fragte sie: «Wie sieht er denn aus? Groß? Hübsch?»

«Hübsch? Ich finde schon. Nicht groß, aber auch nicht klein. Eher mittel. Wenn ich mit ihm rede, brauche ich den Kopf nicht in den Nacken zu legen. Kein Filmstar, aber ein richtig netter, warmherziger Typ, mit dem ich unheimlich gern zusammen bin und den ich heiraten möchte.»

«Kennst du seine Eltern schon? Wohnen sie hier in der Gegend?»

«Nein, er kommt aus einer Kleinstadt in Pennsylvanien, und deshalb –»

«Aber er möchte doch, daß du sie kennenlernst, nicht?»

«Ja, sicher, aber bei dieser Entfernung müssen wir erst mal abwarten, bis sich was ergibt.»

«Na schön, aber deine Eltern sind hier am Ort, und die wollen ihn jetzt auf jeden Fall kennenlernen. Sag ihm, daß er am Samstagabend jederzeit noch herkommen kann, Clara. Die letzten Gäste gehen bestimmt nicht vor Mitternacht.»

«Schön, ich sag's ihm.»

15

Als Miriam sich und ihrem Mann gerade die zweite Tasse Kaffee zum Frühstück einschenkte, fiel die Post durch den Briefschlitz, und Miriam holte sie herein. «Der übliche Schrott», sagte sie. «Versandkataloge, Bettelbriefe von unserem lokalen Radiosender und von... warte mal... von der Kinderhilfe, der Aids-Forschung und der Herzstiftung. Und wir können einen Cadillac gewinnen, wenn wir Urlaub im Forest-Wohnwagenpark machen. Richtige Briefe bekommen wir überhaupt nicht mehr.»

«Würde mich gar nicht wundern», sagte der Rabbi. «In Wirtschaftswissenschaft haben wir gelernt, daß es eine Theorie gibt – nein, ein Gesetz, Greshams Gesetz, wenn ich mich recht erinnere, in dem es heißt, daß schlechtes Geld gutem Geld den Garaus macht. Vielleicht ist es mit Postwurfsendungen genauso – daneben kann sich gute Post nicht mehr halten.»

«Da ist ein Brief von der University of Chicago», sagte Miriam, die indessen weitere Briefumschläge geöffnet hatte. «Der muß von Simcha sein.»

Sie reichte den Brief ihrem Mann.

«Lieber David», las er vor, «wenn nichts dazwischenkommt, bin ich Anfang Juni zur Jahresversammlung der Anthropologischen Gesellschaft bei Euch in der Gegend. Die erste Sitzung ist am Montag, dem 11. Juni, am nächsten Tage wird mir die Dreyfuß-Medaille verliehen, und ich muß eine Dankesrede halten. Ich komme aber schon in der Vorwoche, weil ich am zweiten Juni zu einer Hochzeit nach Gloucester muß, die Enkelin von Marthas Schwester heiratet, von ihrer Schwester Sarah, die so unsympathisch ist. Warum ich dann überhaupt hinfahre, magst du fragen. Weil Martha meint, daß sich Sarah, wenn sie Wind davon bekommt, daß ich in der Gegend war und nicht zur Hochzeit ihrer Enkelin gekommen bin, noch unsympathischer aufführen wird – bis hin zum Familienkrach. Und wie, magst du weiter fragen, könnte sie Wind davon bekommen, daß ich in der Gegend bin? Weil mir die Dreyfuß-Medaille verliehen wird und das, wie Martha sagt, bestimmt in der Zeitung steht.

Martha kommt nicht mit, Ellen muß zu einer Hysterektomie in die Klinik. Nichts Ernstes, wie es heißt, aber sie rechnen mit einem Krankenhausaufenthalt von einer Woche bis zu zehn Tagen, und Martha hat sich bereiterklärt, Ellens Kinder zu hüten. So kommt sie um die Hochzeit herum.

Als ich auf die Karte sah, habe ich festgestellt, daß es von Gloucester bis nach Barnard's Crossing nur dreißig oder vierzig Meilen sind. Ihr könntet am Sonntagvormittag herkommen, und wir könnten den Tag zusammen verbringen.

Ich habe mich wegen Deiner Anfrage mal bei einigen Leuten umgehört, die was von der Sache verstehen, vielleicht kann ich Dir behilflich sein. Halte Dir auf jeden Fall den dritten Juni frei.

Viele liebe Grüße an Miriam und beste Wünsche, Simcha.

P. S. Ich rufe an, wenn ich in Gloucester bin.»

«Vielleicht hat er eine Stelle für dich, David...»

Der Rabbi schüttelte den Kopf. «Das glaube ich kaum. Wenn er etwas Konkretes hätte, wäre davon in dem Brief die Rede gewesen. Ich denke eher, daß er mir Hochschulen nennen kann, die Fachbereiche für Judaistik haben. Vielleicht hat er auch etwas von der einen oder anderen freien Stelle läuten hören.»

«Aber wenn er etwas für dich hätte, wäre das doch vermutlich im Mittelwesten. Wärst du denn bereit, aus Neuengland wegzugehen?»

«Das wäre natürlich zu überlegen. Es müßte schon ein sehr gutes Angebot sein. Aber auf Simcha freue ich mich so oder so. Nur die lange Fahrt nach Gloucester...»

«Es sind nur dreißig Meilen, eine knappe Stunde, und am Sonntagvormittag ist bestimmt nicht viel Verkehr.»

«Bei schönem Wetter schon. Erkundige dich doch mal, ob es nicht einen Zug oder Bus gibt, der in Swampscott hält. Wenn er anruft, kann ich ihm diese Verbindung vorschlagen, dann brauche ich ihn nicht in Gloucester abzuholen.»

16

Seit seiner Berufung in den Aufsichtsrat von Windermere Christian hatte Mark Levine noch keine Sitzung ausgelassen. Weniger aus Interesse am College, sondern weil er es hin und wieder durchaus genoß, sich in dem vornehm diskreten Boston von dem lärmenden Optimismus seiner texanischen Kollegen zu erholen. Meist kam er schon am Samstag, den er mit seinem Freund Don Macomber verbrachte. Gelegentlich kam auch Macombers Tochter, die in Rockport wohnte, dazu, um «Onkel Mark» wiederzusehen. Abends aßen sie dann im *Ritz Carleton*, wo Mark wohnte, und danach gingen sie ins Theater oder in ein Konzert, Macombers Tochter übernachtete bei ihrem Vater im College, und am Sonntag fuhren die Männer oft zu ihr nach Rockport zurück und besuchten die vielen Kunstgalerien der Stadt. Am Montag erledigte Levine anstehende Geschäfte oder schlenderte, wenn schönes Wetter war, müßig durch die Straßen, und am Dienstagvormittag ging er zur Sitzung des Aufsichtsrates. Natürlich hätte er auch so jederzeit nach Boston kommen können, fand es aber leichtfertig, ohne bestimmten Anlaß seinen Chefsessel zu verlassen, und diesen Anlaß lieferte ihm die Aufsichtsratssitzung.

Diesmal war er ohne diesen Anlaß in Boston. Er war Mitte der Woche gekommen und mußte am nächsten Morgen wieder zurück. Er hatte – weit weniger aufwendig als im *Ritz* – mit Macomber in dessen Haus gegessen und zündete sich zum Abschluß eine Zigarre an. «Wie läuft es so im College?» fragte er.

«Bisher können wir zufrieden sein. Noch haben wir mehr Bewerber, als wir annehmen können, aber der Trend ist rückläufig.»

«Wollen die jungen Leute nicht mehr nach Windermere?»

«Nein, die Entwicklung ist landesweit zu beobachten. Die Studiengebühren ziehen ständig an, während die Stipendien aufgrund der nationalen Haushaltslage gekürzt werden, und die Zahl der jungen Leute im Hochschulalter geht zurück.»

«Du glaubst also, die nächsten ein, zwei Jahre könnten eine Durststrecke werden?»

«Vielleicht bleibt es nicht bei ein, zwei Jahren. Einige Colleges mußten schon dichtmachen. Die Hochschulen mit den großen Namen spüren die Entwicklung zunächst noch nicht und bleiben vielleicht sogar ganz verschont, aber ich denke mir, daß sie mehr und mehr auch Studenten aufnehmen werden, die vor ein paar Jahren für sie überhaupt noch nicht in Frage gekommen wären. Der Lack ist ab, wie man so sagt. Es ist wie in jeder anderen Branche auch: In der Konjunktur expandieren die Unternehmen, in der Rezession müssen die Schwächeren dran glauben.»

«Aber Erziehung ist kein Wirtschaftszweig», widersprach Levine. «Ich weiß natürlich, wie du es gemeint hast. Als sie in Dallas das Öl zu dreißig Dollar den Barrel und mehr verkauft haben, brach ein wahres Baufieber aus. Jetzt, wo es nur noch die Hälfte kostet, gehen die Immobilienfirmen reihenweise pleite und ziehen die Banken mit, von denen sie ihre Kredite haben. Aber Hochschulen ...»

«Hochschulen sind ja auch im Immobiliengeschäft. Sie bauen neue Häuser, Wohnheime, Laboratorien, Vorlesungsgebäude. Wir haben nur deshalb nicht mitgemacht, weil wir kein Land haben, auf dem wir bauen könnten, dafür haben wir die Altbauten in der Clark Street gekauft und Studentenwohnheime daraus gemacht. Gerade weil wir ein College der sogenannten zweiten Wahl sind, haben wir viele Studenten von außerhalb.»

«Hast du den Eindruck, daß wir auf eine Krise zusteuern?»

«Noch nicht, aber wenn man mal etwas weiter in die Zukunft blickt ...»

Nachdenklich trank Macomber seinen Kaffee, während Levine den Rauch seiner Zigarre zur Decke hochsteigen ließ. Dann fragte Levine: «Und was willst du unternehmen?»

«Ich setze darauf, die Qualität von Windermere zu verbessern, das College in die erste Liga zu bringen. Das war im Grunde von Anfang an mein Ehrgeiz und der Grund, daß ich diesen Posten überhaupt angenommen habe.»

Levine lächelte. «Ich habe mir immer schon überlegt, warum du gerade hierhergegangen bist. Das Geld dürfte dich kaum gelockt haben.»

«Da hast du recht», bestätigte Macomber. «Zum Glück bin ich auf mein Gehalt nicht angewiesen.»

«Und Prestigegewinn hast du dir vermutlich von dem Wechsel auch nicht erhofft.»

«Nein. Oder sagen wir so: Ich habe die Position gerade deshalb übernommen, weil Windermere so wenig Prestige hat.»

«Das kapiere ich nicht.»

«Erinnerst du dich noch an Professor Cotton?»

«Natürlich, dein Guru», lästerte Mark, «dem immer ein ganzer Rattenschwanz von Jüngern folgte. Wie haben sie euch genannt? Cottontails, die Wildkarnickel...»

Macomber schmunzelte. «Du hast nie was bei ihm gemacht, nicht?»

«Nein, aber auf dein Zureden habe ich mir die eine oder andere Anthropologievorlesung bei ihm angehört.» Er blies einen Rauchkringel. «Einmal hat er sich eine ganze Stunde über die Hochschule von heute ausgelassen. Daß sie es nicht mehr als ihre Aufgabe ansieht, Wissen von einer Generation zur nächsten weiterzugeben, sondern daß die Universität unserer Tage so eine Art Fabrik für die Produktion von zweibeinigen Datenträgern geworden ist, die Konkurrenz über Kooperation stellt. Nicht uninteressant, aber was das mit Anthropologie zu tun hatte, ist mir noch heute ein Rätsel.»

«Er wollte darlegen, wie eine uns vertraute Institution sich unter unseren Augen ändern kann. Und das hat er schon vor fünfundzwanzig Jahren gesagt, Mark. Heute ist es noch viel schlimmer. Alle Ausbildungsbereiche sind davon betroffen. Bildung – das bedeutet doch eigentlich, die eigene Persönlichkeit, unsere Beziehung zur Gesellschaft und zur Welt zu entdecken. Jetzt kämpfen sich alle nur noch von einer Stufe zur nächsten hoch. Das fängt schon in der Grundschule an, wo die Kinder nach Anlagen und Fähigkeiten getrennt werden. Wer in die höchste Leistungsstufe kommt, kann an der High School den Vorbereitungskurs fürs College machen. Dort geht es dann um die Zulassung zu den besseren Colleges, wo sich der Kampf fortsetzt, weil die Collegeabgänger natürlich alle in ganz bestimmte Universitäten aufgenommen werden wollen. Wenn sie die hinter sich haben, kämpfen sie um die Posten in den angesehensten Kanzleien oder die Anstellung als Assistenzarzt in den berühmtesten Krankenhäusern. Und so weiter und so weiter. Eine ewige Tretmühle.»

«So ist das heute nun mal, Don.»

«Aber es müßte nicht so sein. Wir verwechseln Bildung und Ausbildung, und diese Fehlentwicklung ist eine direkte Folge der immer rasanter fortschreitenden technischen Entwicklung.»

«Man kann es natürlich auch so sehen», sagte Levine nachgiebig. «Und was willst du dagegen tun?»

«Ich kann versuchen, Windermere zu einer echten Bildungsinstitution zu machen.»

«Wie denn?»

«Indem ich die Einstellung der Lehrer ändere. Sie sollen sich statt um ihre Forschung wieder mehr um ihre Studenten kümmern. Ich möchte das Schlagwort vom ‹Veröffentlichen oder Verrecken› außer Kraft setzen. Zur Zeit liegt der Schwerpunkt ganz bei der Forschung. Publikationen in wissenschaftlichen Zeitschriften fördern die Karriere des Hochschullehrers, und je mehr er veröffentlicht hat, desto weniger Lehrveranstaltungen braucht er zu machen. In den Elite-Colleges – bei uns ist es zum Glück noch nicht soweit – bekommen die angesehensten Hochschullehrer überhaupt keine Studenten mehr zu Gesicht. Im Vorlesungsverzeichnis stehen sie zwar mit ein oder zwei Veranstaltungen, aber die überlassen sie meist irgendwelchen Assistenten. Ich will versuchen, hochkarätige Lehrkräfte zu gewinnen, denen es ein Anliegen ist, ihr Wissen an die Studenten weiterzugeben, das Interesse, die Wißbegier der jungen Leute zu wecken. Und wenn sie irgendeine aufregende Entdeckung machen und meinen, darüber berichten zu müssen, dann bitte in ihrer Freizeit! Auch das Konkurrenzdenken unter den Studenten möchte ich ein bißchen abbauen. Es darf einfach nicht sein, daß unsere jungen Leute, statt sich Wissen anzueignen, nur noch auf Tricks und Kniffe sinnen, um ihre Kommilitonen zu überholen.»

«Und wie willst du das erreichen?»

«Durch eine Änderung der Benotung», erklärte Macomber. «Es müßte nur noch zwei Noten geben, Bestanden oder Nichtbestanden. Oder vielleicht Durchgefallen, Bestanden und Mit Auszeichnung bestanden. Und ich würde diese Multiple Choice-Tests abschaffen, bei denen man nur ein paar Kästchen ankreuzen muß. Die Fragen in geisteswissenschaftlichen Prüfungen dürften nur noch in Form eines Essays beantwortet werden.»

Levine nickte beifällig. «Nicht schlecht. Zumindest würden die jungen Leute dann lernen, sich vernünftig in ihrer Muttersprache auszudrücken. Warum hast du das denn bisher noch nicht gemacht?»

«Weil mir die Rückendeckung durch den Aufsichtsrat fehlte. Inzwischen habe ich systematisch auf meine Ziele hingearbeitet, habe einige Aufsichtsratsmitglieder überzeugt oder umgestimmt, andere ausgewechselt.»

«Und hast du jetzt das Gefühl, daß der Aufsichtsrat hinter dir steht?»

«In manchen Punkten schon, in anderen wieder nicht. Bei der Benennung der Aufsichtsratsmitglieder habe ich die Kandidaten nicht ausdrücklich nach ihrer Einstellung gefragt – du wirst dich erinnern, daß ich das bei dir auch nicht getan habe. Ich habe mir Leute ausgesucht, von denen ich glaubte, sie wären auf meiner Linie. Bei manchen habe ich mich geirrt. Bei Cyrus Merton zum Beispiel. Er ist ganz entschieden gegen die Namensänderung, dabei weiß er genau, daß das College immer nur dem Namen nach christlich war. Er kämpft eine Art Glaubenskrieg und meint, eine Namensänderung wäre ein Sieg des Säkularismus.»

«Und warum liegt dir soviel an einer Namensänderung? Ist die denn wirklich entscheidend für deine Pläne?»

«Solange wir ein College zweiter Wahl sind, ist das christliche Element im Namen nicht weiter wichtig, ja, es kann uns sogar nützen. Die jungen Leute bewerben sich, sagen wir in Harvard, und wenn das nicht klappt, bei Tufts und an der Boston University, aber auch die legen inzwischen strengere Maßstäbe an, so daß sie möglicherweise bei allen drei Hochschulen abgelehnt werden. Und da besinnen sie sich auf das gute alte Windermere Christian, weil sie glauben, wir sehen über nicht so recht befriedigende Noten hinweg, wenn uns die Pfarrer ihren christlichen Lebenswandel bestätigen. Du weißt ja, daß ich versuche, in diesem Punkt gegenzusteuern – durch ein von einem Rabbi abgehaltenes Judaistik-Seminar beispielsweise. Und dein Name im Aufsichtsrat hat vielleicht auch geholfen», fügte er lächelnd hinzu.

Levine lachte. «Ich bekomme jedes Jahr zwei, drei Briefe von Glaubensbrüdern, die mich wüst beschimpfen, weil sie denken, ich wäre konvertiert.»

«Das tut mir ehrlich leid...»

«Stört mich nicht», versicherte ihm Levine. «Aber wieso meinst du, daß du es dieses Jahr schaffen könntest? Hat Cyrus seine Meinung geändert?»

«Nein, das nicht, aber möglicherweise hat sich meine Verhandlungsposition verbessert. Seine Nichte, die wie eine Tochter bei ihm aufgewachsen ist – er hat keine eigenen Kinder –, hat einen unserer Dozenten geheiratet, der gern eine Festanstellung haben möchte. Und die letzte Entscheidung darüber liegt bei mir.»

17

Dem Schreiben, mit dem Cyrus Merton zur Junisitzung des Aufsichtsrates des Windermere Christian College of Liberal Arts eingeladen wurde, war auch die Tagesordnung beigefügt. Sie wies gegenüber früheren Sitzungen keine wesentlichen Änderungen auf. Tatsächlich gab es Fragen und Probleme, die sich immer gleichblieben und deshalb immer wieder durchgesprochen werden mußten, auch wenn es so aussah, als habe man auf einer Sitzung nun die endgültige Lösung gefunden. Daß auf der Tagesordnung aber immer wieder dieselben Punkte auftauchten, lag vor allem daran, daß nie genug Zeit war, die ganze Liste abzuarbeiten, denn die Sitzungen begannen um zehn und endeten um zwölf mit einem opulenten Mahl.

Zu Beginn seiner Amtszeit war auch Cyril Merton dieses Phänomen aufgefallen. «Ich habe den Eindruck», sagte er zu dem Aufsichtsratskollegen, der mittags neben ihm am Tisch saß, «daß für jede Sitzung dieselben Themen auf die Tagesordnung gesetzt werden, aber die wenigsten können wir wirklich besprechen.»

Der andere zwinkerte ihm zu. «Das ist Absicht. Im Grunde verstehen wir ja alle nichts von diesem Geschäft und können auch nichts davon verstehen, wenn wir uns viermal im Jahr zwei Stunden zusammensetzen. Nehmen Sie nur die Frage der Afro-amerikanischen Studien. Wir können alle nicht beurteilen, was es bedeutet, Lehrkräfte – oder auch nur interessierte Studenten – für dieses Fach zu bekommen. Wir haben keine Ahnung, um wieviel Geld es geht und ob wir uns die Einrichtung so eines Fachbereichs überhaupt leisten können. Wir machen keine Universitätspolitik. Dafür haben wir den Präsidenten.»

«Dann ist das alles nur Theater? Wir haben überhaupt nichts zu sagen, sitzen hier nur zwei Stunden herum, werden abgefüttert und gehen wieder nach Hause, damit wir unseren Freunden erzählen können, daß wir im Leitungsgremium einer berühmten Bildungseinrichtung sind?»

«In großen Unternehmen ist das schließlich auch nicht anders. Der Vorstandsvorsitzende legt die Richtlinien der Politik fest, und der Aufsichtsrat nickt nur noch. Eine Funktion haben wir trotzdem: Wir fungieren als Bremse.»

«Als Bremse?»

«Ja. Wenn der Präsident sich irgendeine verrückte Idee in den Kopf setzt, können und müssen wir ihm sagen, daß es so nicht geht. Wir schreiben ihm wohlgemerkt nicht vor, was er zu tun hat, wir sagen ihm nur, was er nicht tun kann. Denken Sie an letztes Jahr, als der Präsident die Namensänderung beantragt hatte. Weil er für ein Ja zu dieser Entscheidung eine Zweidrittelmehrheit brauchte, war es nicht schwer, die Sache abzuschmettern. Für die meisten Beschlüsse genügt allerdings die einfache Mehrheit, und damit kommt Macomber, dieser Fuchs, meist durch, weil er sich vor der Abstimmung vergewissert, ob er auch die nötigen Stimmen beisammen hat.»

Inzwischen waren mehrere Jahre vergangen, und die Namensänderung stand wieder auf der Tagesordnung, diesmal an erster Stelle. Hoffte Macomber auf eine Zustimmung des Aufsichtsrates? Oder wollte er jetzt die Frage endgültig so oder so vom Tisch haben? Cyrus Merton beschloß, seinem Präsidenten einen Besuch abzustatten.

Für den nächsten Tag legte er ein paar geschäftliche Termine nach Boston und fuhr nach dem Mittagessen zum College. Statt wie sonst im Vorzimmer zu warten, bat er die Sekretärin, ihn beim Präsidenten anzumelden, und stand wenige Minuten später in dessen Büro.

«Ich habe gestern die Tagesordnung für die Aufsichtsratssitzung bekommen und wollte nur fragen, ob es bestimmte Punkte gibt, die Ihnen besonders am Herzen liegen und für die Sie meine Unterstützung brauchen.»

«Wie aufmerksam von Ihnen, Cyrus! Im Augenblick fällt mir nichts ein. Nach dem, was ich in den vergangenen Monaten von Ihren Kollegen gehört habe, scheint man sich allgemein einig zu sein.»

«Für den ersten Punkt, die Namensänderung, brauchen Sie eine Zweidrittelmehrheit. Ist man sich da auch – äh – allgemein einig?»

«Fragen, für die eine Zweidrittelmehrheit benötigt wird, sind naturgemäß etwas heikel. Ich habe den Punkt erneut auf die Tagesordnung gesetzt, weil einer der Aufsichtsräte sich dafür eingesetzt hat.»

«Das war bestimmt Levine.»

«Nein, mit Mark war ich in letzter Zeit gar nicht in Kontakt. Wenn ich mich recht erinnere, kam der Vorschlag von Raymond Oliver. Er war wegen des Dozenten für Mittelalterliche Geschichte bei mir, eines George Spenser, der ein Freund oder Verwandter von ihm ist. Der Fachbereich Geschichte hat ihn zur Festanstellung vorgeschlagen. Wissen Sie etwas darüber?»

«Spenser? Nein. Professor Sherwood hat die Kandidaten für seinen Fachbereich noch nicht benannt, sonst hätte der Dekan sie bestimmt schon an mich weitergegeben.»

«Und wie steht es mit den anderen Fachbereichen?» fragte Macomber. «Mit dem Fachbereich Englisch zum Beispiel?»

«Von Sugrue habe ich auch noch nichts gehört. Es ist ja auch noch nicht so eilig...»

«Nein, ich gebe die Berufungen immer erst nach der Aufsichtsratssitzung bekannt. Manchmal kommt es vor, daß aufgrund einer Entscheidung des Aufsichtsrats eine erhebliche Haushaltserhöhung erforderlich ist, und dann ist das Geld, das wir für den festangestellten Dozenten gebraucht hätten, einfach nicht da.»

Was er im Büro des Präsidenten gehört hatte, gab Cyrus Merton zu denken. Zu der Namensänderung hatte Macomber nichts weiter gesagt, als daß sie eine heikle Frage war. Bedeutete das, daß er zwar hoffte, aber noch nicht genau wußte, ob er die erforderlichen Stimmen bekommen würde? Und dann hatte er die Sprache auf die Festanstellungen gebracht und ausdrücklich nach dem Fachbereich Englisch gefragt. Warum nicht nach Mathematik oder Physik oder Soziologie? Sollte er, Merton, das vielleicht als Wink verstehen, in der Frage der Namensänderung die richtige Entscheidung zu treffen, wenn er eine Festanstellung für Victor Joyce erreichen wollte?

Er hätte sich gern mit Kollegen aus dem Aufsichtsrat beraten, aber so richtig war er mit keinem von ihnen warmgeworden. Bei ihren vierteljährlichen Zusammenkünften waren sie höflich zu ihm, mehr aber auch nicht. Die meisten stammten aus alten, begüterten Familien Neuenglands. Sie hatten andere Wertvorstellungen und andere Interessen als er. Und sie hatten alle studiert, meist an neuenglischen Elite-Universitäten.

Dann fiel ihm Charles Dobson ein, der außer Merton der einzige Katholik im Aufsichtsrat war, ein schwerer, freundlicher Mann, der Football für Dartmouth spielte. Hin und wieder machte er eine Bemerkung über Nonnen oder den Papst und zwinkerte Merton dabei zu. Ja, mit Dobson würde er reden können, auch er hatte seinerzeit gegen die Namensänderung gestimmt. Dobson hatte eine große Cadillac-Vertretung in Boston. Mertons Wagen war zwar erst knapp zwei Jahre alt, aber es konnte nicht schaden, sich die neuen Cadillacs mal anzusehen. Wenn Dobson ihm ein gutes Angebot machte...

Zu dem Verkäufer, der auf ihn zukam, sagte er: «Ich seh mich erst mal ein bißchen um. Ist Mr. Dobson da?»

«Im Büro.» Der Verkäufer deutete hin.

Die Tür stand offen, und Merton trat ein. Dobson lächelte über das ganze breite Gesicht. «Hallo! Merton, nicht?»

«Ganz recht, Cyrus Merton.»

«Setzen Sie sich, Cy. Macht's Ihr alter Schlitten nicht mehr? Draußen hätte ich was für Sie!»

«Ich kam zufällig vorbei, und weil mir dabei einfiel, daß Sie die Vertretung hier haben, wollte ich mal guten Tag sagen.»

«Wirklich nett von Ihnen, Cy. Und wenn Sie nun schon hier sind –»

«Ich komme gerade von Präsident Macomber», fuhr Merton eilig fort. «Haben Sie die Tagesordnung für die Aufsichtsratssitzung bekommen, Mr. Dobson?»

«Nennen Sie mich Charlie, das machen alle. Ja, gestern, glaube ich, sie muß hier irgendwo rumliegen. Ist was damit?»

«Haben Sie gesehen, daß die Frage der Namensänderung an erster Stelle steht?»

«Ja. Warum fragen Sie?»

«Weil ich mir überlege, ob Macomber inzwischen glaubt, genügend Stimmen beisammen zu haben. Für die Zustimmung braucht er nämlich eine Zweidrittelmehrheit.»

«Ich weiß. Und was hat der Präsident gesagt?»

«Gar nichts. Nur, daß es eine heikle Frage ist. Sie haben beim letztenmal dagegen gestimmt, Charlie –»

«Und jetzt wollen Sie wissen, ob ich's diesmal wieder so halte. Ich denke schon. Im Grunde ist der jetzige Name natürlich albern. Das College war nie christlich in dem Sinne, daß es eine religiöse oder konfessionelle Stiftung war, aber der Name Windermere Christian vermittelt den Eindruck, daß es sich um eine kirchliche Privatschule handelt.»

«Und warum stimmen Sie dann gegen die Namensänderung?»

«Weil unser Kollege George Farquhar Ridgeway der Dritte mich darum gebeten hat. Und George Farquhar der Dritte kommt alle drei Jahre eigens aus Augusta, Maine, um sich einen neuen Cadillac zu holen, auch wenn der alte noch tipptopp in Ordnung ist. Er ist gegen die Namensänderung, weil sein Urgroßvater oder vielleicht sogar sein Ururgroßvater, ein freikirchlicher Pfarrer, im ersten Aufsichtsrat saß und ihm der jetzige Name ein Gefühl der Kontinuität vermittelt. Und warum, werden Sie sagen, stimmen die anderen gegen eine Namensänderung? Billy Chamberlain ist grundsätzlich gegen alles Neue. Der würde glatt noch mit Pferd und Wagen fahren, wenn er einen Stallburschen hätte, der ihm die Pferde anspannt. Und Burton Stover stellt sich prinzipiell gegen den Präsidenten und die Mehrheit, weil er zeigen will, daß er ein unabhängiger Geist ist. Die anderen haben ähnlich kleinkarierte oder nicht ernst zu nehmende Gründe. Aber bei Ihnen ist es wohl so, daß Sie eine Lanze für den Glauben brechen wollen.»

«Ja, ich finde das wichtig. Und ich begreife nicht, warum die übrigen Kollegen aus dem Aufsichtsrat und Präsident Macomber so wild auf die Namensänderung sind.»

«Nein? Haben Sie sich schon mal überlegt, warum die alle überhaupt im Aufsichtsrat sitzen?»

«Doch wohl deshalb, weil wir uns alle für Bildungsfragen interessieren.»

«Wirklich? Und interessieren die sich dann zwangsläufig für all die anderen Institutionen, bei denen sie im Aufsichtsrat sitzen – vom Altersheim für Seeleute bis zum Ortskrankenhaus und der Stadtbücherei? Nein, Cy, die sitzen dort der Ehre wegen. In welchem Aufsichtsrat wären Sie lieber, wenn's Ihnen um die Ehre geht – in dem vom Holy Cross College, das außerhalb von Neuengland kein Mensch kennt, oder in dem der weltberühmten Harvard University? Selbst ein Bischof würde sich wahrscheinlich für Harvard entscheiden. Die aus der Provinz, aus North Maine und New Hampshire und Vermont sitzen vielleicht in unserem Aufsichtsrat, weil sie dadurch viermal im Jahr in die Großstadt kommen. Und ein paar andere, wie mein Freund Ridgeway, setzen einfach die Familientradition fort. In diesen Sippen hat man sich immer für das Gemeinwohl eingesetzt, und weil die Nachkommen sich zu fein sind, politische Kärrnerarbeit zu machen, übernehmen sie dann solche Ehrenämter.» Er griente breit.

«Und Sie glauben, Macomber will die Namensänderung deshalb durchsetzen, weil er nicht Präsident in einem kirchlichen College sein möchte?»

«Bestimmt.» Merton machte ein verdrießliches Gesicht, und Dobson sah ihn scharf an. «Was drückt Sie denn?»

«Ich überlege schon die ganze Zeit hin und her ... Als ich bei ihm war und ihn wegen der Tagesordnung angesprochen habe, hat er die Rede sofort auf die anstehenden Festanstellungen gebracht. Victor Joyce, der Mann meiner Nichte, hat sich um eine Festanstellung im Fachbereich Englisch beworben, und nun frage ich mich, ob –»

«Ob er Ihnen einen Tauschhandel angeboten hat? Festanstellung für Victor Joyce als Gegenleistung für Ihre Zustimmung zu der Namensänderung? Könnte ich mir gut vorstellen. Der ist mit allen Wassern gewaschen, unser Präsident.»

«Er will die Liste der Festanstellungen erst nach der Aufsichtsratssitzung bekanntgeben», sagte Merton etwas kläglich.

«Da haben wir's! Ein gerissener Hund, alles, was recht ist», sagte Dobson bewundernd.

«Aber was soll ich denn machen? Ich kann doch nicht gegen mein Gewissen stimmen.»

«Ein schwieriger Fall», gab Dobson zu. Doch dann fiel ihm etwas ein. «Passen Sie mal auf, Cy: Bei Ihrem nächsten Gespräch mit ihm lassen Sie sich auf keine Diskussion über die Namensänderung ein. Sollte er Sie geradeheraus fragen, ob Sie dafür oder dagegen stimmen werden, sagen Sie einfach, Sie hätten sich noch nicht entschieden. Und in der Sitzung beantragen Sie dann eine geheime Abstimmung. Oder, wenn Sie meinen, daß das zu auffällig ist, stelle ich den Antrag.»

«Würden Sie das tun?» Merton überlegte einen Augenblick, dann erhellte sich seine Miene. «Ja, so könnte es gehen. Vielen Dank.»

«Gern geschehen», sagte Dobson. «Und wenn Sie einen neuen Wagen brauchen, denken Sie an mich...»

«Aber ja, versteht sich!»

18

Alice Saxon und Victor Joyce trafen sich ein- oder zweimal in der Woche, aber Punkt neun schickte sie ihn regelmäßig weg. Wenn er protestierte, weil er sich darauf gefreut hatte, die Nacht bei ihr zu verbringen, sagte sie: «Jetzt sei doch vernünftig! Wenn rauskäme, daß wir ein Verhältnis haben, könntest du deine Festanstellung vergessen.»

«Wie sollte denn so was rauskommen?»

«In dieser Gegend wohnen viele Studenten und Hochschullehrer, bei mir im Haus allein zwei Studenten von der Boston University.»

«Aber wenn sie von der B. U. sind...»

«... haben sie vielleicht Freundinnen in Windermere, so was kann man nie wissen. Wir müssen uns sehr vorsehen, Victor. Wo steht dein Wagen?»

«Um die Ecke, näher dran war nichts mehr frei.»

«Gut, da solltest du ihn immer parken oder möglichst noch ein Stück weiter weg. Wir können nicht vorsichtig genug sein.»

«Aber wenn ich fest angestellt bin –»

«... müssen wir weiter vorsichtig sein.»

«Wir haben doch dann beide eine sichere Stellung...»

«Windermere ist immer noch ganz schön konservativ, der Aufsichtsrat sowieso und auch ein Großteil der Dozenten. Natürlich hätte ich früher oder später gern einen Lehrstuhl, aber wenn auch nur der geringste Zweifel an meinem Lebenswandel besteht, bekomme ich den nie. Erst wenn du deine Festanstellung hast, die kirchlich sanktionierte Trennung *und* die zivile Scheidung durch ist, können wir es vielleicht ein bißchen lockerer angehen, dann kannst du mir gewissermaßen erlaubterweise den Hof machen.»

«Ja, aber wenn wir doch immer gegen vier oder fünf hier

aufkreuzen und ich bis neun bleibe, könnte so mancher durchaus darauf kommen, daß wir einen Teil dieser Zeit im Bett verbringen.»

«Normalerweise schon, aber wir sind schließlich beide anerkannte Wissenschaftler, da denken sich die meisten Leute, daß wir wahrscheinlich an einem Vortrag arbeiten oder du ein Buchmanuskript von mir durchsiehst.»

Um diese Fiktion noch überzeugender zu gestalten, rief sie ihm immer noch eine entsprechende Bemerkung nach, wenn er die Treppe herunterging: «Vergiß bitte nicht, beim nächsten Mal die Notizen mitzubringen. Und wenn du das Zitat noch mal überprüfen würdest...»

Hin und wieder durfte er am Freitag bei ihr übernachten. «Die jungen Leute fahren alle übers Wochenende weg, wir brauchen am nächsten Morgen nicht ins College, und ab und zu finde ich es einfach schön, beim Aufwachen einen Mann neben mir im Bett zu haben.»

Das alles, fand er, war durchaus einleuchtend, aber ein kleiner Stachel der Ungewißheit blieb. Schickte sie ihn abends wirklich nur deshalb so früh weg, um seine Chancen nicht zu gefährden, oder erwartete sie womöglich einen weiteren Besucher? Und was war, wenn sie nicht mit ihm zusammensein wollte? Ein- oder zweimal hatte er sie, wenn sie ihm für abends abgesagt hatte, beim Mittagessen neben Mordecai Jacobs sitzen sehen, mit dem sie sich offenbar blendend verstand.

Das Dinner im Country Club von Breverton fand am Ende der Prüfungswoche statt. Am Freitag kochte Alice für Victor, und er übernachtete bei ihr, aber am nächsten Tag schickte sie ihn kurz nach zwölf weg.

«Du willst doch heute abend zu der Abschlußfete, nicht? Da mußt du dich noch umziehen und –»

«Das ist schnell geschehen», wandte Victor ein.

«Und ich muß noch Prüfungsbögen durchsehen und benoten.»

«Dafür haben wir doch noch die ganze nächste Woche Zeit.»

«Du vielleicht, weil du nur Studenten aus dem ersten und zweiten Studienjahr hast, aber ich habe das Abschlußjahr, da müssen die Noten bis zum Montag vorliegen.»

«Dann mach es am Sonntag.»

«Für Sonntag habe ich andere Pläne.»

Er fragte wohlweislich nicht weiter nach. Von Anfang an hatte Alice keinen Zweifel daran gelassen, daß ihre Beziehung ihm nicht das Recht gab, sich in ihr Privatleben einzumischen. «Wie kommst du nach Breverton?» fragte er.

«Arlene Winsor vom Fachbereich Französisch holt mich ab.»

Widerstrebend verabschiedete er sich, aber er hatte keine Lust, nach Barnard's Crossing zurückzufahren – schon deshalb nicht, weil Margaret am Samstag nicht arbeitete und vielleicht den ganzen Nachmittag im Haus sein würde. Es war ein warmer, sonniger Tag, und er schlenderte eine Weile gemächlich durch die Straßen. Als er Hunger bekam, holte er sich in einem Schnellrestaurant einen Hamburger und Kaffee und sah sich durchs Fenster das Treiben auf der Straße an. Erst als er noch einmal zur Theke gehen wollte, um sich einen Nachtisch und einen zweiten Kaffee zu holen, fiel ihm ein, daß sein Geld dafür nicht mehr reichte. Er hatte einen Scheck einlösen wollen und es vergessen. Und jetzt waren die Banken geschlossen.

Macht nichts, dachte er unbesorgt. Für das Dinner hatte er eine Eintrittskarte, und vielleicht war auch in seiner Kommode noch ein bißchen Bargeld. Er blieb bis zum späten Nachmittag in der Stadt und kehrte erst im letztmöglichen Augenblick nach Hause zurück.

Am späten Nachmittag meldete sich Professor Mordecai Jacobs bei Alice Saxon. «Hi, Alice. Meine Freundin hat gerade angerufen, sie will unbedingt, daß ich heute abend zu der Bar Mizwa-Party ihres Bruders komme. Was meinst du, muß ich denn unbedingt zu dem Dinner?»

«Dein Fachbereichsleiter ist im Festausschuß.»

«Ich hab ja eine Karte gekauft.»

«Das reicht nicht, Mord. Er muß dich sehen. Und Victor Joyce kommt auch hin. Ich weiß nicht, wie das mit den Festanstellungen in eurem Fachbereich läuft, aber bestimmt hat Professor Sugrue einigen Einfluß darauf. Ihr seid gewissermaßen Konkurrenten, Joyce und du. Stell dir mal vor, ihr seid in allen Punkten gleichauf, aber Joyce läßt Teamgeist erkennen, indem er zu dem Dinner kommt, während Jacobs durch Abwesenheit glänzt...»

«Na ja, dann muß ich wohl in den sauren Apfel beißen. Clara sagt, daß Breverton nicht allzuweit von Barnard's Crossing entfernt ist, dann müßte ich es eigentlich nach dem Dinner noch zu der Bar Mizwa-Party schaffen.»

«Sehr vernünftig, Mord. Wenn ich vor dir da bin, halte ich dir einen Platz frei, und du machst es bitte umgekehrt genauso. Sonst muß ich mich zu Arlene Winsor und ihren Kollegen setzen, und die hockt mit ihren Kollegen zusammen, und sie reden den ganzen Abend nur französisch.»

«Schön, also bis später.»

19

Bis auf den sonntäglichen Kirchgang und das Essen bei den Mertons gingen sich Victor und Margaret aus dem Weg. Sie benahmen sich tatsächlich wie zwei Fremde, die zufällig in derselben Pension wohnen. Wenn sie sich einmal trafen, waren sie beide höflich, mehr aber auch nicht. Er aß außerhalb, und wenn er abends zu Hause war, hielt er sich in seinem Arbeitszimmer oder seinem Schlafzimmer auf. Sie saß gewöhnlich im Wohnzimmer und las oder sah fern, und wenn sie nach oben ging, riegelte sie die Schlafzimmertür ab. Wenn er, was selten vorkam, im Fernsehen eine bestimmte Sendung sehen wollte, die sie auch gerade sah, setzte er sich so, daß möglichst viel Distanz zwischen ihnen war. Weil er noch immer ein schlechtes Gewissen hatte, fühlte er sich in ihrer Gegenwart stets unbehaglich.

Am Tag des Abschlußdinners hatte Victor so lange in der Stadt herumgetrödelt, daß er erst kurz nach sechs heimkam. Nun blieb ihm gerade noch Zeit zum Rasieren, Duschen und Umziehen. Er leerte die Taschen seiner Sporthose und packte alles in die Hose seines dunklen Anzugs, auch die Brieftasche, in der kein Geld, sondern nur noch sein Führerschein und die Eintrittskarte für das Dinner war. In der Kommode hatte er nichts Bares mehr gefunden. Sollte er sich etwas von Margaret leihen? Nein, heute abend brauchte er ja doch kein Geld mehr, und es widerstrebte ihm, sie um etwas zu bitten.

Sie saß im Wohnzimmer und las. Zu seiner Überraschung ließ sie das Buch sinken, als er nach unten kam, und sagte: «Meine Tante war heute nachmittag hier.»

«So? War's nett?» fragte er höflich und leicht verwundert.

«Sie wollte auf die Toilette, aber in der Gästetoilette funktionierte das Licht nicht.»

«Ja, manchmal muß man ein paarmal knipsen, der Schalter hat wohl einen Wackelkontakt.»

«Deshalb war sie in meinem Zimmer, und da hat sie bestimmt den Riegel an der Tür gesehen.»

«Was hat sie gesagt?»

Margaret schüttelte den Kopf. «Gar nichts. Aber sie hatte es dann plötzlich ziemlich eilig.»

«Wahrscheinlich wollte sie erst mit deinem Onkel darüber sprechen.»

«Na, das wird sich ja sehr bald herausstellen. Er kommt nämlich auch zu dem Dinner im Country Club.»

Auf der Fahrt nach Breverton hatte Victor Zeit genug, seine Lage zu bedenken. Daß Agnes dem Bruder von ihrer Entdekkung erzählen würde, stand für ihn fest, aber was machte das schon? Schließlich hatte er einen Deal mit Cyrus gemacht. Er hatte sich bereit erklärt, die Nichte zu heiraten, im Gegenzug war ihm eine Festanstellung in Aussicht gestellt worden. Seinen Teil der Abmachung hatte er eingehalten, und daß es zwischen Peg und ihm nicht gefunkt hatte, dafür konnte er nichts. Schließlich war er ein ganz normaler Mann und kein Heiliger. Er würde darauf bestehen, daß Cyrus sich an seine Zusage hielt, und tröstete sich damit, daß er, Victor, am längeren Hebel saß. Sie strebte eine Trennung und eine Zivilscheidung an – und zumindest die Scheidung konnte sie nur durchsetzen, wenn er mitspielte. Als Preis würde er die Festanstellung verlangen.

Auf dem Parkplatz des Country Clubs stellte er fest, daß sein Tank leer war. Heute war offenbar sein Pechtag. Erst schickte ihn Alice viel zu früh für seinen Geschmack weg, dann stellte sich heraus, daß er kein Geld mehr in der Tasche hatte, Margaret erzählte von dem Besuch ihrer Tante, und jetzt war ihm auch noch das Benzin ausgegangen. Er versuchte sich auf die Angaben im Handbuch zu besinnen. Wieviel Benzin war noch im Tank, wenn die Tankanzeige im roten Feld stand? Bis nach Hause würde er es wohl noch schaffen, er würde eben die kürzere Strecke über die Pine Grove Road fahren. Nur – wie lange stand die Tankanzeige schon im roten Feld?

In dem Haus auf dem Point erzählte Agnes ihrem Bruder von dem Besuch bei Peg. «Mir war ziemlich bald klar, daß es nicht gutgehen würde. Wenn sie herkamen, hat sie immer ‹Victor› zu ihm gesagt.»

«So heißt er nun mal…»

«Aber von einer jungverheirateten Frau erwartet man eigentlich, daß sie mal Liebling sagt oder irgendeinen Kosenamen benutzt. Nicht mal Vic, immer Victor, als hätten sie sich gerade erst kennengelernt.»

«Ehekräche kommen in den besten Familien vor.»

«Bei einem harmlosen Streit hätte sie nicht gleich einen Riegel an die Schlafzimmertür machen lassen und Victors Sachen ins Gästezimmer geschafft.»

Die Sache ließ Agnes nicht ruhen. Sie machte Cyrus Vorwürfe, weil er zur Heirat gedrängt hatte, ehe sich die beiden jungen Leute richtig hatten kennenlernen können. Schließlich sagte er: «Paß mal auf: Ich nehme ihn in meinem Wagen mit nach Breverton und frage ihn, was hier eigentlich läuft.»

Doch als er im Shurtcliff Circle anrief, erfuhr er von Margaret, daß Victor sich schon auf den Weg gemacht hatte.

«Macht nichts», sagte er zu seiner Schwester, «dann spreche ich bei dem Dinner mit ihm und versuche, das wieder zurechtzubiegen.»

«Aber du wolltest doch nur auf einen Drink hin.»

«Ich kann ebensogut zum Dinner bleiben, Victor hinterher nach Hause fahren und vielleicht bei dieser Gelegenheit auch noch ein Wort mit Peg reden. Dann kann ihn morgen Peg zum *Country Club* bringen, und er holt seinen Wagen ab.»

Miriam hatte den Rabbi überredet, mit ihr ins Kino zu gehen. Sie waren schon vor der Tür, als das Telefon läutete. Der Rabbi wandte sich um. «Laß es läuten», sagte sie. «Wozu haben wir einen Anrufbeantworter?»

«Und ich zerbreche mir während des Films pausenlos den

Kopf darüber, wer es war», sagte der Rabbi und ging rasch wieder ins Haus. Nach ein paar Minuten kam er wieder zu Miriam, die ungeduldig vor der Haustür gewartet hatte.

«Das war Simcha.»

«Aus Chicago?»

«Nein, aus Gloucester. Er war dort zu der Hochzeit.»

«Und ich dachte schon, er wäre nicht hingefahren, weil wir nichts mehr von ihm gehört haben.»

«Am Sabbat wollte er nicht telefonieren und hatte sich vorgenommen, uns am Sonntag anzurufen. Aber einer der Hochzeitsgäste fährt heute abend nach Boston zurück und könnte Simcha in Barnard's Crossing absetzen. Dann kann er bei uns schlafen, in Jonathon's Zimmer.»

«Wann kommt er denn? Dann müssen wir wohl das Kino streichen.»

«Er meint, daß sie gegen halb elf hier sein könnten, und etwa um diese Zeit ist auch der Film aus. Ich habe ihm gesagt, sein Bekannter soll ihn im Shop absetzen, und wir holen ihn dort ab. Wenn wir vor ihm da sind, warten wir auf ihn. Und wenn er vor uns da ist, wartet er. Es kann sich nur um ein paar Minuten handeln.»

«Aber schließt der Shop nicht schon –»

«Nein, am Samstag machen sie erst um Mitternacht zu. Er kann ja einen Kaffee trinken, damit ihm die Zeit nicht lang wird.»

20

Der Parkplatz hatte sich schon gefüllt, als Victor ankam. Er stellte seinen Wagen ab und ging rasch über den Rasen zu der breiten Veranda, auf der an diesem lauen Abend eine Reihe von Gästen mit Gläsern in der Hand herumstanden. Einige nickten ihm grüßend zu, aber er mochte sich auf kein Gespräch einlassen. Während der Fahrt nach Breverton hatte er sich unablässig überlegt, was er zu Cyrus Merton sagen sollte, falls der ihn direkt auf den Riegel an der Schlafzimmertür ansprach. Sollte er die Frage auf die leichte Schulter nehmen und sagen, der Riegel sollte Peg vor der Liebesglut ihres Mannes schützen, und sie würden wieder in einem Zimmer schlafen, sobald die riskanten Tage vorbei waren? Oder sollte er ihm klipp und klar erklären, daß die Ehe gescheitert war und Margaret sich scheiden lassen wollte? Vielleicht tat aber Merton auch so, als wüßte er von nichts. Oder er wartete bis morgen nach der Kirche und schnitt das Thema beim Sonntagsessen an. Oder…

Eine Doppeltür führte in einen behaglichen, mit Klubsesseln ausgestatteten Salon. Dahinter lag das eigentliche Restaurant. An einer Seite des Salons war ein kleiner Vorraum, der als Garderobe diente, und in einem Alkoven gegenüber hatte man die Bar eingerichtet. Ein paar Leute saßen noch in den Klubsesseln, und eine kleine Gruppe umdrängte die Bar, aber die meisten Gäste saßen schon im Restaurant oder waren dabei, sich einen Platz zu suchen. Etwa in der Mitte sah Victor Alice Saxon sitzen, neben ihr seinen Kollegen und Rivalen Mordecai Jacobs. Victor verspürte das dringende Bedürfnis nach einem Drink.

Seine Eintrittskarte hatte einen perforierten Gutschein für einen kostenlosen Drink an der Bar.

«Einen Scotch», bestellte er.

«Kommt sofort. Wasser? Soda? Eis?»

«Pur.» Nach diesem Pechtag war sein bewährter Muntermacher unverdünnt angesagt. Er leerte das Glas in ein paar langen Zügen. Jetzt fühlte er sich schon besser. Am liebsten hätte er gleich einen zweiten Drink nachgeschoben. Er sah sich um. Wenn gerade ein Freund oder ein guter Bekannter herumstand, konnte er den vielleicht anpumpen, aber die wenigen Leute, die dafür in Frage kamen, waren in Gespräche mit Kollegen vertieft, vor denen er sich keine Blöße geben wollte. Er ging zur Bar, wo sich der Andrang inzwischen gelegt hatte, und sagte zu dem Barmann: «Ich habe meine Brieftasche vergessen und möchte gern noch was trinken. Wenn ich –»

«Sie wissen doch, daß ich das nicht machen kann, Professor», sagte der Barmann vorwurfsvoll. «Drinks gibt's nicht auf Pump, das ist genauso wie in der Kneipe.»

«Ach so, ja. Schon gut.»

Alice Saxon saß jetzt allein am Tisch, und er ging rasch zu ihr. «Wo ist denn dein Freund?»

«Mal verschwinden, nehme ich an. Warum? Wolltest du etwas von ihm?»

«Warum hast du mir nicht gesagt, daß du mit ihm nach Breverton fährst?»

«Weil ich nicht mit ihm, sondern mit Arlene Winsor nach Breverton gekommen bin, sie nimmt mich auch wieder mit zurück. Ich wollte nur nicht an ihren Tisch, weil dort nur Leute aus ihrem Fachbereich sitzen und ununterbrochen französisch parliert wird. Schau mal, da kommt Cyrus Merton.»

Victor sah sich um und winkte, und Cyrus Merton winkte lächelnd zurück. «Ich geh mal hin», sagte Victor. «Können wir morgen abend zusammen essen, Alice?»

«Ruf mich nachmittags an», sagte sie. «Mal sehen, wie ich mich dann fühle.»

Victor ging rasch zu Cyrus hinüber, der am Eingang zum Restaurant stand. Seine Stimmung hatte sich gehoben. Zur

Eifersucht auf Mordecai Jacobs schien kein Grund zu bestehen, Alice Saxon würde sich morgen mit ihm zum Abendessen treffen, und Cyrus Merton lächelte, als sei alles in bester Ordnung.

«Ich wollte dich eigentlich mitnehmen», sagte Merton, «aber als ich bei Peg anrief, warst du schon unterwegs.» Nichts deutete darauf hin, daß Cyrus Merton etwas von der Entfremdung zwischen Victor und seiner Nichte wußte.

«Ich fahre ja sonst immer über die Pine Grove nach Breverton, aber diesmal hatte ich mich für den Highway entschieden, und weil ich weiß, daß diese Strecke ein gutes Stück weiter ist, bin ich früher losgefahren. Sag mal, hast du reichlich Geld bei dir? Ich habe heute vormittag vergessen, einen Scheck einzulösen, und bin total blank. Und tanken muß ich auch noch.»

«Kein Problem.» Merton streckte ihm die geöffnete Brieftasche hin. Sie enthielt zwei Fünfzig-Dollar-Scheine, drei Zehner und in einem gesonderten Fach mehrere Eindollarscheine. «Nimm dir, was du brauchst.»

«Kann ich die Zehner haben?»

«Bedien dich.»

«Du bekommst es zurück, wenn –»

«Hat überhaupt keine Eile, mein Junge. Aber hör mal, wenn dein Tank leer ist, läßt du den Wagen am besten hier und fährst mit mir nach Hause. Morgen kann dich dann Peg herbringen, und du holst den Wagen ab.»

«Nein, nein, bis zum Shurtcliff Circle reicht es bestimmt noch, aber trotzdem schönen Dank...»

In diesem Moment kam Professor Gates, der Vorsitzende des Festausschusses, auf sie zu. «Da sind Sie ja, Mr. Merton. Wir wollen anfangen, Sie haben einen Platz am Ehrentisch.»

«Ja, dann bis später, Victor. Wo sitzt du denn?»

Victor sah sich um. «Hier», sagte er schnell entschlossen und deutete auf den Tisch, an dem sie gerade standen. Er war weit weg vom Ehrentisch und hinter einer Säule, wahrscheinlich waren deshalb dort auch Plätze frei.

«Wir sehen uns nach dem Essen», sagte Merton und folgte Gates. Er war kaum weg, als Victor zur Bar ging und sich einen doppelten Whisky bestellte. Er zahlte mit einem der Scheine, die er von Cyrus bekommen hatte.

«An den Tischen wird Wein serviert», sagte der Barkeeper.

«Das Zeug trink ich nicht. Einen Eiswürfel und einen Fingerhut Soda.»

Als er wieder an seinen Tisch kam, stand die Suppe schon da. Er nahm einen Löffel, dann schob er den Teller weg. «Ganz schön scharf.»

«Ein bißchen pfeffrig», gab sein Nachbar zu.

«Da muß man ja tüchtig löschen.» Victor nahm einen Schluck aus seinem Glas, lehnte sich zurück und blickte sich um. Seine Tischgenossen kannte er nur vom Sehen, es waren alles Naturwissenschaftler, und ihre Gespräche waren ihm weitgehend unverständlich, aber das störte ihn nicht.

Er stocherte in seinem Salat herum. Das Dressing war scharf, und er mußte immer wieder zum Glas greifen, das leer war, noch ehe er aufgegessen hatte. Er ließ es sich an der Bar auffüllen und ging nicht gleich an seinen Tisch zurück, sondern schlenderte durch den Saal, nickte, wenn er von Bekannten gegrüßt wurde, und sah häufig zu dem Tisch hin, an dem Alice Saxon mit Jacobs saß. Als er an dem Ehrentisch vorbeikam, hob er Cyrus grüßend sein Glas entgegen, und Cyrus winkte ihm lächelnd zu.

Dann wollte er zurück an seinen Tisch, aber da war sein Glas schon wieder zur Hälfte leer. Er ging zur Bar.

«Noch mal dasselbe, Jack.»

«Das muß ich aber berechnen, Professor.»

«Natürlich.» Er legte den nächsten Schein auf die Theke. Der Barmann hatte großzügig eingeschenkt. Victor hielt sein Glas in der ausgestreckten Hand wie eine brennende Kerze und trug es vorsichtig zu seinem Platz. Seine Pechsträhne war offenbar zu Ende. Alice, die er schon in den Armen seines Rivalen gesehen hatte, war bereit, den Sonntagabend – und vielleicht auch die Nacht – mit ihm zu verbringen. Cyrus Merton, dessen Zorn er gefürchtet hatte, war besonders nett und freundlich gewesen, hatte ihm Geld geliehen und wollte ihn sogar nach Hause bringen.

In seiner whiskyverklärten Hochstimmung erwog er die verschiedensten Möglichkeiten. Wenn er jetzt nach Hause fuhr, saß Peg vielleicht vor dem Fernseher oder lag schon im Bett, dann konnte er ihren Wagen nehmen – Peg war nicht der Typ, den Tank bis auf den letzten Tropfen leerzufahren – und noch vor Ende des Dinners wieder hier sein. Er würde Alice dazu überreden, nicht mit ihrer Freundin Arlene, sondern mit ihm heimzufahren, und daraus konnte sich durchaus noch mehr ergeben. Oder er fuhr nach Lynn – bis dahin reichte sein Sprit bestimmt noch –, tankte dort und fuhr zurück nach Breverton, um Alice abzuholen. Er lachte in sich hinein.

«Was ist denn so komisch?» wollte sein Nachbar wissen.

«Mir ist nur was eingefallen.» Ein guter Witz, hatte er gedacht, für Mertons Geld oder mit Hilfe von Pegs Wagen mit Alice Saxon ins Heu zu gehen.

Die Bedienung brachte den Hauptgang und fragte, ob er Rotwein oder Weißwein haben wollte.

Er winkte ab. «Keinen Wein. Kann das Gesöff nicht ausstehen.» Er ließ sich sein leeres Glas an der Bar auffüllen und machte sich über sein Roastbeef her.

«Ganz schön zäh», sagte er und säbelte daran herum.

«Sie halten das Messer ja verkehrt herum», sagte sein Nachbar.

«Wahrhaftig...» Um seine Verlegenheit zu bemänteln, nahm er einen tiefen Schluck. Er schnitt ein großes Stück Fleisch ab, kaute mechanisch, trank zwischendurch etwas, um den Speichelfluß zu fördern, und schluckte den unzerkauten Rest. Er blieb ihm in der Speiseröhre stecken, und er hatte Mühe, ihn herunterzuspülen.

Schon wieder war sein Glas leer. Wahrscheinlich hatte der Barkeeper geschummelt. Er fand, daß es unter seiner Würde war, deswegen Theater zu machen, aber von jetzt ab würde er beim Einschenken genau aufpassen. Er ging zur Bar, ohne zu torkeln oder zu schwanken, aber er setzte sehr behutsam einen Fuß vor den anderen.

«Noch 'n Drink», verlangte er.

«Tut mir leid, Professor, ich kann Ihnen nichts mehr geben.»

«Warum nicht? Ich zahl's doch.»

«Tut mir leid, aber hier gelten dieselben Regeln wie in der Kneipe.»

«Wollen Sie behaupten, ich wär voll?»

«Wir müssen an unsere Konzession denken.»

«Wissen Sie, was Sie mit Ihrer Scheißkonzession machen können und mit Ihrem Scheißdrink? Ich scheiß auf die Scheißbude hier.» Er drehte sich um. «Ich hau ab», sagte er zu dem jungen Mann an der Garderobe. «Geben Sie mir meinen Mantel.» Vergeblich kramte er in der Tasche nach einem Trinkgeld.

«Ja, Sir. Dürfte ich Ihre Garderobenmarke haben?»

Während er wieder in seinen Taschen herumkramte, sagte der junge Mann: «Sie wollen schon so früh gehen?»

Victor hob die linke Hand, die er zur Faust geballt hatte, und sah mit zusammengekniffenen Augen auf die Uhr an der Innenseite seines Handgelenks. «Früh? Na, ich weiß nicht... Fast zehn, Viertel vor. Muß nach Hause. Find die Marke nicht.»

«Können Sie den Mantel beschreiben?»

«Ja. Hellbraun. Mit Gürtel. Nein, schon gut, hab ihn im Wagen gelassen. Ist mir gerade eingefallen.» Er machte eine fast militärische Kehrtwendung und marschierte zielbewußt zur Tür.

21

Einmal im Jahr traf sich der VAFVAMF (Verein früherer Assistenzärzte von auswärtigen medizinischen Fakultäten) im Blauen Salon («geeignet für kleine Gruppen von bis zu dreißig Personen») des Breverton Country Clubs zum Essen und geselligen Beisammensein. Angefangen hatten sie vor zwanzig Jahren mit acht Mitgliedern und ihren Frauen oder Freundinnen (letztere meist Schwestern an den jeweiligen Krankenhäusern), später hatten sie die Mitgliederzahl auf zwölf erhöht. Im Lauf der Jahre waren einige Mitglieder ausgestiegen oder weggezogen, einer war gestorben, andere waren dazugekommen. In den ersten Jahren hatten sich die Gespräche bei Tisch hauptsächlich um die Arbeitsbedingungen und Beförderungschancen in den Krankenhäusern gedreht. Inzwischen hatten die Männer alle gute Positionen und sprachen über Börsenkurse, Ferienhäuser in Vermont und die unverschämt hohen Versicherungsprämien. Bei den Frauen waren die Hauptthemen Kindererziehung, Haushaltshilfen und Garderobe.

Zum Abschluß gab es immer so was wie eine offizielle Sitzung, bei der mit ernstem Gesicht die blödsinnigsten Anträge eingebracht, ausführlich diskutiert und zur Abstimmung gestellt wurden.

«Herr Vorsitzender, ich möchte eine Ergänzung zu dem Ergänzungsantrag von Dr. Herman beantragen –»

«Und wie lautete Dr. Hermans Ergänzungsantrag?»

«Weiß ich nicht, ich hab nicht hingehört, aber jeden Ergänzungsantrag von Dr. Herman möchte ich von mir aus ergänzen, indem ...»

Der Vorsitzende, der als Zeichen seiner Würde ein Stethoskop um den Hals trug, rief die Anwesenden zur Ordnung, indem er mit einem Gummihämmerchen auf einen eigens für die Vereinssitzungen angeschafften Gong schlug. «Ich eröffne die Diskussion über Dr. Larsons nicht näher bezeichnete Ergänzung zu Dr. Hermans hier nicht vorliegenden Ergänzungsantrag.»

So liefen die Sitzungen meist, allerdings gab es hin und wieder auch ernstgemeinte Anträge, Diskussionen und Abstimmungen. So hatten sie vor zehn Jahren beschlossen, sich nicht am Freitag-, sondern am Samstagabend zu treffen und spätestens um zehn auseinanderzugehen, weil einige von ihnen am nächsten Tag Frühdienst im Krankenhaus und eine lange Heimfahrt hatten. Vor ein paar Jahren war auch eine neue Kleiderordnung eingeführt worden: Smoking für die Herren, Abendkleider für die Damen. Es erhöhte den Spaß an der Sache, wenn man sich für einen derart unbedeutenden Anlaß groß in Schale warf.

Als sie jetzt um zehn zum Parkplatz gingen, rief Sam Johnson, der diesmal den Vorsitz geführt hatte: «Alle mal herhören, die auf den Highway Richtung Süden wollen: Der Ober hat gesagt, daß die Polizei hier unten auf der Lauer liegt und Kontrollen macht – das ist so üblich, wenn im Restaurant eine größere Sache abläuft –, und wer eine Fahne hat, muß ins Röhrchen blasen.»

«Dann fahren wir eben über die Pine Grove Road», entschied Mimi Gorfinkle. Die Gorfinkles wohnten in Barnard's Crossing.

«Wieso denn das?» fragte ihr Mann.

«Weil du stinkst wie eine ganze Brauerei. Willst du etwa wegen Trunkenheit am Steuer verhaftet werden? Hast du noch nicht genug Zores in deiner Praxis?»

«Ich hatte nur einen Drink.»

«Zwei. Ich hab genau aufgepaßt. Und das Glas Bier, das du dir übers Hemd gegossen hast.»

«Nur ein halbes. Die andere Hälfte ist ja übers Hemd gegangen. Okay, fahren wir über die Pine Grove.»

Der Augenarzt Dr. Gorfinkle, ein kleiner, kahlköpfiger Mann mit Frettchengesicht, war ein verantwortungsbewußter

Verkehrsteilnehmer. Sogar auf der Pine Grove Road, auf der weit und breit kein Wagen zu sehen war, fuhr er in sehr gemäßigtem Tempo. Mimi, eine hochgewachsene, üppige Frau mit sorgfältig frisiertem Blondhaar, die nach dem reichlichen Essen und dem Wein schläfrig geworden war, döste vor sich hin. Als Gorfinkle unvermittelt bremste, schreckte sie hoch. «Was ist denn?»

«Schau mal, da rechts ...»

Ein Wagen war frontal gegen einen Baum am Straßenrand geprallt, der eine tiefe Delle in die Motorhaube gedrückt und sie zusammengeschoben hatte. «Gib mir mal die Taschenlampe aus dem Handschuhfach», sagte er. «Du wartest hier.»

Er stieg aus und leuchtete die Straße ab. «Muß hier auf dem matschigen Stück ins Rutschen gekommen sein», rief er seiner Frau zu. Der Kopf des Fahrers lag unterhalb der Kopfstütze an der Rücklehne, die rechte Hand auf dem Beifahrersitz, die andere Hand hing schlaff, mit der Handfläche nach unten, aus dem zersplitterten Seitenfenster. Der Mund des Mannes stand offen, und Gorfinkle sah, daß er atmete. Vorsichtig griff er in den Wagen hinein und stellte die Zündung ab. Der Motor lief nicht mehr, aber er hatte irgendwo gehört, das sei in solchen Fällen üblich. Dann legte er die Fingerspitzen behutsam an die Halsschlagader des Verunglückten. Der Puls war flach und leicht beschleunigt. Der Arzt ging zurück zu seinem Wagen und winkte seiner Frau, das Fenster herunterzukurbeln. «Gibst du mir mal die Schachtel mit den Zellstofftüchern?»

Der Verunglückte hatte Schnittwunden im Gesicht. Als Gorfinkle behutsam das Blut abgetupft hatte, sah er, daß es nur oberflächliche Verletzungen waren.

«Daß du mit dem Mann nichts anstellst», warnte seine Frau. «Denk dran, wie es Bill Sawyer gegangen ist, als er vor zwei Jahren den guten Samariter spielen wollte. Sie haben ihm wegen falscher ärztlicher Behandlung einen Prozeß an den Hals gehängt.»

Gorfinkle setzte sich wieder neben sie. «Er ist bewußtlos. Gehirnerschütterung.»

«Und was machen wir jetzt?»

«Ich muß natürlich die Polizei verständigen. Was steht auf dem Tagesmeilenzähler?»

«Fünf Komma sieben Meilen. Warum?»

«Ich überlege, ob es sich lohnt, zurückzufahren. Ich glaube, wir sind ungefähr auf der Mitte zwischen Barnard's Crossing und Breverton.»

«Und der Mann bleibt hier allein zurück?»

«Die Alternative wäre, daß du aussteigst und hier wartest, bis ich mit der Polizei wieder da bin...»

«Könnten wir nicht einen Wagen anhalten und –»

«Auf dieser Straße und um diese Zeit kann eine Stunde vergehen, bis der nächste Wagen vorbeikommt.»

«Aber ihn einfach seinem Schicksal überlassen...»

«Ich kann nichts für den Mann tun, Mimi.»

Er fuhr jetzt noch langsamer. Als er kurz hinter der Pine Grove Road an einer Telefonzelle vorbeikam, hielt er an.

«Was ist denn jetzt schon wieder?» fragte Mimi.

«Ich will die Polizei anrufen.»

«Unsinn! Jetzt kannst du auch noch warten, bis wir in unseren eigenen vier Wänden sind.»

Ehe er zu Hause zum Telefon ging, verlangte sie: «Zieh dich erst aus.»

Er sah sie verständnislos an. «Wieso soll ich mich ausziehen, um die Polizei anzurufen?»

«Weil wir damit rechnen müssen, daß sie jemanden vorbeischicken, um dich wegen des Unfalls zu vernehmen, und wenn sie das Bier auf deinem Hemd und deinem Kummerbund riechen, denken sie womöglich, du hattest was damit zu tun.»

In solchen Fällen, das wußte er aus Erfahrung, war es sinnlos, mit ihr zu streiten. Gehorsam zog er sich aus, schlüpfte in einen Bademantel und rief die Polizei an.

«Polizeiwache Barnard's Crossing, Sergeant Pierce.»

«Hier Dr. Gorfinkle, Laurel Road 23.»

«Ja, Doktor. Was kann ich für Sie tun?»

«Ich komme gerade von Breverton, über die Pine Grove

Road, dort ist ein Wagen gegen einen Baum gefahren. Der Fahrer saß bewußtlos am Steuer.»

«Mitfahrer?»

«Ich habe keinen gesehen. Ich meine, im Wagen war niemand. Könnte natürlich sein, daß jemand ausgestiegen ist, um Hilfe zu holen.»

«Wo genau auf der Pine Grove Road war das, Doktor?»

«Wo? Direkt an der Straße.»

«Vor dem Grenzschild oder nach dem Grenzschild?»

«Grenzschild?»

«Sie wissen schon, wo draufsteht: Willkommen in Barnard's Crossing.»

«So ein Schild habe ich nicht bemerkt. Aber wenn's am Straßenrand war... Ich hab ja nach vorn gesehen. Ist es wichtig?»

«Ja, schon. Wenn es noch in Breverton passiert ist, sind die Kollegen dort zuständig, und –»

«Ich kann Ihnen sagen, wie weit wir vom Breverton Country Club weg waren. 5,7 Meilen.»

«Woher wissen Sie das so genau?»

«Ich habe einen Tagesmeilenzähler am Armaturenbrett, den stelle ich jedesmal auf Null, wenn ich mich ans Steuer setze, dann weiß ich immer, wie weit ich gefahren bin. Als ich angehalten und auf den Tagesmeilenzähler gesehen habe, waren es 5,7 Meilen.»

«Fünf Komma sieben. Moment mal.»

Der Doktor trommelte nervös auf dem Telefontischchen herum. Dann war der Sergeant wieder in der Leitung. «Sind Sie noch dran, Doktor? Nach unseren Berechnungen müßte der Unfall in Breverton passiert sein.»

«Muß ich da jetzt auch noch anrufen?»

«Nein, das machen wir schon. Wie war denn Ihrer Meinung nach der Zustand des Verletzten?»

«Untersucht habe ich ihn nicht. Ich bin Ophthalmologe, Augenarzt. Ich wollte nichts anfassen. Falls er sich was gebrochen hat oder so... es ist riskant, einen Menschen in diesem Zustand von der Stelle zu bewegen, wenn man nicht weiß, woran man ist. Ich habe nur seinen Puls gefühlt, und der war soweit in Ordnung, ein bißchen dünn vielleicht. Und die Zündung habe ich ausgeschaltet. Der Motor lief nicht mehr, aber ich hab irgendwo gelesen, daß man das machen soll.»

«In Ordnung. Wir kümmern uns drum.»

Professor Mordecai Jacobs schüttelte den Kopf, als die Kellnerin ihm noch einmal Kaffee nachschenken wollte, und fragte Alice Saxon leicht genervt: «Wie lange dauert denn so was normalerweise? Hast du eine Ahnung?»

«Ein paar Leute halten Reden, und meist werden noch Resolutionen diskutiert und zur Abstimmung gestellt. Eine Stunde kann sich das gut und gern noch hinziehen. Aber wenn du willst, kannst du jetzt gehen. Victor Joyce ist schon eine Weile weg.»

«Meinst du wirklich?»

«Ich habe ihn zur Garderobe und dann zum Ausgang gehen sehen. Das war vor einer guten Viertelstunde.»

«Ja, dann ...»

«Du willst noch zu der Bar Mizwa? Viel Vergnügen.»

Er nickte, sah vorsichtshalber noch einmal zu Professor Sugrue herüber und ging dann rasch zum Ausgang. Auf der Veranda hörte er Schritte hinter sich. Er drehte sich um und erkannte den jungen Mann, der sich um die Garderobe gekümmert hatte.

«Wollen Sie auch schon weg, Professor?»

«Sie sind doch Aherne, nicht?»

«Stimmt.»

«Ich habe noch eine andere Verabredung. In Barnard's Crossing. Wollen Sie ein bißchen Luft schnappen?»

«Nein, für heute bin ich fertig, ich arbeite nur bis zehn.»

«Und wer kümmert sich jetzt um die Garderobe?»

«Mary Ellen, eine der Kellnerinnen.»

«Dann kassiert sie wohl auch die Trinkgelder.»

«Nein, die Kellnerinnen legen die Trinkgelder zusammen – die von den Tischen und die von der Garderobe. Ich schätze, daß sie sich für eine Frau in der Garderobe mehr Trinkgelder ausrechnen als für einen Mann. Ich bekomme nur einen festen Stundensatz.»

«So ist das also... Wohnen Sie in Breverton?»

«Nein, in Swampscott, das ist der Ort hinter Barnard's Crossing.» Sie waren zusammen zum Parkplatz gegangen. Aherne holte seinen Schlüssel heraus und sagte: «Übrigens... ich wollte Sie noch was fragen.»

«Ja?»

«Der Grundkurs im Fachbereich von Sugrue ist doch thematisch bei allen Dozenten gleich, nicht? Und wir machen alle dieselbe Abschlußprüfung...»

«Ja. Natürlich ist der Schwerpunkt bei den einzelnen Dozenten je nach ihrer Interessenlage ein bißchen unterschiedlich, aber grundsätzlich behandeln wir alle dieselben Gebiete und erarbeiten einen gemeinsamen Prüfungsbogen.»

«Meine Ex-Freundin war in dem Kurs von Professor Joyce und hatte so das dumme Gefühl, sie wäre durchgefallen. Zwei Fragen hat sie überhaupt nicht beantwortet, und bei anderen hat sie gedacht, daß sie die falsche Antwort gegeben hat.»

«Erstes Semester, nicht? Zehn Fragen, in Essayform zu beantworten.»

«Ja, genau. Ich hatte ein ziemlich gutes Gefühl, aber Sie haben mir nur eine Zwei gegeben.»

«Das ist doch nicht schlecht?»

«Nein, aber meine Freundin hat bei Joyce eine Eins gekriegt, dabei hatte sie zwei Fragen gar nicht beantwortet.»

«Die Benotung von Prüfungsfragen in Essayform ist eine ziemlich subjektive Angelegenheit. Es kommt vor, daß sich ein Student ganz auf eine oder zwei Fragen konzentriert und sie so glänzend behandelt, daß man darüber hinwegsieht, wenn er andere Fragen nicht beantwortet hat. In diesem Semester haben wir uns bemüht, ein objektiveres System auszuarbeiten. Wie waren denn im zweiten Semester Ihre Noten im Vergleich zu denen von Ihrer Freundin?»

«Das weiß ich nicht. Wir sind nicht mehr zusammen.»

«Wenn ich mich recht erinnere, haben Sie gut abgeschnitten.»

«Muß ich wohl, Sie haben mir eine Zwei plus gegeben.»

«Und die gebe ich nicht oft, das dürfen Sie mir glauben.» Er winkte ihm noch einmal zu, wünschte ihm einen schönen Sommer und ging zu seinem Wagen.

Als er die Kreuzung erreicht hatte und in die Abbot Road eingebogen war, bereute er bitter, daß er sich vor dem Aufbruch Claras Wegbeschreibung nicht noch einmal durchgelesen hatte. Als er sich umsah, merkte er, daß er offenbar falsch abgebogen war. Er wollte schon wenden, als er einen Streifenwagen auf sich zukommen sah. Er hupte, und der Streifenwagen hielt an.

«Können Sie mir sagen, wie ich nach Charleton komme?» fragte er.

«Dritte Querstraße links, bis es nicht mehr weitergeht, dann wieder links.»

Das klang eindeutig, aber Charleton erwies sich als eine große Siedlung, deren Straßen sich in alle Himmelsrichtungen schlängelten, mit malerischen, aber wenig zweckmäßigen altertümlichen Laternen, die nur ein mattes Licht auf die Straßenschilder warfen. Vergeblich suchte er eine Weile nach einem Haus, das durch viel Licht und viele Wagen vor der Tür eine Party signalisierte, und landete schließlich wieder auf der Straße, die nach Charleton hineinführte. Ein Wink des Schicksals, dachte er fast erleichtert, fuhr zurück zur Abbot Road und über den Highway nach Hause.

Als er in seiner möblierten Wohnung in Brookline ankam, war es fast Mitternacht. Trotzdem raffte er sich zu einem Anruf bei Clara auf. Nach dem zweiten Läuten meldete sich eine Männerstimme.

«Ist Clara Lerner da?» fragte Jacobs.

«Irgendwo schwirrt sie rum. Moment, ich schau mal nach...»

Er wartete eine ganze Weile, dann verlor er die Geduld und legte auf. Aber die Sache ließ ihm keine Ruhe, und kurz nach Mitternacht versuchte er es noch einmal. Wenn die Familie um elf noch gefeiert hatte, sagte er sich, würde sie jetzt noch nicht im Bett sein. Falls Clara sich meldete, war alles in Ordnung, sie würde ihm bestimmt nicht böse sein, weil er so spät noch anrief, und falls jemand anders am Apparat war, würde er einfach wieder auflegen. Diesmal aber meldete sich der Anrufbeantworter, was ihm sogar noch lieber war. «Clara? Hier Mord Jacobs. Ich wollte unbedingt noch zu eurer Party kommen, aber ich hab euer Haus nicht gefunden. Ich hab gedacht, daß es irgendwo sein müßte, wo alles hell ist und jede Menge Autos vor der Tür stehen, und bin eine ganze Weile bei euch in der Gegend herumgegondelt, aber dann hab ich's aufgegeben und bin nach Hause gefahren.»

22

Seit drei Jahren traf sich das Symphonieorchester Barnard's Crossing, das Mitglieder aus mehreren Städten der Nordküste vereinigte – ein Geiger kam sogar aus Gloucester –, jeden Samstagabend zu den Proben für ein Konzert, das sie irgendwann einmal zu geben hofften. Zuerst hatten sie in der Veteranenhalle in Barnard's Crossing gespielt. Als sich aber dem Veteranenverband, der dem Orchester den Saal kostenlos überlassen hatte, die Möglichkeit bot, die Räumlichkeiten gewinnbringend als Bingo-Halle zu vermieten, vermittelte ihnen der stellvertretende Direktor der Junior High School von Breverton, der in dem Orchester Posaune spielte, das Dozentenzimmer der Schule als Probenraum.

Es gab in der Gegend eine Reihe von Laienorchestern. Das Ensemble von Rockport probte am Mittwoch, das von Wenham am Freitagabend und das Orchester von Lynn, dessen Dirigent Musiker im Boston Symphony Orchestra war und für seine Dirigententätigkeit bezahlt wurde, am Sonntagvormittag. Die Musikensembles unterschieden sich erheblich in Größe und Qualität, in allen aber hatten die Mitglieder die Möglichkeit, Orchestermusik zu spielen. Im Orchester von Barnard's Crossing war das vor allem leichte klassische Musik, *Dichter und Bauer* etwa oder die Ouvertüre aus *Wilhelm Tell*. Viele spielten in mehr als einem Orchester, ein Friseur sogar in allen.

Herbert Rosen war Mitglied geworden, sobald sie nach Barnard's Crossing gezogen waren. Da er bei weitem der beste Musiker war, wurde er gleich Konzertmeister, und als der Dirigent des Orchesters von Barnard's Crossing, der Musiklehrer an der High School von Barnard's Crossing gewesen war, an eine andere Schule ging, übernahm Rosen sein Amt.

Das Orchester, in dem mal kümmerliche fünfundzwanzig, mal stattliche fünfzig Musiker spielten – was auch sehr vom Wetter abhing –, stand allen offen, die ein Orchesterinstrument mehr oder weniger beherrschten. Aufnahmeprüfungen gab es nicht, mitmachen konnte jeder, der gern musizierte. Wem das Stück oder eine Passage zu schwierig war, der setzte einfach aus, und die anderen machten weiter, was dazu führte, daß Andantestellen meist einen satten, vollen Klang hatten, während sich an die Scherzopassagen nur Könner wagten.

Einige Getreue ließen keine Probe aus, andere kamen nur gelegentlich, manche einmal und nie wieder. Man wußte nie im voraus, welche Instrumente vertreten sein würden. Streicher waren meist reichlich vorhanden, vielleicht weil zwar eine einzelne, stümperhaft gespielte Geige quietscht und kratzt, mehrere zusammen aber trotzdem noch so etwas wie eine Melodie hervorzubringen vermögen. Zwei Cellos gehörten zur Stammbesetzung, hin und wieder kam ein Kontrabaß. Meist konnte man mit Flöten, Klarinetten und der Posaune des stellvertretenden Direktors rechnen. Ein Englischhorn kam etwa einmal im Monat, ein Fagott nur alle zwei Wochen, weil der Fagottspieler zusammen mit seinem Bruder ein kleines Restaurant betrieb und jeden zweiten Samstag Dienst hatte.

Amy Lanigan, die Frau des Polizeichefs von Barnard's Crossing, spielte Flöte – mehr recht als schlecht, aber mit großer Begeisterung. Sie hatte als Kind Unterricht gehabt und war im High School-Orchester gewesen, hatte aber erst nach Gründung des Orchesters von Barnard's Crossing wieder angefangen zu spielen. Sie war die treueste Stütze des Ensembles und ließ keine Probe aus.

Als sie noch in Barnard's Crossing geprobt hatten, war sie immer mit dem eigenen Wagen hingefahren, aber nach Breverton brachte ihr Mann sie und holte sie auch wieder ab, denn so weit fuhr sie – zumal im Winter – nicht mehr gern.

Manchmal blieb Hugh Lanigan zu den Proben, dann wieder ging er auf einen Schwatz mit den Kollegen in die Polizeiwache von Breverton und holte seine Frau später ab. Er war zwar nicht besonders musikalisch, hatte aber durchaus seinen Spaß an den leichten, eingängigen Stücken. Dabei bemühten sich die Orchestermitglieder nicht groß darum, ihren Vortrag zu verbessern oder gar zu perfektionieren, sondern spielten einfach aus Freude an der Musik und waren froh, wenn sie zum Schluß gemeinsam durchs Ziel kamen.

Trotzdem war es nicht so, daß Rosen nur den Taktstock schwang. Zunächst mußte er das Orchester «ausbalancieren», da die Zahl und Art der Instrumente und die Tagesform der Spieler von Probe zu Probe unterschiedlich war. Dann sagte er wohl zu zwei eher schwächeren Streichern: «Kate und Tom, plagt euch nicht mit der nächsten Passage, spielt einfach bei jedem ersten Schlag die oberste Note des Akkords. Oder nein, du spielst die oberste Note, Kate, und du die unterste, Tom.»

Oder er klopfte mit seinem Dirigentenstab ans Notenpult und sagte: «Ich glaube, du bist zu tief, Bill. Das A, bitte. Ja, du bist zu tief.»

«Als wir anfingen, hat's noch gestimmt, aber der Wirbel lockert sich andauernd.»

«Dann gib ein bißchen Kolophonium drauf, damit er hält. Okay, noch einmal von vorn, die Stakkatos diesmal ein bißchen präziser, wenn ich bitten darf, und auf den Takt achten.»

Heute, in der ersten Juniwoche, waren wegen der Wärme alle Fenster des Probenraums geöffnet. Das war zwar gut für die Luft, zumal in der zehnminütigen Pause tüchtig gepafft worden war, aber ungünstig für die Akustik, so daß das Orchester dünn und etwas blechern klang.

Meist spielten sie bis zehn, aber an diesem Abend sagte Rosen um Viertel vor zehn: «Machen wir Schluß für heute. Ich muß ein bißchen früher los, wir erwarten einen Anruf von unserer Tochter aus San Francisco.»

Während die Musiker ihre Instrumente einpackten, trat Chief Lanigan zu Rosen, der die Noten zusammenlegte, und nickte zum Country Club hinüber. «Da ist ja heute mächtig was los. Fahr vorsichtig. Kann sein, daß die Verkehrspolizei kontrolliert.»

«Machen die das immer, wenn im Club gefeiert wird?»

«Nicht regelmäßig, aber immerhin so oft, daß es allmählich schon auffällt.» Er lachte leise. Als ich vor vielen Jahren in Barnard's Crossing als Streifenpolizist anfing, hatten wir Jim Duggan als Chief. Die Stadt zahlte ihm fünfzig Cents für jeden, den er einlochte, für die Verpflegung, meine ich. Duggan hat der Pinte, die das Essen lieferte, nie mehr als dreißig Cents gezahlt, das machte einen Nettogewinn von zwanzig Cents pro Essen, und deshalb hatten wir Streifenpolizisten so was wie ein Soll an Verhaftungen für den Samstagabend. Wenn einer auf der Straße nur über einen Stein stolperte, haben wir ihn wegen Erregung öffentlichen Ärgernisses aufgegriffen.»

«Und du glaubst, die Verkehrspolizei hat auch so ein Soll?»

«Verhaftungen machen immer Eindruck.»

Rosen griente. «Dann fahr ich einfach hinter dir her, bis wir an ihnen vorbei sind. Du in deiner Uniform dürftest doch einigermaßen unverdächtig sein.»

«Ich hab nichts dagegen.»

23

Für Cyril Merton war das Dinner nicht sehr erfreulich verlaufen, aber das hatte er auch gar nicht erwartet. Hingegangen – und geblieben – war er hauptsächlich, um von seiner Schwester wegzukommen. Sie bauscht das auf, sagte er sich. Junge Ehepaare streiten sich eben ab und zu, sie müssen sich an den neuen Zustand schließlich erst gewöhnen, aber das gibt sich, sie werden sich schon wieder vertragen. Andererseits mußte er zugeben, daß Agnes eine scharfsichtige, intelligente Frau war, die nicht zu Übertreibungen neigte.

Das Gespräch an seinem Tisch war nicht dazu angetan, ihn von seinen trüben Gedanken abzulenken. Es drehte sich ausschließlich um akademische Themen und war ihm entschieden zu hoch. So blieb ihm nur sein Essen, dem er sich ohne Appetit oder Genuß widmete, während er überlegte, wann er mit Anstand wieder gehen konnte. Als abgeräumt wurde, um Platz für den Nachtisch und den Kaffee zu schaffen, blinzelte Professor Gates ihm vielsagend zu: «So, jetzt kommt der interessantere Teil des Abends.»

«Und worin besteht der?» fragte Merton neugierig.

Gates zögerte einen Augenblick, dann sagte er: «Es werden Reden gehalten, wir werden über eine Resolution diskutieren und abstimmen, und Dr. Carpenter hat ein langes Gedicht geschrieben, reine Knittelverse natürlich, aber sehr amüsant.»

Reden, eine Resolution, Knittelverse... unter Dozenten konnte das alles nur auf die Universitätsverwaltung, vielleicht sogar auf den Aufsichtsrat abzielen. Merton dachte sich, daß er dann am Ende noch in eine peinliche Situation geraten konnte, und sagte deshalb: «Es ist spät geworden, ich muß mich allmählich auf den Weg machen.»

«Ja, natürlich», sagte Gates verständnisvoll.

Merton stand auf, nickte seinen Tischgenossen zu und ging zu Victors Tisch hinüber. Victors Platz war leer. Er sah die anderen fragend an.

«Joyce? Ja, der ist schon eine Weile weg.»

Merton war enttäuscht. Damit hatte sich sein schöner Plan zerschlagen, Victor nach Hause zu fahren und im Shurtcliffe Circle den beiden jungen Leuten den Kopf zurechtzusetzen.

Nach Hause wollte er aber auch noch nicht. Agnes hatte sich bestimmt noch nicht hingelegt. Vielleicht sollte er doch noch kurz bei Peg und Victor vorbeischauen. Er ließ sich seinen Mantel geben und gab zur großen Freude der Bedienung einen ganzen Dollar Trinkgeld. Eigentlich hatte er vor dem Aufbruch noch mal verschwinden wollen, aber er machte sich Gedanken wegen Victor und wollte rasch weg. Bis zum Shurtcliffe Circle war es ja nicht weit. Er ließ den Motor an und fuhr los.

Lanigan setzte sich auf die linke Spur, um in die Abbot Road und nach Bernard's Crossing einzubiegen. Die Ampel sprang auf Rot um, und er bremste. Rosen setzte sich neben ihn. Amy kurbelte das Fenster herunter. «Wolltest du nicht auf dem schnellsten Wege nach Hause?» rief sie ihm zu.

«Ja, ich will nur rasch noch im Donut Shop vorbei, ich hab Helen versprochen, ihr Doughnuts mitzubringen.»

«Wollen wir auch noch auf eine Tasse Kaffee hin?» fragte Amy, während sie das Fenster wieder hochkurbelte.

Lanigan winkte ab. «Nicht am Samstag. Da wimmelt es dort von jungen Leuten, und wenn die meine Uniform sehen, ist ihnen der ganze Spaß verdorben.»

Die Ampel sprang um, und die Lanigans bogen in die Abbot Road ein, während Rosen auf den Parkplatz des Einkaufszentrums fuhr. Kurz vor dem Donut Shop hielt er an und ging rasch zur Tür, ohne seinen Wagen abzuschließen.

Inzwischen war fast zur gleichen Zeit Merton von der anderen Parkplatzseite gekommen. In dem Haus im Shurtcliffe Circle war alles dunkel gewesen, und er mußte jetzt dringend zur Toilette. Er stellte den Wagen unter eine Peitschenmastleuchte, schaltete Scheinwerfer und Motor aus, stieg aus und drückte auf den Knopf, der die Tür beim Zuschlagen automatisch verriegelte. Kaum war er draußen, als ihm einfiel, daß er den Schlüssel hatte steckenlassen, aber das war schon öfter vorgekommen und machte ihm weiter keine Sorgen.

Zusammen mit Rosen kam er vor dem Eingang an und deutete dem jüngeren Mann an, er solle vorangehen. Rosen schüttelte lächelnd den Kopf. «Nach Ihnen», sagte er höflich.

Während Merton eilig nach hinten zu den Toiletten ging, bestellte Rosen an der Theke zwei einfache Doughnuts und zwei mit Honigguß.

«Zweimal einfach, zweimal Honigguß», wiederholte die Bedienung und legte die Doughnuts in eine Schachtel. Rosen zahlte und ging rasch wieder hinaus.

Als Merton von der Toilette kam, hatte er plötzlich Lust auf eine Tasse Kaffee, denn um den Kaffee im Country Club war er ja herumgekommen. Er sah, daß einer der Hocker an der Theke frei war, setzte sich, bestellte und trank eine Tasse schwarzen Kaffee, zahlte, nickte der Bedienung zu und ging. Gleich darauf war er wieder da.

«Mein Wagen ist weg», sagte er zu dem Geschäftsführer, der gerade aus seinem Büro gekommen war. «Gestohlen. Ich muß die Polizei verständigen.»

«Wissen Sie das genau?»

«Natürlich weiß ich das genau. Da, wo ich ihn geparkt hatte, ist er nicht.»

Der Geschäftsführer deutete auf die Münztelefone. «Haben Sie Kleingeld? Sonst können Sie gern bei mir telefonieren.»

Es dauerte nicht lange, bis der Streifenwagen vorfuhr. Der ältere der beiden Polizisten, ein ergrauender Sergeant mit Bauchansatz, kannte Cyrus Merton persönlich. «Wo hatten Sie den Wagen abgestellt, Mr. Merton? Soso, da drüben an dem Peitschenmast... Warten Sie mal, das sind von hier etwa 150 Meter. War es ein Firmenwagen mit Ihrem Logo?»

«Nein, es war mein Privatwagen.»

«Schade, durch das Logo hätten wir uns beim Suchen leichter getan. Hatten Sie den Wagen abgeschlossen? Die Fenster hochgekurbelt? Kein Spalt, durch den man einen Draht –»

«Nein, es war alles dicht.»

Der Sergeant schüttelte den Kopf. «Das könnte dann auch ein Profi gewesen sein. Bitte geben Sie Stokes eine genaue Beschreibung des Wagens. Zulassungsnummer, Farbe, Modell, besondere Kennzeichen wie Beulen oder Kratzer. Wollen Sie nach Hause? Dann können wir Sie mitnehmen.»

24

«Hast du lange warten müssen?» fragte Miriam. «Hoffentlich hast du dich nicht gelangweilt.»

Simcha, der kerzengerade, die großen Hände auf die knochigen Knie gelegt, hinten saß, stieß ein kurzes, explosives «Ha!» hervor und lachte breit. «Gelangweilt? Keine Spur. Ich finde es sehr spannend, unsere Jugend mal ganz vergnügt und locker zu erleben, statt im Hörsaal oder in Prüfungssituationen. Ein gewisser Chuck Goretski, hieß es, sei ‹einfach der Größte›. Ohne ihre Großen kommt die Menschheit eben nicht aus, und wenn heutzutage nicht mehr Gott der Höchste und Größte ist, muß dafür eben ein überdurchschnittlicher Mitmensch herhalten. ‹Der wirft nie daneben›, sagte ein junger Mann, ein anderer brachte die Steigerung: ‹Einfach nie wirft der daneben›, und ein dritter setzte den Superlativ drauf: ‹Einfach nie wirft der daneben, da kann er machen, was er will.› Interessant fand ich, daß die Mädchen sich im Basketball mindestens so gut auskannten wie die Jungen. Mir scheint sogar, als ob sich heutzutage Frauen mehr für Sport und Spiele interessieren als Männer. Statistisch habe ich das noch nicht ausgewertet, aber beim Joggen scheinen mir Frauen entschieden in der Überzahl zu sein, und die Mitgliederwerbung von Fitnessklubs und dergleichen, in denen es all diese Folterwerkzeuge zur Muskelstärkung gibt, richten sich auch mehr an eine weibliche Kundschaft.»

«Vielleicht, weil es Frauen wichtiger ist, schlank zu bleiben», vermutete der Rabbi.

«Mag sein. Sie machen sich mehr Gedanken darüber, wie sie im Badeanzug aussehen.»

«Hast du denn was gegen Sport und Spiele?» fragte Miriam.

«Gegen körperliche Bewegung ist nichts einzuwenden, obgleich kein anderes Lebewesen die Notwendigkeit dafür sieht. Löwen schlafen zwanzig Stunden am Tag. Sport stört mich nicht, solange er nicht zum Konkurrenzkampf entartet. Täglich viele Stunden zu trainieren, um den Bruchteil einer Sekunde schneller zu laufen, ein bißchen höher zu springen oder einen Ball ein bißchen genauer zu treffen als der Mitbewerber, ist in meinen Augen grotesk. Und Kinder einer solchen Tortur zu unterwerfen, um einen Tennisstar oder sonst einen Spitzensportler hervorzubringen, ist absolut verwerflich.»

«Und wenn die Bemühungen darauf abzielen, einen großen Geiger oder Pianisten hervorzubringen?» fragte Miriam.

«Das kommt auf dasselbe heraus. Es ist nur eine andere Form der Sklaverei.»

«Wenn ich mich recht erinnere, hast du früher ein Instrument gespielt», sagte der Rabbi.

«Als kleiner Junge hatte ich Geigenunterricht, wie alle jüdischen Jungen aus dem Mittelstand. Sehr weit habe ich es nicht gebracht.» Wieder das breite Lächeln. «Ihr wißt ja, was Aristoteles gesagt hat: ‹Ein Gentleman muß Flöte spielen können, aber nicht zu gut.›»

«Ich glaube, Simcha», sagte Miriam, «du bist in allem ein Apicorus – nicht nur in der Religion.»

Er wollte sich ausschütten vor Lachen. «Sehr gut, Miriam. Das hast du wirklich treffend formuliert.»

Der Sonntagmorgen war sonnig und mild. «Ist der Tempel weit von hier?» fragte Simcha. «Haben wir Zeit genug, um zu Fuß zu gehen?»

«Reichlich», beruhigte ihn der Rabbi. «Am Sonntag ist der Frühgottesdienst, der *shachriss*, um neun. Man geht eine Viertelstunde. Wirst du das schaffen?»

«Sagen wir zwanzig, fünfundzwanzig Minuten, dann brauchen wir uns nicht zu hetzen.»

Unterwegs trafen sie Al Bergson, der sie begrüßte und sich ihnen anschloß. «Al Bergson, der Vorsitzende unserer Gemeinde», stellte der Rabbi ihn vor. «Al, das ist mein Vetter Simcha, ich hab dir von ihm erzählt.»

«Der, den du Simcha den...»

«Ja, Simcha der Apicorus», ergänzte der Rabbi lächelnd. «Simcha der Atheist.»

«Sind Sie zum ersten Mal in Barnard's Crossing?» fragte Bergson. «Sie wollen sich wohl in Ruhe die Stadt ansehen?»

«Aber nein», sagte Simcha. «Ich gehe mit David zum *shachriss.*»

«Aber... aber wenn Sie Atheist sind oder Agnostiker...»

«Manchmal das eine, manchmal das andere, je nach Lust und Laune.»

«Dann ist das für Sie wohl mehr ein gesellschaftlicher Anlaß.»

«Keinesfalls. Wenn ich im Gottesdienst bin, *davene* ich auch.»

Bergson wandte sich an den Rabbi. «Aber wie kann er beten, wenn er keinen Glauben hat?»

«Beten kann man das ja bei uns nicht nennen», sagte der Rabbi, «nicht in dem Sinne jedenfalls, daß wir um etwas bitten oder betteln. Wir *davenen*. Der Ursprung des Wortes liegt im dunkeln, aber es bedeutet vor allem, daß wir Gott loben und preisen für all das Gute, das wir empfangen haben.»

«Und Dankbarkeit kann schließlich auch ein Atheist empfinden», fügte Simcha hinzu. «Ein Stück Demut ist dem Menschen durchaus zuträglich.»

«Aber für wen empfinden Sie Dankbarkeit, wenn Sie Atheist sind?»

«Eine gute Frage.» Simcha überlegte einen Augenblick. «Wenn ich etwas Schönes erlebe, bin ich dankbar, oder vielleicht sollte ich lieber sagen, bin ich froh. Froh über das, was geschehen ist.»

«Sie *davenen* also. Und all das andere? Halten Sie den Sabbat ein? Und die Essensvorschriften?»

«Ja, aber wohl mehr aus Gewohnheit. Es ist gar nicht so einfach, sich von den Bräuchen zu lösen, mit denen man aufgewachsen ist. Im allgemeinen halte ich mich hauptsächlich deshalb an die mosaischen Gesetze, weil sie vernünftig und modern sind.»

«Modern?» wiederholte Bergson skeptisch.

«Aber ja! Moses hat Vorschriften festgelegt, die jedem einzelnen ein geregeltes Dasein und der Gemeinschaft ein humanes Zusammenleben ermöglichen. Das geht von Hygienevorschriften bis zur Behandlung der niederen Tiere. Für Frauen gab es sehr zeitgemäße Regeln. Unüberwindliche Abneigung war ein Scheidungsgrund...»

«Und man denke an die Ketubah, den Ehevertrag», ergänzte der Rabbi.

«Eben», bestätigte Simcha. «Auch das Verhältnis zwischen Arbeitnehmer und Arbeitgeber entsprach durchaus schon heutigen Auffassungen. Der Arbeitnehmer hatte das Recht, sich zu organisieren und seinen Lohn so festzusetzen, daß der Arbeitgeber ihn nicht ausnutzen konnte, wenn die Zeiten mal schlechter waren. Und vergessen Sie nicht, daß dank des Sabbats ein freier Tag in der Woche gesichert war. Es gab Vorschriften, die die Unterstützung der Armen regelten, und weil Moses wußte, daß alle Geschöpfe Gottes in gewisser Weise voneinander abhängig sind, legte er gesetzlich fest, wie mit niederen Lebewesen umzugehen war. Sogar ökologisch hat er schon gedacht und Rücksicht auf die Bedürfnisse der Landschaft genommen, als er bestimmte, daß das Land alle sieben Jahre brachliegen müsse, um sich zu erneuern.

In einigen Gesetzen kommt eine starke seelische und geistige Sensibilität zum Ausdruck, so in der Vorschrift, daß man das Fleisch des Kälbchens nicht in der Milch seiner Mutter kochen soll, die zu unserer komplizierten Trennung von Milch- und Fleischgerichten und des dafür erforderlichen Geschirrs geführt hat. Genaugenommen ist das ja auch wirklich ein abschreckender Gedanke. Unsere Einstellung zum Schwein erklärt sich aus der gleichen Empfindlichkeit, denn allein dieses Haustier wird nur gezüchtet, um gegessen zu werden. Ein Tier aufzuziehen, zu mästen, bis es dick und fett ist, und es dann zu verschlingen... jech!» Er schüttelte sich.

«Aber sieht man nicht daran, daß diese Gesetze Gottes Werk sind und nicht das eines einzelnen Menschen?» wandte Bergson ein.

«Das war eben das Geniale an Moses: Er wußte, daß er die Beachtung seiner Gesetze allenfalls so lange erzwingen konnte, wie er über absolute Macht verfügte, daß man sich aber, wenn er alt und schwach geworden war, immer öfter darüber hinwegsetzen würde – und erst recht nach seinem Tod. Statt diese Vorschriften also als sein eigenes Werk auszugeben, erfand er Gott und behauptete, die Gesetze seien von Gott erlassen, dem einen und einzigen Gott, wie er sich beeilte hinzuzufügen, damit sein Volk nicht bei einer konkurrierenden Gottheit eine zweite Meinung einholen konnte. Dieser Kunstgriff erhob ihn über alle anderen Gesetzgeber, Hammurabi, Solon, Lykurg oder wie sie alle heißen.

Natürlich konnte er selbst in seiner besten Zeit nicht alles allein machen, deshalb setzte er auf den Rat seines Schwiegervaters Jethro sogenannte Richter ein, die späteren Rabbis, die ihn in der Verwaltung unterstützten. Das war notwendig, aber auch bedauerlich.»

«Warum bedauerlich?»

«Weil dadurch eine Bürokratie entstand. Unter Bürokraten schießen Regeln und Vorschriften, Pedanterie und Erbsenzählerei ins Kraut. Das beste Beispiel ist die Vorschrift, daß für Milchernes und Fleischernes zweierlei Geschirr zu benutzen war, nur weil man auch nicht das kleinste Risiko eingehen wollte, die Milch der Kuh mit dem Fleisch des Kälbchens in Berührung zu bringen. Später kamen getrennte Spülen und getrennte Geschirrtücher dazu. Manche Familien haben auch getrennte Kühlschränke für Milchernes und Fleischernes, ja, es soll sogar Leute geben – allerdings halte ich das eher für einen schlechten Scherz –, die sich ein Gebiß für Milchernes und eins für Fleischernes haben machen lassen. Meist sind es ja die Extremisten, die Verhaltensmuster prägen.

Oder nehmen Sie den Sabbat, an dem wir ruhen, das heißt, nicht arbeiten sollen, womit sich natürlich die Frage erhebt: Was ist Arbeit? Es wurde festgelegt, daß alle Tätigkeiten, die mit dem Bau der Stiftshütte in Zusammenhang standen, Arbeit und deshalb am Sabbat verboten sind. Dazu gehörte natürlich auch das Feuermachen, denn Feuer brauchte man für die Metallschmelze und die Bearbeitung der Metalle zu Gefäßen. Damals war es ja tatsächlich ein schweres Stück Arbeit, ein Feuer zu entfachen, aber heute gilt es auch als Arbeit, wenn man ein Streichholz anreißt, um sich eine Zigarette anzuzünden, und deshalb dürfen bekanntlich orthodoxe Juden am Sabbat nicht rauchen. Feuer ist eben Feuer – unabhängig von der Größe.»

Er hob resigniert die Schultern. «Als sich der elektrische Strom durchsetzte, kamen die Bürokraten zu dem Schluß, daß ein elektrischer Funke ebenfalls Feuer ist und daß man jedesmal, wenn man ein Elektrogerät einschaltet, einen Funken erzeugt. Und so kommt es, daß der arme Teufel, der schnaufend die zehn Stockwerke zu seiner Wohnung hochsteigt, damit keine Arbeit verrichtet, während sein Nachbar, der den Fahrstuhl nimmt und per Knopfdruck einen elektrischen Kontakt herstellt, gegen das Arbeitsverbot am Sabbat verstößt. Und daß der erste lieber im Dunkeln sitzt, als mit einer Handbewegung das Licht einzuschalten. Wenn seine Tochter im Krankenhaus liegt, kann er nicht anrufen und fragen, wie es ihr geht, weil auch das Telefon mit Strom arbeitet und einen Funken erzeugt. Und natürlich kann er sie, sofern das Krankenhaus nicht zu Fuß erreichbar ist, auch nicht besuchen.» Er schüttelte ärgerlich den Kopf.

Sie waren vor der Synagoge angekommen und blieben einen Augenblick stehen, damit Simcha den gepflegten, von Hecken und Buschwerk umgebenen Rasen bewundern konnte. Ein breiter Weg führte zu der großen, reich verzierten Tür der eigentlichen Synagoge, ein schmaler Pfad zu einer kleinen Treppe und einem Gang, an dessen Ende der Gemeindesaal lag.

«Dort halten wir in der Woche und am Sonntag den Minjan», erklärte Bergson. «Am Sabbat benutzen wir natürlich den großen Synagogenraum.»

«Ich würde gern mal hineinschauen, aber wahrscheinlich ist jetzt abgeschlossen.»

«Von außen schon, aber über die kleine Treppe dort können Sie hinein.»

«Wir fangen in wenigen Minuten an», rief der Rabbi seinem Vetter noch zu.

«Ich bin gleich wieder da», versprach Simcha.

«Ein hochinteressanter Mann», sagte Bergson. «Bleibt er länger bei euch?»

«Gleich nach dem Mittagessen setze ich ihn in den Zug nach Boston, dort hat er ein paar Tage zu tun. Vielleicht kommt er Ende der Woche noch mal her.»

«Dann kommst du sicher heute nicht zur Vorstandssitzung. Wenn er aus Boston zurück ist, würde ich mich gern noch mal mit ihm unterhalten.» Er zögerte. «Ich halte mich an die Religion, weil ich so aufgewachsen bin, David, aber sehr gut kenne ich mich in den Regeln und Vorschriften nicht aus. Darf denn ein Atheist beim Minjan mitbeten?»

Der Rabbi lachte ein wenig. «Wir können die Menschen nicht nach ihren Gedanken, sondern nur nach ihren Taten beurteilen. Der Geist geht, wohin er will. Nicht einmal fünf Minuten kann man seine Gedanken beherrschen, ständig schweifen sie ab. Du siehst etwas aus dem Augenwinkel, du hörst einen Laut, ein Geruch steigt dir in die Nase, eine zufällige Berührung verwirrt dich. Als Leitlinien haben wir die Gebote. Und was ist ein Gebot? Etwas, was ein höheres Wesen – wir nennen es Gott – uns, den kleinen Menschen, auferlegt hat. Meist ist es die Anweisung, etwas zu tun, was wir sonst nicht – oder nicht gern – tun würden, was aber immer durchaus im Bereich unserer Möglichkeiten liegt. Wir werden nicht aufgefordert, uns das Auge auszureißen, wenn es uns ärgert, oder uns die rechte Hand abzuhacken, wenn sie uns zur Sünde verleitet hat.»

«Ja, aber –»

«Selbst die Frömmsten unter uns haben ihre Zweifel, der Unterschied ist nur, daß mein Vetter sie ausspricht. Auch an seinem Atheismus zweifelt er sicher zuweilen. Er hat ja vorhin selbst gesagt, daß er manchmal nicht so sehr Atheist als Agnostiker ist. Und was ist ein Agnostiker? Einer, der keine Gewißheit hat, der einmal glaubt, daß es einen Gott gibt, und diesen Glauben dann wieder verwirft.»

Als Simcha und der Rabbi gemächlich vom Minjan nach Hause gingen, kam es immer wieder vor, daß jemand sie grüßte oder ihnen zuwinkte.

«Du scheinst ja ziemlich beliebt zu sein», sagte Simcha.

«Beliebt? Das weiß ich nicht. Aber ich bin jetzt seit fünfundzwanzig Jahren in dieser Gemeinde, da kennt man mich natürlich. Und in einer Kleinstadt wie Barnard's Crossing ist es üblich, auch Fremde zu grüßen, wenn sie so vorbeischlendern wie wir.»

Vor dem Drugstore sprach ihn Herb Rosen an, der die Sonntagszeitung unter dem Arm hatte. «Ich habe eine Benachrichtigung vom Tempel bekommen, daß am Montag die *Jahrzeit* für meinen Vater ist. Aber er ist Mitte Mai gestorben, sie haben das falsche Datum erwischt.»

«Das glaube ich nicht», sagte der Rabbi. «Wir rechnen nach dem hebräischen Kalender, der jedes Jahr ein paar Tage von dem normalen Kalender abweicht.»

«Ach so. Gut, ich komme hin. Es ist üblich, zum Abendgottesdienst und dann am nächsten Tag zum Morgengebet zu gehen, nicht?»

«Ja, so ist es.»

«Und wann ist der Abendgottesdienst? Den Tag hab ich mir in meinen Kalender geschrieben, aber nicht die Zeit, und die Karte hab ich verlegt.»

«Der Abendgottesdienst beginnt um halb sieben, wir fangen nach Möglichkeit pünktlich an. Bis morgen abend.»

«Nein, nein, nicht morgen, es ist nächsten Montag, in einer Woche.»

«Ja, so... Ab Juni fängt der Abendgottesdienst erst um sieben an.»

«Gut, bis dann also.»

Simcha hatte Rosen aufmerksam gemustert. «Kennen wir uns nicht?» fragte er jetzt. «Haben Sie mal ein Seminar bei mir gemacht?»

«Ich glaube nicht», sagte Rosen unsicher.

«Dann haben Sie zumindest mal bei mir im Hörsaal gesessen», beharrte Simcha.

«Nicht, daß ich wüßte.»

«Aber Sie haben an der University of Chicago studiert.»

«Nein, ich war am Juillard.»

Im Weitergehen sagte Simcha: «Ich bin überzeugt davon, daß ich diesen jungen Mann kenne, es sei denn, er hätte einen Doppelgänger in Chicago. Oder vielleicht einen Bruder.» Er schüttelte ratlos den Kopf. «Ich war immer stolz darauf, daß ich mir Gesichter merken kann, selbst wenn ich die dazugehörigen Namen nicht immer zusammenbringe. Wenn Studenten zu mir kommen, die ich seit zwanzig Jahren nicht mehr gesehen habe, kann ich mich sofort an sie erinnern. Manchmal weiß ich sogar noch, wo sie gesessen haben.»

«Wahrscheinlich sieht er einem deiner früheren Studenten ähnlich. Manchmal fällt einem so was wieder ein, wenn man an etwas ganz anderes denkt. Es ist doch nicht weiter wichtig, oder?»

Simcha blieb stehen. «Wenn du erst so alt bist wie ich, David, wird so was ungeheuer wichtig. Typischer Fall von ÄMS...»

«ÄMS?»

«Älterer-Mitbürger-Syndrom. Du wachst früh auf und merkst, daß du das Zipperlein in einem Arm oder einem Bein hast. Oder du kriegst Seitenstiche, wenn du eine schnelle Bewegung machst. Oder ein Schwindelgefühl, wenn du von einem Buch aufsiehst. Oder einen Magenkrampf gleich nach dem Essen. Es dauert nie lange, ein paar Minuten vielleicht oder allenfalls ein, zwei Tage, aber es ist ärgerlich. Und mit deinem Kopf ist es dasselbe. Du ertappst dich dabei, daß du Sachen vergißt, die Schlüssel oder deine Brieftasche verlegst, dich nicht mehr erinnern kannst, was du gerade machen wolltest, dem Gedankengang in deinem Buch nicht mehr zu folgen vermagst. Jaja, das sind eben die ersten Anzeichen der Auflösung», sagte er trübe.

«Bis dahin hast du noch sehr viel Zeit, Simcha. Nimm's dir nicht zu Herzen, wenn dir nicht gleich einfällt, an wen Herb Rosen dich erinnert. Die Erinnerung kommt bestimmt ganz plötzlich wieder.»

«Mag sein. Ärgerlich ist es trotzdem. Neulich hab ich in einer Vorlesung den *Goldenen Zweig* erwähnt und wußte plötzlich nicht mehr, von wem das Werk ist.»

«Frazer?»

«Ja, natürlich, aber das ist mir eben nicht eingefallen. Stell dir mal vor, du kämst nicht auf den Namen des Propheten Jesaja.»

Während Miriam das Mittagessen vorbereitete, sprachen sie über Rabbi Smalls Zukunftspläne und seine Aussichten für eine Stelle an der Hochschule.

«Leicht wird es nicht sein, David», sagte Simcha. «Ich habe mich mal ein bißchen umgehört, um ein Gefühl für die Sache zu bekommen. Das ist schon mal dein Alter...»

«Das ist mir klar.»

«Und dann das Problem der Publikationen. Publizieren ist im heutigen Wissenschaftsbetrieb von entscheidender Bedeutung.»

«Ich habe einiges veröffentlicht.»

Simcha schüttelte den Kopf. «Ich habe alles gelesen, was du mir geschickt hast. Ausgezeichnete, fundierte Arbeiten, aber für die Judaisten an den Hochschulen uninteressant. Heutzutage schreien sie alle nach Computeranalysen und knochentrockenem statistischen Zeug. Aber ich komme ja in der nächsten Woche mit Wissenschaftlern aus dem ganzen Land zusammen, da ergibt sich bestimmt noch einiges.»

Nach dem Essen brachte der Rabbi seinen Vetter zum Zug. «Wann sehen wir dich wieder, Simcha?»

«Diese Woche bin ich total mit Terminen eingedeckt. Am Montag der nächsten Woche beginnt die Tagung der Anthropologischen Gesellschaft, da muß ich mich zumindest zur Eröffnung sehen lassen und am nächsten Tag wohl auch, weil ich geehrt werde und meine Dankesrede halten muß. Sagen wir also am Mittwoch, wenn nichts dazwischenkommt.»

«Ruf uns kurz an, wenn du Genaueres weißt, ich hole dich auf jeden Fall ab.»

«In Ordnung.» Der Zug fuhr ein. Simcha griff nach der Haltestange, um einzusteigen, wandte sich aber noch einmal nach dem Rabbi um. «Sollte dir dieser junge Mann wieder über den Weg laufen, David, frag ihn doch bitte, ob er einen Bruder in Chicago hat.»

«Wird gemacht, Simcha.»

25

Als Lanigan am Montag zum Dienst kam, fand er wie immer auf der Schreibunterlage eine Aufstellung der während seines freien Wochenendes eingegangenen Meldungen. Es war die für Samstagabend typische Liste: Trunkenheit und Ruhestörung, Bagatelldiebstähle von Radkappen, minder schwere Fälle von Vandalismus, Beschwerden wegen lautstarker Partys über die Schlafenszeit der beschwerdeführenden Nachbarn hinaus. Und der Bericht über den Unfall in der Pine Grove Road. Nichts Außergewöhnliches, sonst hätte man ihn trotz des Wochenendes verständigt. Auch der Diebstahl von Mertons Wagen war an sich kein außergewöhnliches Vorkommnis, allerdings schwante ihm, daß er damit, eben weil es Mertons Wagen war, noch Ärger haben würde, denn Merton erwartete natürlich eine umgehende Erfolgsmeldung. Er holte sich eine Tasse Kaffee und nahm sich den *Reporter* vor, das Lokalblatt von Barnard's Crossing.

Der Bericht über den Unfall mit dem Foto des zertrümmerten Wagens stand auf Seite vier. Das Foto war zweispaltig, der Bericht selbst ging nur über zwei kurze Absätze, in denen wenig mehr stand, als daß das Opfer ein gewisser Victor Jones war, Lehrer an einer Schule in Boston, den man ins Salem Hospital gebracht hatte, wo bei seiner Einlieferung nur noch der Tod festgestellt werden konnte. Lanigan trank langsam seinen Kaffee und überlegte, daß der Wagen bei der Wucht, mit der er sich um den Baum gewickelt hatte, sehr viel Tempo draufgehabt haben mußte, und daß nur ein Betrunkener nachts in diesem Tempo über die Pine Grove Road jagen würde. Der Name des Opfers sagte ihm nichts. Dann wandte er sich dem Sportteil zu, der einem bebilderten Bericht über das Basketballmatch zwischen der Barnard's Crossing High

School und ihrer Erzrivalin Swampscott High eine ganze Seite eingeräumt hatte.

Als er abends nach Hause kam, schob ihm seine Frau Amy die Zeitung mit dem Unfallfoto hin. «Hast du das gesehen?» fragte sie ganz erschüttert.

«Den Verkehrsunfall? Ja, natürlich.»

«Es war Victor Joyce, sie haben den Namen falsch geschrieben.»

«Und wer ist Victor Joyce?»

«Aber das mußt du doch wissen... Der gutaussehende junge Mann, der Margaret Merton geheiratet hat, die Nichte von Cyrus Merton.»

«Ach ja, richtig. Sind die beiden nicht vor zwei Monaten Nachbarn der Rosens im Shurtcliffe Circle geworden?»

«Ja, und sie ist eine so nette junge Frau. Nicht hübsch, aber unheimlich lieb und aufrichtig. Sie hatte mir ihre Hilfe bei der Auktion für den Stipendienfonds von St. Joseph angeboten und war immer da, wenn ich sie brauchte. Ich weiß nicht, was ich ohne sie gemacht hätte.»

«Ja, ich erinnere mich jetzt. Traurige Augen und vorstehende Zähne.»

«Ja, aber sie ist so gutherzig, Hugh.»

«Na ja, wenigstens etwas! Cyrus Merton, sagst du – da hab ich doch was gelesen... richtig, dem ist der Wagen gestohlen worden. In der gleichen Nacht, stell dir vor.»

«Ich sag's ja immer, ein Unglück kommt selten allein. Wir müssen morgen hin, Hugh.»

«Wohin?»

«Zu Margaret Joyce. Um ihr zu kondolieren.»

«Ich habe aber morgen schon einen übervollen Terminkalender –»

«Nur auf eine halbe Stunde. Das gehört sich einfach so.»

«Schön, aber umziehen kann ich mich deswegen nicht extra. Ich ruf dich an, wenn ich es zwischenschieben kann, hole dich ab, und wir fahren zusammen hin.»

«Du könntest zumindest die Uniform anziehen, die ich dir gerade aus der Reinigung geholt habe.»

«Also wenn es dich beruhigt: Zieh ich eben die Uniform an, die du mir gerade aus der Reinigung geholt hast.»

Als die Lanigans kurz vor zwölf vor dem Haus in Shurtcliffe Circle vorfuhren, kamen fünf oder sechs Frauen heraus, die wie Amy gedeckte Kostüme trugen. Amy kannte sie alle und wechselte ein paar Worte mit ihnen. Lanigan, der sich in seiner Uniform etwas unbehaglich fühlte, blieb, die Mütze in der Hand, in einigem Abstand von der Gruppe stehen und fing hin und wieder einen Gesprächsfetzen auf.

«Schrecklich, nicht? Und sie ist so tapfer...»

«Sie hält sich großartig...»

«So ein reizendes Paar, und...»

«Ich habe den Eindruck, daß sie gern allein sein möchte, Amy.»

«Wir bleiben auch nicht lange», sagte Amy zur großen Freude ihres Mannes.

Endlich gingen die Frauen zu ihren Wagen, und die Lanigans stiegen die Stufen zur Haustür hoch, die nur angelehnt war, so daß sie nicht zu klingeln brauchten.

Margaret Merton, in schwarzem Rock, schwarzer Jacke und einer weißen Bluse mit schwarzem Band kam auf sie zu. Amy umarmte sie und gab ihr einen Kuß, und ihr Mann sagte: «Mein Beileid, Mrs. Joyce.»

Sie nickte. «Möchten Sie eine Tasse Tee? Oder vielleicht ein Glas Sherry oder –»

«Gern einen Tee, aber stehen Sie bitte nicht noch mal auf, ich schenke mir selbst ein.»

«Und Sie, Mrs. Lanigan?»

«Amy.»

Margaret Merton lächelte matt. «Schön, Amy. Was darf ich Ihnen anbieten?»

«Nur keine Umstände, Peg. Wenn ich mich rasch ein bißchen frisch machen dürfte...»

«Einen Stock höher, über den Gang.»

«Danke, ich finde mich schon zurecht.»

«Ich brauche einen Rat von Ihnen, Chief Lanigan», sagte

die junge Witwe, während Amy Lanigan nach oben ging. «Ich hätte Sie sonst angerufen oder wäre aufs Revier gekommen, aber –»

«Nur heraus damit.»

Sie führte ihn in das Hinterstübchen, das Victor Joyce als Arbeitszimmer benutzt hatte und in dem ein Bücherregal, ein Schreibtisch und eine Couch standen. Aus dem obersten Schreibtischfach holte sie einen großen Umschlag und schüttete den Inhalt auf den Schreibtisch.

«Das haben Ihre Leute mir gebracht», sagte sie.

Auf der Schreibtischplatte lagen eine Brieftasche, ein Taschentuch, Kleingeld, eine Schlüsseltasche, ein Kugelschreiber, ein Kamm, ein kleines Notizbuch und ein Trauring.

Lanigan nickte und sah sie fragend an.

«Die Armbanduhr meines Mannes war nicht dabei. Ich finde es schlimm, jemandem die Uhr abzunehmen, wenn er... wenn er tot ist.»

«Denken Sie etwa, einer meiner Leute hätte sie mitgehen lassen?» Lanigan schüttelte den Kopf. «Das halte ich für sehr unwahrscheinlich. War es eine teure Uhr?»

«Das nicht gerade, sie war nur vergoldet, aber sie gehörte meinem Vater, und ich habe sie Victor zur Verlobung geschenkt. Meine Mutter hatte sie meinem Vater gekauft, als sie zum zehnten Hochzeitstag nach Rom reisten, und hatte auf dem Zifferblatt eine Reliquie von St. Ulrich anbringen lassen.»

«Was für eine Reliquie – ich meine, wie sah sie aus?»

«Es soll ein kleiner Knochensplitter gewesen sein, aber er war in ein silbernes Röhrchen eingelassen, und dieses Röhrchen war auf dem Zifferblatt angebracht, über der Zwölf. Ich glaube, sie haben von einem Uhrmacher deswegen extra den Minutenzeiger verkürzen lassen, es war eine große Uhr, und der Zeiger kam mir immer verhältnismäßig klein vor. Mein Vater hat sie an der Innenseite des Handgelenks getragen, weil sie dann seinem Herzen näher war, über der Blutbahn, wissen Sie. Auf das Zifferblatt war außerdem das Herz Jesu aufgemalt. Als ich Victor erzählte, wie Dad die Uhr getragen hat, sagte er, so würde er es auch machen. Dad hatte die Uhr nicht getragen, als er starb, es war ein Badeunfall, und...»

Lanigan nickte. «Was für ein Armband hatte denn die Uhr?»

«Goldfarbenes Metall mit einem Bügelverschluß.»

«Vielleicht ist das des Rätsels Lösung. Ihr Mann ist offenbar sehr schnell gefahren...»

Sie nickte.

«Es ist denkbar, daß der Verschluß sich geöffnet hat und die Uhr ihm vom Handgelenk gefallen ist. Ich werde mich erkundigen und den Unfallort absuchen lassen.» Er hielt inne. «Sind Sie sicher, daß er sie an diesem Abend getragen hat?»

An ihrer Reaktion merkte er, daß sie darauf noch gar nicht gekommen war und sich freute, daß er sich Gedanken über ihr Problem machte. Doch dann sagte sie: «Ja, ganz sicher. Sonst wäre sie in seiner Kommodenschublade.»

«Gut, wir werden uns gründlich umsehen. Am besten sprechen Sie nicht groß darüber, damit niemand auf dumme Gedanken kommt...»

«Ich verstehe.»

Er mochte sie in ihrem Kummer eigentlich nicht mit Fragen quälen, aber dann fragte er doch: «Hatte er an jenem Abend etwas Besonderes vor, oder –»

«Er war doch zu dem Abschlußdinner von Windermere im Breverton Country Club», sagte sie, offenbar erstaunt, daß er das nicht wußte.

«Allein?»

«Onkel Cyrus hatte ihn eigentlich mitnehmen wollen, aber als er anrief, war Victor schon weg. Hätte er noch ein paar Minuten gewartet, hätten sie zusammen hinfahren können. Und natürlich wären sie dann auch zusammen heimgekommen, und das... das alles wäre nicht passiert.»

«Andererseits hätte es beide treffen können», wandte Lanigan ein.

«Nein, Onkel Cyrus hätte ihn nicht ans Steuer gelassen, wenn er gemerkt hätte, daß er... daß er nicht ganz fahrtüchtig war.»

«Und Sie wollten nicht mit?»

«Das Dinner war nur für die Dozenten, ohne Partner und ohne die Leute aus der Verwaltung. Zum Schluß gibt es wohl immer noch eine Aussprache mit förmlicher Beschlußfassung, bei der sie ihre Beschwerden loswerden können.»

«Aber Cyrus Merton...»

Sie lachte ein bißchen. «Vor ein paar Jahren haben sie ihn ehrenhalber in den Lehrkörper aufgenommen, er war unheimlich stolz darauf. Seither schicken sie ihm immer eine Karte zu dem Dinner. Bisher war er noch nie da, aber diesmal wollte er hin, wegen Victor wahrscheinlich.»

Sie hörten Amy die Treppe herunterkommen und gingen zurück ins Wohnzimmer.

Sehr bald drängte Amy zum Aufbruch, und Lanigan war sicher, daß sie darauf brannte, ihm etwas zu sagen. Sie hatte sich nur eine halbe Tasse Tee eingeschenkt, und sobald sie ausgetrunken hatte, sah sie auf die Uhr und sagte: «Du mußt wohl zurück, Hugh.»

Er nahm das Stichwort auf. «Ja, diese verflixte Sitzung...»

«Leg schon los», sagte er, als sie im Auto saßen.

«Womit?» fragte sie unschuldig.

«Tu nicht so! Du willst mir doch unbedingt etwas erzählen.»

«Als ich oben am Schlafzimmer vorbeigekommen bin, Hugh, hab ich gesehen, daß ein Riegel an der Tür war.»

«An der Schlafzimmertür? Bestimmt?»

«Ja, bestimmt.»

«Du hast geschnüffelt», sagte er vorwurfsvoll.

«Die Tür war nicht zu, das heißt, sie war einen Spaltbreit offen, und ich hab sie nur ein kleines Stück weiter aufgemacht. Du weißt, was das bedeutet.»

«Ich kann's mir denken», sagte er trocken.

«Es bedeutet, daß sie getrennte Schlafzimmer hatten. Daß sie... nicht wie Mann und Frau zusammengelebt haben.»

«Woher willst du das wissen? Vielleicht hat sie sich nur an den Abenden, wenn er spät nach Hause kam, zweifach sichern wollen.»

«Unsinn. Wie sollte er denn dann ins Bett kommen? Außerdem hab ich in das Zimmer gegenüber hineingesehen –»

«Erzähl mir nicht, daß da die Tür auch auf war.»

«Abgeschlossen war sie jedenfalls nicht. Und das war sein Zimmer, eindeutig. Mit seinen Sachen und allem.»

«Willst du etwa sagen, daß du in den Schränken gestöbert hast?»

«Der Schrank stand offen, ich hab es von der Tür aus gesehen», verteidigte sie sich.

«Armer Teufel», brummelte er.

«Arme Peg.»

«Sagen wir mal so: Sie waren alle beide arm dran.»

Für Lanigan stand fest, daß keiner seiner Männer die Uhr gestohlen hatte. Ebensowenig aber glaubte er, daß sie durch den Aufprall vom Handgelenk gefallen war. Es war denkbar, mehr aber auch nicht. Er neigte eher zu der Ansicht, daß Joyce die Uhr nicht getragen hatte. Wenn er in halsbrecherischem Tempo über die Pine Road Grove gejagt war, durfte man getrost davon ausgehen, daß er getrunken hatte, und zwar ziemlich viel. Alkoholiker verlegten und verloren ständig ihre Sachen, und wenn sie knapp bei Kasse waren, boten sie schon mal dem Barkeeper einen Ring oder eine Uhr als Pfand für den nächsten Drink an.

Trotzdem bat er, als er wieder im Revier war, seinen Lieutenant, jemanden an den Unfallort zu schicken und sorgfältig die Umgebung absuchen zu lassen. Er beschrieb die Uhr. «Und er soll einen Rechen mitnehmen. Wer hatte übrigens am Samstag abend Dienst? Bob Pierce? Soll gleich mal herkommen.» Als Sergeant Pierce antrat, sagte Lanigan: «Auf der Liste stand ja nicht viel Wichtiges für Samstag abend bis auf diesen Unfall in der Pine Grove, den Dr. Gorfinkle Ihnen gemeldet hat. Was hat er gesagt?»

«Daß er den Unfall auf der Pine Grove Road gesehen hat. Und wie weit der Unfallort vom Breverton Country Club entfernt war, da war er nämlich zu einem offiziellen Essen gewesen. Ich habe die Entfernung nachgeprüft und –»

«Ja, schon gut. Hat er was über das Opfer gesagt? Wie der Mann aussah? In welchem Zustand er war?»

«Ja, er sagte, der Mann sei bewußtlos, aber er habe seinen Puls gefühlt, und der sei leidlich normal.»

«Er hat seinen Puls gefühlt?»

«Ja, das weiß ich genau, denn ich hab mich noch gewundert, wie einer bewußtlos sein und trotzdem einen normalen Puls haben kann.»

«Das gibt's.»

«Mag sein, aber ich habe mir jedenfalls darüber Gedanken gemacht.»

«Okay. Holen Sie mir doch bitte mal die Fotos.»

Auf den Polizeifotos sah man, daß das Unfallopfer am Steuer saß, den Kopf knapp unterhalb der Kopfstütze an die Rückenlehne gelehnt. Die linke Hand hing aus dem Seitenfenster, in dem noch ein paar scharfkantige Glassplitter steckten. Der blutverschmierte Ärmel bedeckte das Handgelenk. Wenn es sich, wie Mrs. Joyce gesagt hatte, um eine große Uhr handelte, die an der Innenseite des Handgelenks getragen wurde, hätte Dr. Gorfinkle sie möglicherweise abnehmen müssen, um den Puls zu fühlen. Wo hätte er sie hingelegt? Vielleicht aufs Armaturenbrett, vielleicht auf den Schoß des Unfallopfers, vielleicht hatte er sie auch in die Tasche gesteckt und später schlicht vergessen.

Der zum Unfallort entsandte Polizist kam mit der Meldung zurück, daß er nichts gefunden hatte, und Chief Lanigan bat Bill Dunstable zu sich.

Detective Sergeant William Dunstable trug keine Uniform, und deshalb setzte Lanigan ihn immer dann besonders gern ein, wenn er einer Ermittlung keinen allzu amtlichen Anstrich geben wollte. «Setzen Sie sich, Sergeant», sagte Lanigan. «Sie haben von dem Unfall in der Park Grove Road gehört?»

«Ja, Sir.»

«Gemeldet hat ihn ein Dr. Gorfinkle. Kennen Sie ihn?»

«Nein, Sir.»

«Er wohnt seit einigen Jahren hier und praktiziert als Augenarzt in Salem. In der bewußten Nacht hatte Bob Pierce

Dienst. Gorfinkle hat zu ihm gesagt, er habe dem Verunglückten den Puls gefühlt, der, obwohl der Mann bewußtlos war, leidlich normal gewesen sei. Ich habe heute der Witwe kondoliert, die sich sehr darüber aufregt, daß man ihr die Armbanduhr ihres Mannes nicht zurückgebracht hat. Offenbar eine ziemlich große Uhr, die er an der Innenseite des Handgelenks trug.»

«Das haben die Engländer im Zweiten Weltkrieg auch gemacht, ich war mal in einem Film –»

«Ja, man sieht es manchmal, wenn auch nicht oft. Es war offenbar keine besonders teure Uhr, aber Mrs. Joyce hing sehr an ihr. Sie gehörte ihrem Vater, und auf dem Zifferblatt war eine Reliquie angebracht.» Er sah seinen Sergeant scharf an, aber der konnte sich beherrschen. «Soso», sagte Bill Dunstable, ohne eine Miene zu verziehen.

«Auf das Zifferblatt ist auch ein Herz Jesu gemalt. Weil ich dachte, der Verschluß wäre vielleicht bei dem Aufprall aufgegangen, habe ich Phelps die Umgebung des Unfallorts absuchen lassen. Erfolg gleich Null. Nun könnte es ja sein, daß der Arzt die Uhr abgenommen hat, um dem Verunglückten den Puls zu fühlen, daß er sie in die Tasche gesteckt und dort schlicht vergessen hat.»

«Vielleicht hat sie ihn gestört, wo sie so groß war und Joyce sie an der Innenseite des Handgelenks trug.»

«Eben. Gehen Sie doch mal bei Dr. Gorfinkle vorbei und fragen Sie ihn nach der Uhr.»

«Hätte er sie nicht aber inzwischen gefunden?»

«Soweit ich weiß, kam er von einem offiziellen Essen im Breverton Country Club, zu dem er sich vermutlich in seinen Smoking geworfen hat. Da ist es durchaus möglich, daß er die Uhr erst beim nächsten feierlichen Anlaß entdeckt, sofern wir ihn nicht daran erinnern.»

«Alles klar. Ich fahre gleich los.»

«Nicht nötig. Es reicht, wenn Sie der Sache morgen nachgehen.»

26

Der Vorstand der Synagoge von Barnard's Crossing kam jeden Sonntag nach dem *shachriss* zusammen. Da diesmal nichts Wichtiges auf der Tagesordnung stand, hatten sie es nicht eilig, mit der Sitzung anzufangen. Wer Kinder in der Sonntagsschule hatte, brachte sie zum Unterricht, der um neun anfing, ging dann zum Frühgottesdienst und hinterher zur Vorstandssitzung. Jetzt standen sie in Zweier- und Dreiergruppen zusammen, sprachen über Baseball, ihr Golf-Handicap, die Kinder und das Wetter – nur nicht über Dinge, die den Tempel betrafen.

«Ich bin dafür, daß wir anfangen», sagte Al Bergson, der Vorsitzende. «Euren Schmonzes könnt ihr auch noch nach der Sitzung abziehen.»

Widerstrebend setzten sie sich an den langen Vorstandstisch. Einer sagte: «Der Rabbi ist nicht da. War er nicht heute früh im Gottesdienst?»

«Ja, er hat heute den Vorbeter gemacht. Aber er kommt wohl nicht zur Sitzung.»

«Er hat Besuch», erläuterte ein anderer. «Einen Verwandten.»

«Den langen Alten in der letzten Reihe?»

«Ja, den.»

«Gut, fangen wir schon an.» Bergson klopfte auf den Tisch. «Hiermit eröffne ich die Sitzung.»

«Eigentlich hätte der Rabbi auch sagen können, daß er nicht kommt.»

«Er hat es mir gesagt», erklärte Bergson geduldig. «Ich bitte um Verlesung des Protokolls der letzten Sitzung.»

«Sagt mal, stimmen wir nicht immer um diese Zeit über den Vertrag der Rabbis ab?» fragte Dr. Halperin.

Der Schriftführer blätterte in seinem Notizkalender. «Das hab ich mir für nächste Woche vorgemerkt.»

«Wir könnten aber auch heute darüber sprechen», meinte der Vorsitzende, «dann brauche ich ihn nicht zu bitten, der nächsten Sitzung fernzubleiben.»

«Warum müssen wir denn über seinen Vertrag abstimmen?» erkundigte sich Myron Levitt, der neu im Vorstand und erst vor einem Jahr nach Barnard's Crossing gezogen war.

«Weil der Vertrag von Rabbi Small jedes Jahr förmlich verlängert werden muß», erklärte der Vorsitzende.

«Er hat keinen Vertrag auf Lebenszeit?» fragte Levitt verwundert.

«Nein, der Vertrag gilt immer nur von einem Jahr zum nächsten.»

«Komisch. Ich war schon in vielen Jüdischen Gemeinden – wenn man für einen Konzern wie General Electric arbeitet, kommt man ganz schön rum –, und überall haben sie dem neuen Rabbi erst einen Jahresvertrag gegeben, in der Industrie würden wir das Probezeit nennen, wenn der Mann ihnen gefiel, kriegte er einen Fünfjahresvertrag, und wenn sie ihn dann endgültig behalten wollten, wurde er auf Lebenszeit eingestellt. In einer Gemeinde haben sie dem Rabbi, als sich nach einem Jahr herausgestellt hat, daß sie ihn doch nicht wollten, noch mal einen Einjahresvertrag gegeben, damit er sich was anderes suchen konnte.»

«Unser Rabbi möchte, daß wir jedes Jahr neu abstimmen», sagte Bergson. «Als eine Art Vertrauensvotum.»

«Aber ist er nicht schon eine ganze Weile hier?»

«Fast von Anfang an. Ich bin zweiundsechzig, ein Jahr nach Gründung der Gemeinde, hergekommen. Das ist... Hey, Leute, der Rabbi ist jetzt fünfundzwanzig Jahre bei uns.»

«Fünfundzwanzig Jahre? Das muß eigentlich gefeiert werden.»

«Wie denn?»

«Wie wär's mit einem Dinner in einem schönen Hotel in Boston?»

«Wißt ihr, wie oft der Rabbi und seine Frau zu solchen Sachen eingeladen werden? Zur Hälfte aller Hochzeiten in der Gemeinde, und die Bar Mizwa-Feiern halten sie jetzt auch in Luxusherbergen in der Stadt.»

«Ja, aber diesmal wäre er der Ehrengast und bekäme ein Geschenk von uns.»

«Was denn für ein Geschenk?»

«Na, eine gute goldene Uhr zum Beispiel.»

«Hoffentlich sieht er das nicht als Anspielung auf seine Pünktlichkeit, mit der ist es ja nicht weit her...»

«Fünfundzwanzig Jahre in der Gemeinde – das ist wie eine Silberhochzeit. Wie wär's, wenn wir ihm und der Rebbitzin einen Satz Tafelsilber schenken?»

«Und wann sollen sie das benutzen? Wie oft machen denn die Smalls große Tafeleien?»

Jetzt kam auch der vielgereiste Myron Levitt mit einem Vorschlag. «In einer Gemeinde in Kalifornien haben sie dem Rabbi ein Auto geschenkt. War vielleicht kein Zufall, daß der Vorsitzende der Gemeinde aus der Autobranche war.»

«Was für ein Auto?»

«Einen Buick.»

«Haben sie den alten Wagen des Rabbi in Zahlung genommen?»

«Ich glaube nicht. Es gab ein Festessen und Reden, und dann haben sie ihm die Autoschlüssel überreicht. Als Überraschung.»

«Dann hätte unser Rabbi ja zwei Autos. Was soll er mit zwei Autos?»

«Seiner Frau den alten Wagen schenken.»

«Sie fährt nicht.»

«Und sein Sohn Jonathon –»

«Der studiert Jura in Washington.»

«Er kann ja herfliegen und sich das Auto abholen.»

«Also wenn wir ihm ein großes Geschenk machen, ein Auto oder so was, müßte der Rabbi schon einen Vertrag auf Lebenszeit unterschreiben, sonst kommt nächstes Jahr eine andere Gemeinde und wirbt ihn ab.»

«Da ist was dran.»

«Sehr richtig. Es hat doch gar keinen Sinn –»

«Ja, verdammt. Kein Vertrag auf Lebenszeit, kein Geschenk.»

«Und wie stellt ihr euch das praktisch vor?» fragte der Vorsitzende.

«Wieso?»

«Das Geschenk soll doch eine Überraschung sein, nicht? Wir geben also dieses Essen. Und dann? Drücken wir ihm den Vertrag in die Hand und zeigen ihm die Autoschlüssel und sagen: Hier, unterschreib mal, Rabbi, dann kriegst du die Schlüssel, und wenn nicht, dann guckst du in die Röhre.»

«Na ja, also...»

«Hör mal, Al, du bist doch mit dem Rabbi befreundet, die Smalls waren schon bei dir zum Essen –»

«Ja, hin und wieder.»

«Zu uns sind sie noch nie gekommen», stellte Dr. Halperin fest. «Wenn Rachel sie eingeladen hat, hatten sie immer schon was vor. Wieso kommen sie dann zu dir?»

«Vielleicht, weil bei uns koscher gekocht wird.»

«Kann ja sein. Wie wär's denn, wenn du sie mal abends einlädst, und während ihr euer Hühnchen eßt, fragst du sie, was sie sich als Geschenk wünschen.»

«Dann denken sie, daß ich sie nur deshalb eingeladen habe», wandte Bergson ein.

«Also, ich bin nicht dafür, bei solchen Sachen um den heißen Brei rumzureden», sagte Myron Levitt. «Es geht hier um eine große Sache, ein ernsthaftes Geschäft gewissermaßen, und bei ernsthaften Geschäften muß Klartext geredet werden. Deshalb schlage ich vor – ich kann's auch förmlich beantragen, wenn ihr wollt –, daß der Vorsitzende einen Ausschuß einsetzt, der den Rabbi aufsucht und Tacheles mit ihm redet.»

«Genau!»

«Ja, so machen wir das.»

«Hört, hört.»

«In Ordnung. Wer macht mit in diesem Ausschuß?»

Niemand meldete sich.

«Wie ist es mit dir, Ed?»

«Nein, Al, der Rabbi und ich… wir sind nicht befreundet. Guten Tag und guten Weg, mehr läuft da nicht.»

«Ben?»

Ben schüttelte den Kopf. «Mich hat er auf meine Bar Mizwa vorbereitet. Wenn ich mit ihm zusammen bin, komme ich mir immer noch vor wie ein kleiner Junge.»

«Ich geh hin, wenn ihr wollt», sagte Myron Levitt, aber dieser Vorschlag stieß auf wenig Gegenliebe, denn Levitt war nicht nur neu in der Gemeinde, sondern auch bekannt dafür, daß er kein Blatt vor den Mund nahm. Andererseits fanden sich sonst keine Freiwilligen.

Dann schlug jemand vor: «Wenn Al nun mitgeht…»

«Ja, Al, warum nicht?»

Der Vorsitzende zuckte die Schulter. «Ich hab nichts dagegen. Wollen wir es gleich heute erledigen?» sagte er zu Levitt.

«Ich denke, er hat Besuch…»

«Ach richtig. Ja, dann vielleicht nächste Woche, nach der Vorstandssitzung.»

«Während er beim Essen sitzt?»

«Nein, natürlich nicht. So gegen zwei.»

«Auch recht», sagte Levitt. «Heute nachmittag hatte ich eigentlich sowieso schon was anderes vor.»

«Also wenn Al und Myron hingehen», sagte Ben Halperin, «komm ich auch mit.»

«Bestens», sagte der Präsident. «Dann sind wir ein Dreierausschuß.»

27

Als ihr Mann hereinkam, merkte Mimi Gorfinkle sofort, daß etwas nicht stimmte. Er war nervös und zappelig. Sie hatte immer ein etwas schlechtes Gewissen, wenn sie ausgerechnet am Mittwochnachmittag selbst etwas vorhatte, und machte ihm zum Ausgleich dann abends eins seiner Lieblingsgerichte.

Sie zwang sich zu einem munteren Ton. «Rate mal, was es heute gibt.»

«Ich hab keinen großen Appetit, Mimi.»

«Du hast dir unterwegs einen Hamburger geholt», sagte sie vorwurfsvoll.

«Nein, mir ist nur nicht nach Essen zumute.»

«Was ist denn? Du hast operiert, und es ist schiefgegangen...»

«Nein, damit hat es nichts zu tun.»

«Womit dann?»

Seufzend gab er nach. «Da war heute nachmittag so ein Typ in der Praxis –»

«Heute nachmittag? Ohne Anmeldung? War es ein Notfall?»

«Es war kein Patient, sondern ein Kriminalbeamter von der Polizeiwache Barnard's Crossing. In einem normalen Straßenanzug, aber er hat mir eine Dienstmarke gezeigt und gesagt, daß er wegen des Verkehrsunfalls auf der Pine Grove Road ermittelt.»

«Ermittelt? Was gibt's da zu ermitteln?»

«Wenn es kein natürlicher Tod war, müssen sie sich einschalten, hat er gesagt.»

«Na und?»

«Und dann hat er mir alle möglichen komischen Fragen

gestellt. Ob ich den Mann kenne. Ob ich ihn mal behandelt habe. Wie schnell ich gefahren bin. Ob ich vorher was getrunken hatte. Wie weit hinter ihm ich war. Und die Antworten hat er alle aufgeschrieben. Das hat mich ein bißchen nervös gemacht. Man hätte fast denken können, ich hätte Joyce an den Straßenrand gedrängt. Da hab ich dann gesagt, ich hätte eine wichtige Besprechung in der Klinik, und er hat gemeint, er bringt mir morgen das Protokoll zur Unterschrift vorbei.»

«Und dann?»

«Dann hab ich Ira Lerner angerufen, und der hat gesagt, ich soll nichts unterschreiben und weiter keine Fragen beantworten. Wenn der Mann morgen wiederkommt, soll ich ihn an meinen Anwalt verweisen.»

«Und dann wird Lerner mit ihm sprechen und ihn fragen, was er will, und wenn er Schwierigkeiten macht, weiß Lerner ja, wie man mit so was umgeht.»

«Ja, für ihn ist das ein Fall wie jeder andere», bemerkte Gorfinkle etwas bitter. «Aber stell dir mal vor, es kommt in die Zeitung: Arzt wegen des Toten auf der Pine Grove Road vernommen. Und wenn dann noch dasteht, ich hätte mich geweigert, mit der Polizei zusammenzuarbeiten... Soll dann Lerner die Polizei verklagen? Oder die Zeitung?»

«Was kannst du denn sonst noch machen?»

«Ich könnte mal mit dem Rabbi sprechen.»

«Damit er mit dir betet oder dir seinen Segen gibt?»

«Nein, aber er und der Polizeichef sind ein Herz und eine Seele, der Rabbi könnte mal nachfragen, was hier eigentlich läuft.»

Als Rabbi Small unter seinen fünfzehn oder sechzehn Gemeindemitgliedern beim abendlichen Minjan Dr. Gorfinkle sah, nahm er an, daß er den Kaddisch für einen Angehörigen sprechen wollte. An den Wochentagen ließ er sich sonst so gut wie nie zum Gottesdienst sehen, allenfalls kam er hin und wieder am Sonntag und blieb dann anschließend zur Vorstandssitzung.

Aber als die Angehörigen aufstanden, um den Kaddisch zu

sprechen, blieb Gorfinkle sitzen. Demnach wollte er etwas mit dem Rabbi besprechen. Mit diesem Dreh machten sich die Gemeindemitglieder oft an den Rabbi heran, wenn sie ihn tagsüber in seinem Arbeitszimmer nicht erreicht und Hemmungen hatten, ihn abends zu Hause zu überfallen. Manchmal kamen nur dadurch die nötigen zehn Männer für den Minjan zusammen.

Tatsächlich kam Gorfinkle gleich nach dem Gottesdienst zu ihm: «Hätten Sie wohl einen Augenblick Zeit für mich, Rabbi?»

«Aber natürlich.»

«Ja, also...» Gorfinkle zögerte, nicht aus Unsicherheit, sondern weil ihn die anderen Mitglieder des Minjan nicht hören sollten, die gerade im Gehen waren. Als sich die Tür hinter dem letzten geschlossen hatte, setzte er noch einmal neu an: «Sie kennen doch den Polizeichef, nicht? Ich glaube, Sie sind sogar befreundet mit ihm...»

«Ja, wir sind befreundet», sagte der Rabbi vorsichtig. «Ist da etwas –»

«Ja, wissen Sie, die Sache ist so: Heute ist Mittwoch, und am Mittwochnachmittag mache ich die Praxis zu. Meist unternehmen dann meine Frau und ich was zusammen, wir fahren nach Boston zum Essen und gehen hinterher ins Kino oder so. Aber heute war sie mit Bekannten zum Essen verabredet, und ich bin in der Praxis geblieben und hab ein paar Fachzeitschriften durchgearbeitet. Man hat ja immer Mühe, sich auf dem laufenden zu halten. Plötzlich klopft es, und wie ich aufmache, steht vor mir ein Mann in einem ganz gewöhnlichen Straßenanzug. Er zeigt mir seine Dienstmarke und sagt, er kommt von der Polizei und ermittelt im Fall Victor Joyce. Es hat einen Augenblick gedauert, bis ich da mitgekommen bin. Victor Joyce war der Mann, der bei dem Unfall in der Pine Grove Road am Samstag ums Leben gekommen ist. Sie haben es vielleicht in der Zeitung gelesen, der Name war dort fälschlich als Victor Jones angegeben.»

«Ja, ich habe die Meldung gesehen.»

«Auf der Rückfahrt von diesem offiziellen Dinner, zu dem wir einmal im Monat zusammenkommen, haben wir den Wagen gesehen, der gegen einen Baum gefahren war, und natürlich sofort angehalten. Die Hand des Verunglückten hing aus dem Seitenfenster, die Scheibe war kaputt, unten im Rahmen steckten noch ein paar scharfe Splitter. Ich hab in den Wagen gegriffen und den Zündschlüssel umgedreht. Irgendwo hab ich gelesen, daß sonst der Wagen explodieren kann, auch wenn der Motor nicht mehr läuft. Dann hab ich ihm den Puls gefühlt, und der war leidlich normal, obgleich der Mann bewußtlos war.

Ich war schon halb in Barnard's Crossing, deshalb wäre es Unsinn gewesen, zu wenden und nach Breverton zurückzufahren, ich habe aber sofort, als ich nach Hause kam, die Polizei verständigt. Normalerweise hätte ich vielleicht einen anderen Wagen angehalten und den Fahrer gebeten, den Unfall zu melden, und wäre selbst bei dem Verunglückten geblieben. Aber in der Pine Grove Road, so spät in der Nacht, und bei dem Nebel, hätte ich stundenlang auf einen Wagen warten können.

Ja, und dann kommt er also zur Tür rein – dieser Typ im Straßenanzug, meine ich – und setzt sich und holt ein Notizbuch heraus. Ich wußte gar nicht, daß wir bei der Polizei von Barnard's Crossing auch Kriminalbeamte in Zivil haben.»

«Lieutenant Jennings trägt auch nicht immer Uniform, und Chief Lanigan –»

«Eban Jennings war's nicht, den kenne ich. Also jedenfalls fängt er an, Fragen zu stellen, und schreibt meine Antworten auf, und hin und wieder schaut er sich an, was er geschrieben hat, und runzelt die Stirn, als ob er was nicht versteht. Wo ich herkam, wollte er wissen. Was ich in Breverton gemacht habe. Wann ich losgefahren bin. Ob ich Zeugen für meine Aufbruchzeit habe. Ob ich Joyce erkannt habe. Ob Joyce irgendwann mal bei mir Patient war. Wann ich seinen Wagen gesehen habe. Wie weit ich davon entfernt war. Wie schnell ich gefahren bin. Also ehrlich gesagt, Rabbi, da hab ich es ein bißchen mit der Angst gekriegt. Es war, als glaubte er, hätte ich dem Mann eins über den Kopf gegeben oder ihn von der Fahrbahn gedrängt. Und deshalb sag ich schließlich: ‹Tut mir leid, aber ich muß zu einer wichtigen Konsultation ins Krankenhaus.› In Wirklichkeit wollte ich mit meinem Anwalt reden. ‹Schön›, sagte er, ‹ich lasse das tippen und bringe es Ihnen morgen zur Unterschrift.› Er macht sein Notizbuch zu und steht auf, als ob er gehen will. Und dann sagt er: ‹Hatte er übrigens Handschuhe an?› ‹Nein›, sag ich. ‹Und trug er eine Armbanduhr?› ‹Ich habe keine Uhr gesehen›, sag ich, ‹nur ein Uhrarmband. Vielleicht ist es durch den Aufprall verrutscht, oder er trägt die Uhr am inneren Handgelenk.› Dann macht er die Tür auf und sagt: ‹Ich komme also morgen mit dem Protokoll, dann können Sie mir die Uhr gleich mitgeben.› Und weg ist er.

Was für eine Uhr, Rabbi? Ich geh raus, und da steht er und will gerade in den Lift. Was für eine Uhr er denn meint, frag ich ihn, und er sagt: ‹Ich schätze, Sie haben ihm die Uhr abgenommen, um ihm den Puls zu fühlen, haben sie eingesteckt und vergessen.› Und dann steigt er in den Lift, und die Tür geht zu. Aber ich hab das Handgelenk und die Hand des Verunglückten gar nicht angefaßt, Rabbi, so was hätte ich nie getan. Man weiß ja nie, ob was gebrochen ist, und dann hätte ich alles nur noch schlimmer gemacht. Als ich in den Wagen gelangt habe, um die Zündung auszuschalten, hab ich die Fingerspitzen an seine Halsschlagader gelegt, der Kopf lehnte an der Rückenlehne, und hab ihm den Puls am Hals gefühlt.»

«Und wie kann ich Ihnen in der Sache helfen?»

«Wo Sie doch mit dem Chief sozusagen befreundet sind, könnten Sie vielleicht, wenn Sie sowieso in der Stadt sind, mal im Revier vorbeischauen...»

«Die Lanigans sind heute abend zum Essen bei uns», sagte der Rabbi.

«Das ist ja noch besser. Ob Sie da wohl mal die Rede drauf bringen könnten? Sie brauchen ja nicht zu verraten, daß ich extra deswegen bei Ihnen war, aber Sie könnten ja sagen, Sie hätten mich zufällig getroffen, und –»

«Schon klar.»

«Ich hab mir nämlich inzwischen überlegt, ob das wirklich ein offizieller Besuch war oder ob dieser Kriminale in Zivil auf eigene Faust in dem Fall herumstochert.»

28

Amy Lanigan half Miriam in der Küche beim Abwaschen, und weil die beiden Frauen sich erfahrungsgemäß dort immer eine ganze Weile aufhielten, setzten sich der Polizeichef und der Rabbi inzwischen behaglich im Wohnzimmer zurecht.

«Möchtet ihr noch einen Kaffee?» rief Miriam ihnen zu. Der Rabbi sah Lanigan fragend an, und als der Chief zustimmend nickte, ging er in die Küche und kam mit zwei dampfenden Tassen zurück. Dann erzählte er seinem Gast von dem Gespräch mit Gorfinkle und erläuterte, wie der Arzt den Motor abgestellt und dem Verunglückten den Puls gefühlt hatte.

Lanigan nickte. «Ich war gestern bei der Witwe, um ihr zu kondolieren.»

«Kennst du sie persönlich? Oder machst du das immer?»

«Sie ist die Nichte von Cyrus Merton –»

«Dem großen Immobilienmakler?»

«Ja. Er spendet immer sehr großzügig für den Pensionsfonds der Polizei und kauft jede Menge Karten für den Polizistenball, du weißt ja, wie das ist... Sie ist praktisch als seine Tochter bei ihm aufgewachsen, er selbst hat keine Kinder. Sonntags sehe ich sie gelegentlich in der Kirche. Amy kennt sie näher, sie haben gemeinsam an einem kirchlichen Projekt gearbeitet, für das Amy sich engagiert hatte. Laut Amy ist sie eine sehr fromme junge Frau. Sie war in einer Klosterschule und dann in einem katholischen College. Amy sagt, daß Mrs. Joyce glaubte, eine Berufung zu haben...»

«Du meinst, daß sie ins Kloster wollte?»

«Ja, aber dann hat sie Victor Joyce kennengelernt und statt dessen beschlossen zu heiraten, so was kommt ja oft genug vor. Mrs. Joyce zeigte mir die Sachen ihres Mannes, die meine Leute ihr gebracht hatten, Trauring, Brieftasche, Taschentuch – den üblichen Kram, den ein Mann so in den Taschen hat. Nur seine Armbanduhr fehlte, und darüber hat sie sich sehr aufgeregt.»

«War es eine wertvolle Uhr?»

«Wohl nicht so sehr vom Geld her, aber es war die Uhr ihres Vaters gewesen. Als ihre Eltern zum zehnten Hochzeitstag in Rom waren, hatte Margarets Mutter sie ihm geschenkt und auf dem Zifferblatt eine Reliquie anbringen lassen –»

«Eine Reliquie?»

«Ja, eine Reliquie von St. Ulrich – frag mich nicht, wer das war –, einen Knochensplitter in einem silbernen Röhrchen, das der Uhrmacher auf dem Zifferblatt befestigt hatte. Margarets Vater trug die Uhr immer an der Innenseite des Handgelenks, um sie – über der Blutbahn gewissermaßen – näher am Herzen zu haben. Margaret hat sie ihrem Victor zur Verlobung geschenkt, und er trug sie auch innen am Handgelenk. Daß einer meiner Leute sich die Uhr angeeignet hat, hielte ich für undenkbar, habe ich ihr gesagt, aber ich würde mich darum kümmern. Zuerst habe ich gedacht, daß sich vielleicht durch den Aufprall der Verschluß gelöst hat, so daß ihm die Uhr vom Handgelenk gefallen ist, und ich habe die Umgebung des Unfallorts absuchen lassen.»

«Und?»

«Nichts. Dann kam mir noch ein anderer Gedanke. Als Dr. Gorfinkle den Unfall meldete, sagte er zu Sergeant Pierce, dem Diensthabenden, er habe dem Verunglückten den Puls gefühlt. Dabei hätte eine Armbanduhr möglicherweise gestört, deshalb war es denkbar, daß der Doktor sie ihm abgenommen, eingesteckt und schlichtweg vergessen hatte. Darum habe ich Detective Sergeant Dunstable zu ihm geschickt und nicht einen Uniformierten, damit die Sache keinen so amtlichen Anstrich bekommt. Wenn die Nachbarn einen Polizisten in Uniform vor deiner Wohnung stehen sehen, denken sie gleich, du hast was angestellt. Er sollte nur ein paar harmlose Fragen stellen.»

«Daraus ist aber dann offenbar doch mehr geworden», bemerkte der Rabbi.

«Scheint mir auch so. Ich sage meinen Leuten immer wieder, daß wir hier in einer Kleinstadt und die Leute, mit denen wir zu tun haben, unsere Freunde und Nachbarn sind, die jedes Jahr über unsere Gehälter abstimmen. Aber auch Polizisten sitzen schließlich vor dem Fernseher und lassen sich von dem beeinflussen, was da über den Bildschirm flimmert. Und wer spielt schon nicht gern mal Autoritätsperson?

Tut mir leid, daß Gorfinkle sich aufgeregt hat. Ich werde dafür sorgen, daß Dunstable ihn nicht mehr belästigt, das kannst du ihm sagen. Wahrscheinlich ist nach Gorfinkle noch jemand am Unfallort vorbeigekommen und hat einfach die Uhr an sich genommen.»

«Aber hätte derjenige nicht auch die Polizei verständigt? Zumindest, ohne seinen Namen zu nennen...»

«Sollte man eigentlich annehmen, nicht? Aber laut Autopsie war die Todesursache eine Blutung aus der Pulsader des linken Handgelenks. Bei dem Versuch, die Uhr abzunehmen, hat er ihm wohl an einer der spitzen Glasscherben die Pulsader aufgeschnitten, und der Mann ist verblutet.»

«Oder umgekehrt», sagte der Rabbi.

«Umgekehrt?»

«Du glaubst, er hat ihm die Pulsader aufgeschnitten bei dem Versuch, ihm die Uhr abzunehmen. Denkbar ist aber auch, daß er ihm die Uhr abgenommen hat, um dem Mann die Pulsader aufzuschneiden.»

«Aber das ist Mord. Wie käme jemand dazu –»

«Ich will nicht behaupten, daß es so war», fiel der Rabbi ihm ins Wort. «Ich wollte damit nur sagen, daß die Annahme, die Uhr sei abgenommen worden, um die Pulsader freizulegen, ebenso logisch ist wie die, sie sei beim Abnehmen der Uhr versehentlich aufgeschnitten worden.»

«So oder so – die Uhr ist weg», sagte Lanigan.

«Und der Mann ist tot», ergänzte der Rabbi.

«Den Diebstahl einer Uhr braucht man nicht groß zu planen, sofern sich eine günstige Gelegenheit ergibt. Für einen Mord braucht man ein starkes Motiv.»

«Wenn man ihn von langer Hand vorbereitet», wandte der

Rabbi ein. «Nehmen wir aber mal an, es böte sich eine Gelegenheit, einen Menschen zu beseitigen, der dir ein Ärgernis, der ein Störfaktor in deinem Leben ist. Du haßt ihn nicht, und du fürchtest ihn nicht, aber du reibst dich an ihm und bekommst plötzlich die Chance, ihn ohne große Mühe loszuwerden – in diesem Fall einfach dadurch, daß du etwas Druck auf sein Handgelenk ausübst.»

«Da ist was dran», räumte Lanigan ein. «Es ist auch möglich, daß es dem Dieb wirklich nur um die Uhr ging, daß er nervös oder ungeschickt war und dadurch die Verletzung verursacht hat. Kleinigkeiten sind oft entscheidend. Hätte Victor Joyce nur ein paar Minuten mit dem Aufbruch gewartet, hat seine Witwe gesagt, wäre es nicht zu dem Unfall gekommen. Cyrus Merton wollte nämlich auch zu diesem Dinner in Breverton und rief an, um ihm zu sagen, daß er ihn abholen würde. Dann wären sie auch zusammen nach Hause gefahren.»

«Und wären vielleicht beide verunglückt», sagte der Rabbi.

«Das habe ich ihr auch gesagt. Aber sie meinte, Cyrus hätte ihn in betrunkenem Zustand nicht ans Steuer gelassen. Das ist eben Glückssache, und die Mertons haben diesmal Pech gehabt, und zwar Pech auf der ganzen Linie. In derselben Nacht ist Cyrus Mertons Wagen gestohlen worden.»

«Während er in Breverton beim Essen saß?»

«Nein, hier in Barnard's Crossing, im Einkaufszentrum. Er war gerade im Donut Shop.»

«Was hat er denn da gemacht?»

«Einen Kaffee getrunken, soweit ich weiß.»

Als die Frauen wieder hereinkamen, sprach man von anderen Dingen, aber auf der Heimfahrt ließ sich Lanigan die Sache noch einmal durch den Kopf gehen. Seine polizeilichen Instinkte waren erwacht. Auch wenn die Pulsader beim Abnehmen der Uhr aufgeschnitten worden war, handelte es sich um Mord. Raubmord. So oder so ging es um weit mehr als einen einfachen Diebstahl.

Am nächsten Morgen rief er Sergeant Dunstable zu sich. «Woran arbeiten Sie gerade, Sergeant?»

«Ich wollte Gorfinkles Aussage tippen, um –»

«Nicht nötig, Sergeant. Ich habe inzwischen erfahren, daß er dem Mann mit den Fingerspitzen den Puls an der Halsschlagader gefühlt hat. Er hat das Handgelenk von Joyce gar nicht angefaßt. Demnach ist jemand hinterher vorbeigekommen und hat sich die Uhr geschnappt, und wenn er ihm dabei die Pulsader aufgeschnitten hat, ist das Raubmord.»

«Aber könnte nicht auch Gorfinkle –»

Lanigan schüttelte nachdrücklich den Kopf. «Würde ein erfolgreicher Arzt – und glauben Sie mir, Gorfinkle ist ein erfolgreicher Arzt! – eine Herrenarmbanduhr stehlen? Unter den Augen seiner Frau? Und hätte der Mann stark geblutet, hätte er gesagt, daß er in kritischem Zustand ist, damit wir uns darauf einstellen können, und uns nichts von einem fast normalen Puls erzählt. Fahren Sie doch gleich mal nach Breverton raus. Vielleicht können Sie feststellen, ob Joyce im Country Club eine Uhr trug.»

«Aber ich denke, seine Frau hat Ihnen gesagt –»

«Ja, aber wenn er nachts in der Pine Road Grove gegen einen Baum gedonnert ist, muß er betrunken gewesen sein. Und Betrunkene verlegen ständig ihre Sachen. Es kann sogar sein, daß er die Uhr als Pfand für einen Drink gegeben hat. Fragen Sie einfach mal ein bißchen herum. Wer ist wann weggefahren? Hat es vor seinem Aufbruch Streit gegeben? Hat sich in der bewußten Nacht irgend etwas Ungewöhnliches ereignet? Alles klar?»

«Alles klar.»

29

Es war vier, als Dunstable nach Barnard's Crossing zurückkam. Er ging sofort zu Lanigan. «Also diesmal hab ich echt Glück gehabt, Chief. Ich hab mit dem Geschäftsführer gesprochen...» Er warf einen Blick in sein Notizbuch, «...einem gewissen Gerald Foster, und der hat mir erzählt, daß sie dort ein Dinner der Dozenten vom Windermere Christian hatten. Nur die Dozenten, wohlgemerkt, keine Partner, keine Sekretärinnen. Jetzt müssen Sie den Lageplan im Kopf haben, damit Sie den richtigen Durchblick kriegen. Es gibt da einen Salon mit der Garderobe an der einen und der Bar an der anderen Seite, dahinter ist das eigentliche Restaurant.»

Lanigan nickte. «Ist bekannt. Ich habe dort auch schon ein paarmal gegessen.»

«Ach so... Na ja, der springende Punkt ist, daß der Barmann und der Mann oder die Frau an der Garderobe alles überblicken können. Wenn's eine Prügelei gegeben hätte oder sonst irgendwie Zoff, hätten die das merken müssen. Also hab ich mit dem Barmann gesprochen...» Wieder ein Blick ins Notizbuch, «...einem gewissen Jack Bohrman. Er kennt Victor Joyce. Und wissen Sie woher?»

«Na?»

«Weil Joyce ein paarmal zum Golfspielen in Breverton war. Joyce, sagt Bohrman, war ein Champion am neunzehnten Loch. Ein Golfplatz hat nämlich nur achtzehn Löcher, und –»

«Ich kenne den Spruch, Sergeant. Im Klartext: Joyce war ein Schluckspecht.»

«Konnte kein leeres Glas sehen, sagt der Barmann. Für dieses Dinner war das mit den Getränken an der Bar so geregelt, daß der erste Drink frei war, an der Eintrittskarte war ein Gutschein dafür, die anderen mußte man zahlen. Joyce gibt also den Gutschein ab, kriegt seinen Drink und will gleich noch einen. Aber er hat kein Geld bei sich, und Bohrman sagt ihm, daß sie nicht anschreiben dürfen. Joyce geht weg, und dann kommt er zurück und ist plötzlich wieder sehr gut bei Kasse. Alles in allem hat er vier Scotch getrunken, sagt Bohrman. Doppelte.»

«Alle Achtung», sagte Lanigan trocken. «Und woher hatte er das Geld?»

«Ja, das hab ich mich auch gefragt. Hat er die Uhr einem Gast verkauft? Ob Joyce eine Uhr trug, wußte der Barmann nicht mehr, eigentlich hab ich es auch nicht anders erwartet, aber ich hab auf alle Fälle doch nachgefragt. Und als Joyce dann den nächsten doppelten Scotch bestellt, schickt Bohrman ihn weg, weil er sich in Schlangenlinien durch die Gegend bewegt. Schließlich müsse er an seine Konzession denken, sagt er zu Joyce. Der antwortet irgendwas Unfeines und trollt sich, um seinen Mantel zu holen.»

«Typisch», stellte Lanigan fest.

«Typisch für Joyce?»

«Typisch für Betrunkene.»

«Ja, und da war eben mein Glück, daß in der Garderobe ein junger Mann die Mäntel herausgab. Wenn man sonst zum Mittagessen oder Abendessen hingeht, hängt man seine Sachen einfach selber auf, Personal haben sie nur für große Veranstaltungen. Dieser Charlie Aherne arbeitet nur stundenweise im Country Club, macht alles, was gerade anfällt, eigentlich geht er nämlich aufs College, genauer gesagt ins Windermere Christian, und deshalb kennt er natürlich an diesem Abend alle Gäste.

Ob er auch Victor Joyce kennt, habe ich ihn gefragt. Natürlich kennt er Professor Joyce. Und wann ist der weggegangen? Das weiß der Junge sogar noch ganz genau. Er hat ihn nämlich gefragt: ‹Sie wollen schon gehen, Professor?›, denn auf der Wanduhr war es erst Viertel vor zehn. Und Joyce stemmt die Faust hoch wie ein Sieger – so hat der Junge es ausgedrückt –, kneift ein Auge zu und linst aufs Zifferblatt, das er innen am Handgelenk trägt, und sagt: ‹Fast zehn. Spät genug.› Jetzt wissen wir, wann er gegangen ist. Und daß zu der Zeit die Uhr noch da war.»

«Und daß er schwer geladen hatte, weil er offenbar Mühe hatte, das Zifferblatt zu erkennen», ergänzte Lanigan.

«Genau das hab ich mir auch gesagt», bestätigte Dunstable eifrig. «‹Wollen Sie sagen, daß er betrunken war?› hab ich den Jungen gefragt. ‹Also der hatte ganz schön einen im Tee›, hat er gesagt. Und dann hat er noch erzählt, daß Joyce seinen Regenmantel verlangt hat, aber die Garderobenmarke nicht finden konnte. Ob er den Mantel beschreiben kann, hat dieser Charlie Aherne gefragt, und da fällt Joyce ein, daß er den Mantel im Wagen gelassen hat, und er zieht ab.»

«Gut gemacht, Sergeant. Sind noch mehr Gäste vorzeitig gegangen?»

«Nur noch einer. Eine Viertelstunde danach.» Wieder konsultierte Dunstable sein Notizbuch. «Ein gewisser Professor Jacobs. Mordecai Jacobs, der Junge hat's mir buchstabiert. Nie gehört, den Namen. Er hatte keine Sachen in der Garderobe abgegeben, jedenfalls keine, die ihm gehörten, und –»

«Hat er die Sachen anderer Leute abgegeben?»

«Ja, er hat den Mantel einer Kollegin in die Garderobe gebracht, nachdem sie sich hingesetzt hatten, einer Frau Professor Saxon. Bei diesem Wetter kamen die wenigsten Männer mit Mantel, nur ein paar hatten vorsichtshalber einen Regenmantel mit, aber die Frauen hatten sich natürlich alle was zum Überziehen mitgebracht.»

«Und hat er den Mantel der Dame dann wieder abgeholt?»

«Nein, er ist einfach weggegangen. Der Junge, dieser Aherne, hat bei ihm ein englisches Seminar gemacht und mag ihn offenbar, er ist ihm nachgegangen und hat so was gesagt wie: Sie wollen auch schon gehen, Professor? Und der Professor hat gesagt, daß er noch zu einer anderen Fete muß.»

«Der junge Mann hat demnach die Garderobe unbewacht gelassen?»

«Nein, er hatte einer der Kellnerinnen, einer Mary Ellen Brown, Bescheid gesagt. Aherne arbeitet nur bis zehn, und dann übernimmt Mary Ellen oder eine der anderen den Garderobendienst.»

«Und wer bekommt die Trinkgelder?»

«Die kommen alle in einen Topf und werden hinterher aufgeteilt. Aherne kriegt nichts ab, der bekommt nur seinen Stundenlohn.»

«Dieser Jacobs ist also um zehn gegangen.»

«Jawohl.»

«Sonst noch jemand?»

«Nein, solange Aherne Dienst hatte, waren es nur die beiden.»

«Und danach? Haben Sie mit dieser Mary Ellen gesprochen?»

«Ja, aber sie sagt, daß sie sich erst später um die Garderobe hat kümmern können, so ab halb elf, weil sie gerade zum zweiten Mal Kaffee eingeschenkt und das Geschirr abgeräumt haben. Dann stellen sie ein kleines Schild hin, auf dem steht ‹Bitte klingeln›, und wenn man klingelt, kommt eine der Kellnerinnen, die gerade in der Nähe ist, und holt einem den Mantel.»

«Aha. Und wann war das Dinner offiziell zu Ende?»

«Gegen elf oder Viertel zwölf. Dann haben alle ihre Mäntel abgeholt. Manche, sagt Mary Ellen, hatten sie gar nicht abgegeben, sondern einfach unter ihrem Stuhl zusammengeknautscht. Knickerige Bande, hat sie gesagt, und die Trinkgelder waren auch nicht umwerfend.»

«Sehr gut, Sergeant. Sie kümmern sich jetzt bitte um diesen Professor Jacobs.»

«Wird gemacht, Chief.»

30

Sergeant Dunstable rief gleich bei Professor Jacobs an, um einen Termin mit ihm zu vereinbaren. Das Telefon läutete ein paarmal, dann sagte eine männliche Stimme: «Ich bin zur Zeit nicht erreichbar, rufe aber zurück. Bitte hinterlassen Sie nach dem Signalton Ihren Namen und Ihre Rufnummer. Vielen Dank.»

Der Sergeant, der inzwischen Feierabend hatte, nannte seinen Rang und seinen Namen und bat um Rückruf unter seiner Privatnummer. Als Jacobs sich nicht meldete, versuchte er es vor dem Schlafengehen noch einmal, aber auch diesmal meldete sich der Anrufbeantworter. Am nächsten Tag erging es ihm nicht besser. Vermutlich hatte Professor Jacobs seine Nachricht bekommen, mochte aber nicht zurückrufen, weil er entweder seine Ruhe haben oder nicht in die Sache hineingezogen werden wollte. Dunstable entschloß sich, nach Boston zu fahren.

Jacobs wohnte in einem großen Wohnblock in der Nähe von Coolidge Corner in Brookline, der nicht eigentlich verwahrlost war, aber erste verdächtige Anzeichen erkennen ließ: Die Vorgartenhecke war ungepflegt und hatte an mehreren Stellen Löcher, die Glasscheibe der Haustür hatte einen Sprung. In der Diele waren – in drei Reihen untereinander – Namensschilder mit Klingelknöpfen angebracht. Mordecai Jacobs, Wohnung 61, war der erste Name in der dritten Reihe. Dunstable klingelte, aber niemand antwortete, niemand betätigte den Türöffner. Er wartete – vielleicht war der Mann gerade mal auf der Toilette – und versuchte es noch einmal. In diesem Moment kam eine Frau in mittleren Jahren ins Haus. Sie hatte sich ein Kopftuch über die Lockenwickler gebunden und hielt ein gefülltes Einkaufsnetz in der Hand.

«Der is nicht da», sagte sie.

«Wer?»

«Der, wo Sie grad klingeln, Nummer einundsechzig. Ich wohne gegenüber. Der is weg.»

«Ausgezogen?»

Sie zuckte die Schultern. «Er hatte jedenfalls 'nen Koffer dabei.»

«Und die Möbel?»

«Is doch 'ne möblierte Bude.»

«Wann ist er denn weggegangen?»

«Gestern. Ich bin grad nach Haus gekommen, es muß so gegen sieben gewesen sein.»

Besorgt überlegte Dunstable, ob es vielleicht ein Fehler gewesen war, daß er sich bei seinem Anruf als Polizeibeamter zu erkennen gegeben hatte. Ursprünglich hatte er ja Jacobs nur aufsuchen wollen, um die Ermittlung abzurunden. Aber wenn der nun tiefer in den Fall verstrickt war? Bei dem Dinner hatte Jacobs sich vorzeitig davongemacht und auch seine Begleiterin sitzenlassen, die dann zusehen durfte, wie sie wieder nach Boston kam, war überdies kurz nach Joyce gegangen – und jetzt, nachdem er erfahren hatte, daß die Polizei ihn sprechen wollte, war er in seiner Wohnung nicht greifbar, womöglich sogar ausgezogen. Dunstable beschloß, mit dieser Frau Professor Saxon zu sprechen, um zu erfahren, unter welchem Vorwand Jacobs sich davongemacht hatte.

Er rief im College an und wurde mit dem Fachbereich Psychologie verbunden. «Alice Saxon? Die ist irgendwo im Haus unterwegs.» Er fuhr zum College, ließ sich den Weg zum Fachbereich Psychologie zeigen und fragte dort einen jungen Mann nach Professor Saxons Büro.

Die Tür stand offen, aber der Raum war leer. Dunstable wartete zunächst auf dem Gang und überlegte nach zehn Minuten gerade, ob er nicht doch den vor Alice Saxons Schreibtisch stehenden Besucherstuhl benutzen sollte, als er hohe Absätze über die Dielenbretter klacken hörte.

«Professor Saxon?»

Sie nickte.

«Detective Sergeant Dunstable, Barnard's Crossing Police Department.»

Sie lächelte. «Was kann ich für Sie tun, Sergeant?»

«Es geht um den Unfall in der Pine Grove Road am Samstag.»

«Bitte kommen Sie doch herein. Eine schreckliche Geschichte. Aber ist der Fall denn nicht klar? Soweit ich weiß, hatte Mr. Joyce ziemlich viel getrunken und ist mit seinem Wagen von der Straße abgekommen.»

Dunstable nickte. «Ja, aber es gibt da gewisse Gerüchte, denen wir nachgehen müssen...»

«Gerüchte?»

«Nach Joyce, fast unmittelbar nach ihm, ist noch jemand vorzeitig gegangen. Falls er Joyce nachgefahren ist, könnte man daran denken, daß er ihn womöglich von der Straße abgedrängt hat. Merkwürdig ist, daß der Betreffende auch seine Begleiterin, Sie nämlich, im Stich gelassen hat...»

«Meinen Sie Professor Jacobs?»

«Ja, ganz recht. Mordecai Jacobs.»

«Und was hat er dazu gesagt?»

«Ich habe ihn noch nicht gesprochen. Gestern habe ich auf seinem Anrufbeantworter meinen Namen und meine Nummer hinterlassen, aber er hat nicht zurückgerufen. Eine Nachbarin sagt, sie hätte gesehen, wie er mit einem Koffer in der Hand seine Wohnung verlassen hat.»

«Wahrscheinlich ist er jetzt, nach Semesterschluß, heimgefahren.»

«Wissen Sie zufällig, wo er zu Hause ist?»

Sie lachte. «Das weiß ich zufällig sogar ganz genau, weil wir aus dem gleichen Ort kommen und uns von dort kennen, aus Higginstown, einer Kleinstadt in Pennsylvania. Ich habe Mordecai den Job hier besorgt, das heißt, ich habe ihm gesagt, daß eine Stelle frei ist, und er hat sich erfolgreich darum beworben.»

«Ach, so ist das...»

«Und es war auch nicht so, daß er mich bei dem Dinner im Stich gelassen hätte. Er wollte noch zu einer anderen Party, deshalb hatte er es so eilig. Eigentlich hatte er gar keine Lust, zu dem Dinner zu gehen, ich habe ihn praktisch dazu überredet.»

«Und warum wollte er nicht hingehen?» fragte Dunstable ernsthaft.

«Die Dozenten reißen sich im allgemeinen nicht darum, mehr als ein Drittel war nicht da.»

«Und warum nicht? Schließlich geht's doch um ihre Belange.»

«Weil das Semester vorbei ist und sie in die Ferien wollen. Weil ihnen die fünfundzwanzig Dollar für die Eintrittskarte leid tun. Weil die Frauen keine Lust haben, zu Hause zu sitzen, während sich ihre Männer – so sehen sie das jedenfalls – glänzend amüsieren. Weil sie eine Stunde oder mehr fahren müssen. Und letztlich wohl auch, weil diese Veranstaltungen immer furchtbar öde sind.»

«Und warum haben Sie ihn dann dazu überredet?»

«Weil er eine Festanstellung in Aussicht hatte und ich fand, daß er sich einfach dort sehen lassen müßte.»

«Eine Festanstellung bedeutet, daß sie ihn dann nicht mehr rauswerfen können, nicht?»

«Zumindest müßte er, um gekündigt zu werden, schon silberne Löffel stehlen, und auch da wäre ohne eine Anhörung nichts zu machen.»

«Eine Stelle auf Lebenszeit sozusagen.»

«Mehr oder weniger.»

«Ist es denn ein so toller Job?»

«Der beste Job, den man sich denken kann, Sergeant, besonders, weil inzwischen die Gehälter durchaus anständig sind.»

«Und die Festanstellung kriegt man, wenn man überall fleißig mitmischt?»

Sie schüttelte den Kopf. «Ein gültiges Rezept dafür gibt es nicht, das ist von einem Fachbereich zum anderen verschieden. In manchen Fachbereichen entscheidet das der Vorsitzende – manchmal im Alleingang, manchmal nach Beratung mit den dienstälteren Kollegen. Schaden kann es auf keinen

Fall, wenn er hingeht, habe ich mir gedacht. Aber diese andere Party war ihm sehr viel wichtiger.»

«Und warum?»

«Er hat eine feste Freundin in Boston. Die Familie wohnt in Barnard's Crossing, und sie hatte ihn zur Bar Mizwa-Feier ihres Bruders eingeladen, wohl um ihn der Familie vorzuführen.»

«Verstehe. Und wie heißt die Freundin?»

«Das weiß ich nicht», sagte Alice Saxon. «Ich kenne sie nicht persönlich.»

Dunstable war ein systematischer Mensch und plante seine nächsten Schritte genau. Er würde nach Barnard's Crossing zurückfahren und Rabbi Small aufsuchen, der ja wissen mußte, wer am Samstag Bar Mizwa gehabt hatte. Dann würde er die Familie aufsuchen und fragen, wann Jacobs dort angekommen und ob er nervös oder irgendwie durcheinander gewesen war. Mit seinen Erkenntnissen würde er dann zu Lanigan gehen. Motiv: Joyce war Mordecai Jacobs' Konkurrent um den ‹besten Job, den man sich denken kann›, wie diese Alice Saxon es ausgedrückt hatte. Gelegenheit: Mordecai Jacobs war Joyce vom Country Club aus nachgefahren. Tatwaffe: Die Glassplitter im Seitenfenster. Er würde sich von Lanigan die Genehmigung geben lassen, nach Higginstown zu fahren, um Jacobs zu verhören oder gar zu verhaften. Vielleicht fand sich eine Beule im Kotflügel seines Wagens. Vielleicht –

Und dann fiel ihm ein, daß Lanigan mit Rabbi Small befreundet und möglicherweise nicht begeistert war, wenn einer seiner Leute ohne sein Wissen den Rabbi ausquetschte. Er würde doch lieber zuerst mit Lanigan sprechen.

31

Am Donnerstag ging Amy Lanigan mit ihren Freundinnen aus, «weil das der Tag ist, an dem die Dienstmädchen frei haben». Manchmal gingen sie zusammen ins Kino oder zum Essen und bummelten dann durch eins der großen Einkaufszentren, dann wieder trafen sie sich zum Bridgespielen und Plaudern umschichtig bei einer von ihnen zu Hause. Chief Lanigan wußte, daß ihn am Donnerstag zu Hause entweder eine Horde holder Weiblichkeit oder allenfalls kalter Aufschnitt und eine Flasche Bier erwartete, und blieb deshalb an diesem Tag meist länger im Büro.

Diesmal verließ er das Revier erst nach sieben und beschloß spontan, kurz noch bei Cyrus Merton vorbeizufahren. In dem Haus am Point öffnete ihm eine Frau in mittleren Jahren.

«Nellie?» Er kramte in seinem Gedächtnis nach ihrem Nachnamen, und sie lächelte. «Nellie, Nellie...» Und dann triumphierend: «Nellie Heath.»

«Genau. Inzwischen Nelly Marston.»

«Ich hatte ja keine Ahnung, daß du wieder hier bist.»

«Ja, schon seit fünf oder sechs Jahren. Nach Bills Tod bin ich hergekommen, weil meine Tochter in Swampscott wohnte. Inzwischen ist sie in Florida, und für mich hat sich hier die Stelle als Haushälterin ergeben. Und du bist also der große Boß von Barnard's Crossing geworden –»

«Der Polizeichef. Deshalb bin ich noch lange kein großer Boß...»

«– und hast Amy Harper geheiratet. Die war aber nicht in unserer Klasse, oder?»

«Nein, nein, sie war im ersten Jahrgang, als wir schon auf den Abschluß zugingen.»

«Ja, stimmt, wir haben noch gelästert, weil du mit so einem Baby zum Seniorentanz gegangen bist... Wolltest du zu Mr. Merton? Der ist mit seiner Schwester bei der Nichte im Shurtcliffe Circle. Seit dem Unfall gehen sie immer zum Abendessen hin. Am liebsten hätten sie ja Peg wieder bei sich gehabt, zumindest vorübergehend, aber sie wolle nicht, und deshalb leisten sie ihr nun wenigstens beim Abendessen Gesellschaft. Du kannst aber auch hier warten, um acht sind sie meist wieder zurück.»

Sie führte ihn in einen kleinen Raum mit tiefen Ledersesseln, der vermutlich Cyril Mertons Arbeitszimmer war. «Hier ist es gemütlicher als im Wohnzimmer. Einen Kaffee?»

«Wenn du auch einen trinkst?»

Nellie Marston zögerte. «Na schön, warum nicht...»

Sie brachte ein Tablett mit einer Kanne Kaffee, Keksen und zwei Tassen. «Schrecklich, dieses Unglück...»

«Die Mertons hat es sicher hart getroffen», sagte Lanigan.

«Ja, ihn besonders.» Sie senkte verschwörerisch die Stimme. «Die beiden haben nämlich mehr an Joyce gehangen als an Margaret.»

«Mögen sie Mrs. Joyce nicht?»

«Doch, natürlich, es ist ja ihre Nichte, die einzige Angehörige, die sie überhaupt haben. Aber so richtig herzlich war das Verhältnis nie.» Wieder senkte sie die Stimme. «Direkt haben sie nie was zu mir gesagt, aber ich war ja fast die ganze Zeit allein mit ihnen, außer wenn Margaret da war oder die Putzfrau, und die kommt nur zweimal in der Woche, und beim Auf- und Abtragen und so weiter habe ich natürlich manches aufgeschnappt.»

Er nickte verständnisvoll.

Noch immer mit gesenkter Stimme fuhr sie fort: «Ich glaube, sie haben es Margarets Vater, ihrem Bruder, übelgenommen, daß er eine Puertorikanerin geheiratet hat. ‹Diese kleine Latino-Schlampe› hat Agnes Burke sie immer genannt. Als Margaret dann ihre Eltern verlor, haben sie die Kleine natürlich zu sich geholt – das war noch vor meiner Zeit –, aber ich hab nie erlebt, daß sie das Mädel mal in den Arm genommen oder ihr einen herzlichen Kuß gegeben hätten, immer nur so Luftküsse.»

«Und wie war das bei ihr?»

«Auch nicht anders. Natürlich war sie dankbar, wenn die beiden ihr was schenkten, den Wagen zum Beispiel, aber mehr war da nicht drin. Und obgleich Mr. Merton und seine Schwester angeblich so fromm sind, haben sie sich furchtbar aufgeregt, als Margaret gesagt hat, sie will ins Kloster. Weil dann nämlich die Familie ausgestorben wäre. Einmal hab ich Mrs. Burke sagen hören, daß Peg sich anscheinend nicht für Männer interessiert, und er hat gesagt... warte mal... ja, ein Abwehrmechanismus wäre das. Weil sie meint, sie kriegt sowieso keinen ab, tut sie so, als ob sie gar keinen will. Und dann hat er gesagt: ‹Wenn ich ihr einen richtigen Kerl besorge, kriegt sie schon Appetit.› Und so war's dann wohl auch. Mit der Hochzeit haben sich Mr. Merton und seine Schwester mächtig beeilt, wahrscheinlich haben sie Angst gehabt, einer von den beiden könnte einen Rückzieher machen.»

Ein Wagen rollte über die Einfahrt, und Nellie stand rasch auf. «Ich sag ihnen Bescheid.» Als sie hinausging, nahm sie ihre Tasse mit.

Cyrus Merton kam mit ausgestreckter Hand auf den Polizeichef zu. «Wie ich sehe, hat Mrs. Marston Sie schon mit Kaffee versorgt, Lanigan. Bringen Sie mir eine gute Nachricht? Vermutlich haben Sie meinen Wagen gefunden...»

«Leider nein», sagte Lanigan. «Teenager fahren in einem gestohlenen Wagen eine Weile spazieren, manchmal, bis ihnen das Benzin ausgeht, lassen ihn dann stehen und schlagen ihn hin und wieder aus schierer Zerstörungswut noch kurz und klein. Wäre das hier in der Gegend passiert, hätten wir ihn inzwischen schon gefunden, deshalb möchte ich fast annehmen, daß sie ihn verkauft haben. Wenn wir ihn in ein, zwei Tagen nicht finden, muß wahrscheinlich Ihre Versicherung ran. Nein, ich komme wegen des Unfalls auf der Pine Grove Road.»

Merton schüttelte kummervoll den Kopf. «Schreckliche Geschichte, Chief, ganz schrecklich. So ein prächtiger, lebensvoller junger Mann. Margaret, meine Nichte, ist völlig gebrochen. Wir hatten sie gebeten, wieder herzuziehen, aber sie mag ihr kleines Haus nicht verlassen. Es ist, als ob sie hofft, er würde eines Tages wieder vor der Tür stehen. Deshalb fahren wir jetzt abends immer hin, leisten ihr ein bißchen Gesellschaft, und Agnes, meine Schwester, macht eine Kleinigkeit zu essen, damit sie nicht allein bei Tisch zu sitzen braucht. Was wollten Sie denn von mir wissen?»

«Wir ermitteln bekanntlich in jedem Todesfall, der keine natürlichen Ursachen hat.»

Merton nickte. «Waren Sie schon bei meiner Nichte?»

«Meine Frau und ich haben ihr nur kondoliert. Amy kennt Mrs. Joyce aus der Arbeit in der Kirchengemeinde.»

«Wenn es nicht unbedingt nötig ist, sollten Sie Margaret in dieser Sache nicht ansprechen, das reißt die Wunden nur wieder auf. Sie hält sich tapfer, aber...» Er unterbrach sich sichtlich bewegt, dann straffte er sich und sagte ruhig und beherrscht: «Ich muß Ihnen ein Geständnis machen. Die Schuld am Tod des armen Burschen trifft mich.»

«Sie?»

«Ja. Nach allem, was ich gehört habe, schien er stark getrunken zu haben, und daran bin ich schuld. Weil er vergessen hatte, einen Scheck einzulösen, kam er ohne einen Cent zu dem Dinner im Breverton Country Club und bat mich, ihm auszuhelfen. Ich streckte ihm meine Brieftasche hin, und soweit ich mich erinnere, hat er sich dreißig Dollar genommen, die er prompt vertrank. Nicht, daß er Alkoholiker war, aber bei geselligen Anlässen hat er sich nicht eben zurückgehalten. Ich trage die Verantwortung dafür, daß er sich betrunken hat, und folglich auch die Verantwortung für seinen Tod. Und deshalb wäre es mir lieber, wenn Sie nicht mit meiner Nichte darüber sprechen würden. Ich möchte nicht, daß sie erfährt, daß jemand aus der Familie die Schuld an ihrem Unglück trägt.»

«Ich verstehe», sagte Lanigan mitfühlend. Er stand auf, und auch Merton erhob sich. «Und ich kann Ihnen versprechen, daß ich mich Ihrer Nichte gegenüber nicht dazu äußern werde.»

«Sehr anständig von Ihnen, Chief. Noch einen Schluck auf den Weg?»

Lanigan lächelte matt. «Ich glaube, da sage ich lieber nein.»

32

Als er wieder in Barnard's Crossing war, fiel Sergeant Dunstable ein, daß er weder Rabbi Small noch Lanigan zu bemühen brauchte, um festzustellen, in welcher Familie eine Bar Mizwa gefeiert worden war. Bestimmt hatte das im Lokalblatt gestanden. Er ließ sich in der Bücherei den *Reporter* der Vorwoche geben. Tatsächlich, da stand es: Im Tempel findet Bernard Lerners Bar Mizwa statt, Rabbi David Small wird den Gottesdienst leiten, anschließend werden im Gemeindesaal Erfrischungen gereicht. Abends ist eine private Party im Haus der Lerners in Charleton Park vorgesehen.

Charleton Park war eine großflächige Siedlung, durch die in zahlreichen Windungen eine breite Straße führte. Die Baugesellschaft hatte nur zwei oder drei Häuser errichtet und dann eingesehen, daß es gewinnbringender und weniger zeitaufwendig war, nur die Grundstücke zu verkaufen, deren Grundfläche vom städtisch festgesetzten Mindestmaß von 1000 qm bis zu 2500 qm reichte. Die Häuser waren deshalb nicht in einem einheitlichen Stil gebaut, sondern sehr unterschiedlich gestaltet. Es gab ultramoderne Bauten aus Beton und Glas, die wie Fabriken im Kleinformat aussahen, Nachbauten viktorianischer Villen mit Türmchen und Giebeln, Häuser im Kolonialstil mit Veranden und einer Säulenhalle und spanische Flachbauten mit Mauer und Innenhof. Nach Geld, fand Sergeant Dunstable, rochen sie alle. Da hieß es aufpassen, daß er nicht ins Fettnäpfchen trat.

Als er klingelte, hörte er eine junge Stimme rufen: «Ich geh schon, Maud.» Gleich darauf stand eine etwa Zwanzigjährige in langen Hosen und Pullover vor ihm, die ihn fragend ansah.

«Sergeant Dunstable, Polizeirevier Barnard's Crossing.» Er zückte seine Dienstmarke.

«Tut mir leid, aber mein Vater ist nicht da, der ist entweder in seiner Kanzlei in Lynn, auf dem Gericht oder auf dem Standesamt.»

«Und wie kommen Sie darauf, daß ich mit Ihrem Vater sprechen möchte, Miss?»

«Weil Sie von der Polizei sind. Es hat sicher was mit einem seiner Fälle zu tun, aber wenn Sie ihm nur was bringen wollten, können Sie es auch mir geben.»

«Nein. Es geht um... ich ermittle in... Könnte ich wohl einen Augenblick hereinkommen?»

«Ja, natürlich.» Sie trat zur Seite.

«Sie hatten am Samstagabend hier eine Party, nicht?»

«Ach, jetzt verstehe ich... Haben sich die Nachbarn über den Lärm beschwert?»

«Nicht, daß ich wüßte. Erwarteten Sie noch einen Gast?»

«Zu der Bar Mizwa-Feier meines jüngeren Bruders erwarteten wir natürlich jede Menge Gäste.»

Er machte einen neuen Anlauf. «Ich meine, erwarteten Sie sehr spät noch einen bestimmten Gast?»

«Wen zum Beispiel, Sergeant?»

«Einen gewissen Professor Jacobs.»

«Mord Jacobs? Ja, er wollte versuchen, noch herzukommen. Er mußte nämlich zu einem Dinner in Breverton, meinte aber, er käme dort vielleicht früher weg. Ich habe ihm den Weg genau beschrieben. Er soll über die Pine Road Grove fahren, hab ich gesagt, das geht schneller als über den Highway. Und dann ist er doch nicht gekommen. Erst hab ich gedacht, er hätte sich nicht freimachen können, aber ganz spät hat er noch angerufen, da war er schon wieder zu Hause in Brookline. Er hatte sich verfahren. Bis nach Charleton Park ist er gekommen, aber dann hat er unser Haus nicht gefunden. Er hätte andauernd ein hell erleuchtetes Haus mit vielen Autos davor gesucht, hat er gesagt, stellen Sie sich das mal vor! Aber das ist typisch für ihn. Warum interessieren Sie sich denn für Mord – für Professor Jacobs?»

«Sie haben sicher von dem schweren Unfall auf der Pine Road Grove gehört...»

«Ja, schrecklich, nicht? Der Mann war ein Kollege von Mordecai, sie waren in demselben Fachbereich. Was hat denn Mord damit zu tun?»

Sie war keck und selbstbewußt, und Dunstable gelang es zu seinem großen Ärger nicht, das Gespräch so zu steuern, wie er sich das vorgestellt hatte. Offenbar fand sie weder die Polizei noch ihn selbst besonders respekteinflößend. «Wir ermitteln in allen Todesfällen, die keine natürlichen Ursachen haben.»

«Aber angeblich ist doch der Mann – wahrscheinlich in stark überhöhtem Tempo – betrunken gegen einen Baum gefahren. Kein natürlicher Tod, zugegeben, aber sonst scheint mir der Fall klar zu liegen. Was gibt's denn da noch zu ermitteln?»

«Das ist eben die Vorschrift», sagte Dunstable störrisch.

«Und was hat das mit Mordecai zu tun?»

«Er hat das Dinner kurz nach Joyce verlassen, und da haben wir uns gedacht, daß er ihn vielleicht dort noch gesehen oder gesprochen hat. Das würden wir gern mit Professor Jacobs klären, aber er ist nicht in seiner Wohnung und offenbar auch nicht mehr in der Stadt.»

«Er ist nach Hause gefahren, seiner Mutter geht es nicht gut, aber in ein paar Tagen ist er wieder hier, weil er sein Forschungsprojekt vorantreiben und sich auch auf die Sommerkurse vorbereiten muß.»

«Tja, dann werden wir uns eben so lange gedulden müssen», sagte Dunstable ergeben. «Entschuldigen Sie bitte die Störung.»

Die Lerners waren zwar nicht besonders religiös, aber Mrs. Lerner kochte koscher, und zumindest Mr. und Mrs. Lerner gingen ziemlich regelmäßig zum Freitagabendgottesdienst. Diesmal bestand Mr. Lerner darauf, daß auch ihr Sohn mitging.

«Von den anderen Jungs geht aber keiner, Dad.»

«An dem ersten Sabbat nach deiner Bar Mizwa wirst du gefälligst zum Gottesdienst gehen. Und du auch, Clara.»

Sie habe noch etwas zu erledigen, sagte Clara, und die Eltern drängten nicht weiter. Vermutlich erwartete sie einen Anruf von ihrem Freund, dem Professor.

Sie wartete nur, bis sie aus dem Haus waren, dann rief sie in Higginstown an.

«Clara? Ich wollte mich auch gerade melden.»

«Kann ja jeder sagen...»

«Nein, ehrlich. Für die Dozenten, die in diesem Jahr Sommerkurse machen, ist am Montag eine Fachbereichssitzung angesetzt, ich muß also spätestens am Sonntagabend wieder in Boston sein. Und Sugrue hat so eine Andeutung gemacht... Vielleicht geht's ja um die Festanstellung.»

«Wie hat er sich denn genau ausgedrückt?»

«Daß er mir am Montag etwas zu sagen hat.»

«Und du meinst, daß er damit die Festanstellung meint?»

«Das hoffe ich jedenfalls. Ich wollte dich bitten, dir den Montag abend freizuhalten, damit wir feiern können.»

«In einem Nobelrestaurant?»

«Wo du willst. Hinterher könnten wir ins Theater gehen, und –»

«Komm doch zu uns zum Essen...»

«Na gut, wenn du willst... Einverstanden. Aber du mußt mir den Weg diesmal besser beschreiben, sonst verfahre ich mich wieder.»

«Diesmal kommst du am besten mit dem Zug, ich hole dich ab. Wie lange hast du eigentlich nach unserem Haus gesucht?»

«Mir ist es vorgekommen wie Stunden, aber ich schätze, es waren höchstens zwanzig Minuten, als ich erst mal in Charleton Park war. Warum?»

«Wann bist du in Breverton losgefahren?»

«Gegen zehn.»

«Ist dir unterwegs irgendwas Ungewöhnliches aufgefallen?»

«Irgendwas Ungewöhnliches? Nein. Was soll denn das, Clara?»

«Heute vormittag war jemand von der Polizei da, ein Sergeant Dunstable –»

«Ja, der hat seinen Namen und seine Nummer auf meinem Anrufbeantworter hinterlassen. Was wollte er denn?»

«Er ermittelt im Fall Victor Joyce und meint, vielleicht hättest du ihn gesehen, als er weggefahren ist, oder wüßtest sonst irgendwas.»

«Ich bin eine Viertelstunde später als er weggefahren und über den Highway gekommen, während –»

«Kannst du das beweisen?»

«Daß ich über den Highway gekommen bin? Als ich von dem Highway auf diese Straße abgebogen bin, die nach Barnard's Crossing führt –»

«Abbot Road.»

«Ja, auf die Abbot Road, hab ich einen Streifenwagen angehalten und gefragt, wie man nach Charleton Park kommt. Das beweist doch, daß ich auf dem Highway war, nicht?»

«Und was haben die Streifenpolizisten gesagt?»

«Ich soll die dritte Querstraße links nehmen und bis zum Ende fahren. Das stimmt doch, nicht?»

«Ja, das stimmt», sagte Clara. Ein schlüssiger Beweis war das allerdings nicht, denn als er den Streifenwagen angehalten hatte, lag die Kreuzung Abbot Road hundert Meter hinter ihm. Für die Besatzung des Streifenwagens hätte er ebensogut aus der Pine Grove kommen können. «Ruf mich an, wenn du wieder in der Stadt bist, dann sag ich dir den Zug, mit dem ich dich erwarte.»

Der Freitagabendgottesdienst war mehr ein geselliger Anlaß als ein Betgottesdienst. Anders als die Abendgottesdienste an den übrigen Tagen begann er nicht unmittelbar nach Sonnenuntergang, sondern um halb neun, also nach dem Abendessen, und statt der üblichen zehn oder zwölf fanden sich etwa hundert Gemeindemitglieder im großen Synagogensaal ein, wo die Liturgie vom Kantor in seiner hohen troddelgeschmückten Jarmulke, langem schwarzen Gewand und seidenem Gebetsschal geleitet wurde. Der Frauenverein hatte vor der Bundeslade Blumenarrangements aufgestellt, die Stimmung war festlich. Zu dem halbstündigen Gottesdienst gehörte auch eine längere Ansprache des Rabbis, danach ging man in den Gemeindesaal, wo auf einem langen, blumengeschmückten Tisch Kaffee- und Teemaschine nebst Tassen und Tellern und vom Frauenverein gebackene Kuchen und Kekse standen.

Ira Lerner kam ziemlich regelmäßig zum Freitagabendgottesdienst und genoß das gesellige Beisammensein bei Kaffee und Kuchen im Gemeindesaal. Meist ging man plaudernd von Gruppe zu Gruppe, aber es gab auch kleine Tische, an denen man es sich bequem machen konnte. Hin und wieder gewann er hier sogar einen Klienten. «Du, Ira», sagte dann wohl einer der Gottesdienstbesucher zu ihm, «mir ist neulich was Sonderbares passiert, vielleicht kannst du mir einen Tip geben...» Dann ließ er ihn einen Augenblick reden und sagte dann, er hätte kein gutes Gefühl dabei, am Sabbat über Geschäfte zu sprechen. «Besonders im Tempel. Ruf mich doch Montag vormittag in der Kanzlei an.»

Doch an diesem Freitagabend brauchte er selbst einen guten Rat. Gleich nach dem Gottesdienst machte er sich an den Rabbi heran, der an dem Tisch mit den Erfrischungen stand, und rückte ihm einen Stuhl zurecht. «Wollen wir uns nicht setzen? Das ist doch viel bequemer, als mit einem Kuchenteller in der einen und der Kaffeetasse in der anderen Hand herumzustehen.»

Er wartete, bis sie beide saßen, dann fuhr er fort: «Dr. Gorfinkle, einer meiner Klienten, erzählt, daß Sie etwas für ihn tun konnten, weil Sie mit dem Polizeichef befreundet sind.»

«Ich habe Lanigan darauf angesprochen, als er und seine Frau bei uns zum Essen waren. Die Witwe von Victor Joyce, der bei dem Unfall in der Pine Grove Road ums Leben gekommen ist, hatte sich sehr darüber aufgeregt, daß die Uhr ihres Mannes verschwunden war. Als Dr. Gorfinkle den Unfall meldete, hat er dem Diensthabenden gesagt, er habe dem Verunglückten den Puls gefühlt, deshalb dachte Lanigan, der Arzt hätte ihm vielleicht die Uhr abgenommen, sie eingesteckt und vergessen. Er hat deswegen eigens einen

Kriminalbeamten in Zivil zu Gorfinkle geschickt, damit die Nachbarn nicht denken sollten, der Doktor hätte Ärger mit der Polizei.»

«Und dieser Kriminalbeamte hat versucht, ein bißchen mehr aus der Sache zu machen, was?»

«Kann sein, aber ich denke, daß sie Dr. Gorfinkle jetzt in Ruhe lassen werden.»

«Ja, aber derselbe Typ war jetzt bei uns, das heißt, er hat mit Clara gesprochen und sich nach einem unserer Bar Mizwa-Gäste erkundigt, nach einem gewissen Mordecai Jacobs, der auch Dozent am Windermere Christian ist. Clara läßt sich zum Glück nicht so leicht verunsichern, aber ein bißchen beunruhigt mich diese Geschichte doch. Will der Bursche uns vielleicht was anhängen?»

«Uns?»

«Der Jüdischen Gemeinde. Erst nimmt er Gorfinkle aufs Korn, und als ihn Lanigan abblockt, fragt er meine Tochter aus.»

«Nein, so etwas würde Lanigan nie dulden», versicherte der Rabbi.

«Dann muß ich mich natürlich fragen, ob die Polizei sich aus einem bestimmten Grund für diesen Jacobs interessiert. Clara ist nämlich fest entschlossen, den Mann zu heiraten. Und ich möchte nicht die Verlobung meiner Tochter bekanntmachen und dann erleben, daß sie den Bräutigam ins Kittchen stecken.»

«Verständlich», sagte der Rabbi und überlegte einen Augenblick. «Ich rede übers Wochenende mal mit Lanigan. Es kann natürlich sein, daß er nicht bereit ist, alle Karten auf den Tisch zu legen, aber ich werde tun, was ich kann.»

33

Der Samstag versprach warm und sonnig zu werden. Chief Lanigan hatte statt der Uniform einen leichten Anzug an. Es zog ihn mit aller Macht ins Freie, und nur noch sein Pflichtbewußtsein hielt ihn am Schreibtisch fest.

Wieder einmal hatte er sich die Akte Victor Joyce vorgenommen. Und wieder einmal stellte er fest, daß der Sergeant bei der Vernehmung von Frauen keine glückliche Hand hatte. Die Tochter eines prominenten Anwaltpaares hatte sich von ihm ebensowenig einschüchtern lassen wie die Psychologieprofessorin Alice Saxon. Immerhin hatte Dunstable wohl aus Clara Lerner herausgeholt, was herauszuholen war, auch wenn Lanigan den Verdacht hatte, daß ihre Beziehungen zu Professor Jacobs enger waren, als sie zugegeben hatte, Alice Saxon aber wußte mit Sicherheit mehr, als sie Dunstable verraten hatte. Sie sei «eine dufte Puppe», hatte Dunstable gesagt, und auch das hatte Lanigan neugierig gemacht. Er suchte sich ihre Nummer heraus.

«Hier Chief Lanigan, Polizeirevier Barnard's Crossing. Ich glaube, Sie könnten uns bei einer Ermittlung behilflich sein.»

«Geht es um Victor Joyce? In dieser Sache habe ich schon mit einem Ihrer Leute gesprochen.»

«Ja, mit Sergeant Dunstable. Ich habe gerade seinen Bericht gelesen und würde gern noch ein paar Punkte klären.»

«Tut mir leid, im Augenblick kann ich mich nicht aufhalten, ich bin auf dem Sprung. Aber ich bin fast den ganzen Tag im College zu erreichen.»

«Ich könnte dorthin kommen.»

«Einverstanden. Wenn ich gerade nicht da bin, warten Sie bitte, in fünf oder zehn Minuten bin ich dann bestimmt zurück.»

Als er kurz vor zwölf kam, hatte sie die Umhängetasche über der Schulter und war offenbar im Aufbruch. Er musterte sie beifällig. «Ich bin Chief Lanigan.»

«Ich wollte gerade essen gehen.»

«Darf ich Sie einladen?»

Sie lächelte. «Warum nicht? Das beste Angebot, das ich heute bekommen habe. Das einzige übrigens... Wollen Sie mich in die Mangel nehmen? So heißt das doch, nicht?»

Er lächelte zurück. «Daraus wird wohl nichts werden. Ich habe nämlich meinen Schlagstock zu Hause vergessen.»

«Auch recht. Hatten Sie an ein bestimmtes Restaurant gedacht?»

«Ich kenne mich in der Stadt nicht so gut aus. Schlagen Sie was vor.»

«Um die Ecke ist ein kleines Lokal, in dem man Suppe und ein Sandwich bekommt, mehr esse ich mittags sowieso nicht. Und jetzt, nach Semesterschluß, ist es dort bestimmt schön leer. Wenn Ihnen das recht ist...»

«Ja, natürlich.»

Sie setzten sich an einen Ecktisch und gaben ihre Bestellung auf. «Was möchten Sie wissen?» fragte sie. «Machen Sie nicht ein bißchen viel Wind um einen Fall von Trunkenheit am Steuer? Ich vermute ja –»

«Was vermuten Sie?»

«Daß Cyrus Merton dahintersteckt. Er soll doch ein großes Tier bei Ihnen im Ort sein...»

«Weil er reich ist, meinen Sie? Wir haben eine ganze Reihe wohlhabender Mitbürger.»

«Ja, aber ich habe den Eindruck, daß er sich besonders wichtig macht. Sein Schwiegersohn oder Schwiegerneffe, oder wie Sie ihn nennen wollen, schüttet sich zu und fährt gegen einen Baum. Weil Cyrus Merton einige Mühe hat, das zu verkraften, sucht er nach einem Sündenbock, damit er sich sagen kann, daß es nicht – oder nicht nur – Victors Schuld war. Und dabei muß natürlich die Polizei mitspielen. Ich komme aus einer Kleinstadt und weiß, wie das dort läuft.»

«Woher kommen Sie?»

«Aus Higginstown, Pennsylvania.»

«Von dort stammt ja auch –»

«– Mordecai Jacobs, ganz recht. Wir kennen uns von klein auf. Seine Stellung hier hat er eigentlich mir zu verdanken. Als ich hörte, daß hier was frei wird, habe ich ihm zugeredet, sich zu bewerben, und das hat dann auch geklappt.»

«Dank Ihrer Beziehungen?»

«Keine Spur. Der Fachbereich Psychologie hat nichts mit den Anglisten zu schaffen. Sie haben ihn genommen, weil er ein hervorragender Wissenschaftler ist.»

«Wenn er diese Stellung nicht bekommen hätte –»

«– wär's eben eine andere geworden», ergänzte sie, «obgleich er dann vielleicht in den Westen oder in den Süden hätte gehen müssen. Er ist noch jung – erst siebenundzwanzig – und kann schon eine Reihe wichtiger Publikationen vorweisen. Und sein Spezialgebiet ist Altenglisch, das imponiert den Anglisten. Moderne Literatur liest man auch freiwillig, zum Vergnügen gewissermaßen, aber an diese angelsächsischen Texte traut sich doch keiner heran, wenn er nicht muß. Deshalb nehmen sie solche Leute an den Hochschulen besonders gern, weil sie meinen, das müßten besonders engagierte Wissenschaftler sein.»

«Dann ist er also gar nicht so erpicht auf eine Festanstellung?»

«Doch, natürlich. Nicht nur, weil sie ihn hier absichern würde, sondern weil er dann bei der Bewerbung um einen anderen Posten schon was vorzuweisen hätte.»

«Und Victor Joyce?»

«Bei Victor sah das anders aus. Er war schon Mitte Dreißig und hatte so gut wie nichts publiziert. Seine einzige Chance gegen Mord Jacobs war, daß er Merton hinter sich hatte.»

«Was hat denn Cyrus Merton damit zu tun?»

Sie zuckte die Schultern. «Er ist im Dozentenkomitee des Aufsichtsrats, sogar der Vorsitzende, glaube ich. Dort wird über Gehälter und dergleichen entschieden, und natürlich will keiner der Fachbereichsvorsitzenden es mit ihm verderben.»

«Was ist mit den anderen Mitgliedern des Komitees?»

«Die sind unter Umständen auch wichtig, aber Merton legt sich besonders ins Zeug. Als vor ein paar Jahren unsere Gehälter angehoben wurden, hieß es, er habe das durchgeboxt. Sie haben ihn dafür zum Ehrenmitglied des Lehrkörpers ernannt, und seither bekommt er immer eine Einladung zu unserem Abschlußdinner.»

«Deshalb war er also dabei »

«Ja. Meist ist er nur ganz kurz dort aufgetaucht, aber diesmal ist er den ganzen Abend geblieben. Vielleicht hatte er zu Hause kein Abendessen bekommen...»

«Oder er ist hingegangen, weil Joyce da war», meinte Lanigan.

«Möglich. Wollte ihm vielleicht ein bißchen auf die Finger sehen. Victor war nämlich ein richtiger Ladykiller. Im College erzählte man sich, daß ein Mädchen, das sich bei ihm in die erste Reihe setzte und den Rock hochzog, garantiert gute Noten bekam.»

«Sie meinen, er hätte sich an dem Abend vielleicht an eine der Dozentinnen herangemacht?»

«Ja, da gab es schon die eine oder andere, die ihn interessiert hätte, und dann waren ja auch noch die Kellnerinnen da...»

Lanigan lächelte. «Hat er es bei Ihnen auch mal versucht?»

«Aber sicher.»

«Und?»

«Ich hab ihn ein paarmal über Nacht dabehalten. Sind Sie jetzt schockiert?»

«Einen alten Hasen wie mich schockiert man nicht so leicht, Miss Saxon. Nur... Sie wußten doch, daß er eine Frau zu Hause hatte.»

«Ja, und ich wußte auch, daß seine Ehe nicht mehr zu retten war. Seine Frau strebte eine kirchlich sanktionierte Trennung und eine Zivilscheidung an.»

«Das hat er Ihnen erzählt?»

«Sie denken wohl, er hätte mir nur was vorgemacht. So nach dem Motto: ‹Meine Frau versteht mich nicht...› Nein, das habe ich von Helen Rosen – die Rosens sind Nachbarn von Mr. und Mrs. Joyce –, wir sind gut befreundet und telefonieren zwei- oder dreimal in der Woche miteinander. Aber darüber können Sie ja mit Mrs. Joyce selbst sprechen...»

«Das werde ich auch tun. Und hegen Sie... romantische Gefühle für Mordecai Jacobs?»

Sie lachte. «Keine Spur. Ich hab bei ihm Babysitter gespielt, als er noch klein war.»

«Sie haben aber während des Dinners neben ihm gesessen.»

«Ja, wir sind gut befreundet, aber nicht mehr. Eigentlich wollte er gar nicht hingehen, ich mußte ihm zureden wie einem kranken Gaul.»

«Warum wollte er nicht hingehen, und warum haben Sie ihm zugeredet?»

«Solche Sachen öden ihn an. Letztes Jahr war er auch nicht da. Aber diesmal war Professor Sugrue, sein Fachbereichsvorsitzender, im Festausschuß, und da fand ich, Mord müßte sich dort sehen lassen. Er war am gleichen Abend zu einer Bar Mizwa eingeladen und ist dann früher gegangen, weil Victor, sein Rivale, schon weg war.»

«Und wollte er dann noch zu der Bar Mizwa?»

«Ja.»

«Dort ist er aber nicht angekommen, weil er sich verfahren hat. So hat er es jedenfalls Clara Lerner erzählt.»

«Hört sich ziemlich typisch für Mordecai an. Vielleicht hat er sich aber auch nicht allzusehr bemüht.»

«Und warum nicht?»

Sie überlegte. «Dazu muß man Mord Jacobs kennen. Er ist altmodisch und ein Kleinstädter und in seiner Art noch sehr jung. Von den Eltern der Freundin zum Essen eingeladen zu werden, bedeutet für ihn mehr oder weniger, daß sie in ihm schon den künftigen Bräutigam sehen.»

«Will er sie denn nicht heiraten?»

«Früher oder später schon – wenn er sich finanziell abgesichert hat und sie ernähren kann.»

«Wenn er fest angestellt ist, meinen Sie?»

«Jedenfalls wäre das eine große Hilfe.»

«Aber er war bereit, zu der Bar Mizwa-Feier zu gehen», beharrte Lanigan.

«Ja, weil das eine große Fete mit vielen Gästen war. Nur habe ich ihn dann überredet, zu unserem Dinner zu gehen.»

«Das er vorzeitig verlassen hat.»

«Und dann hat er wohl Hemmungen bekommen, weil es so spät geworden war und die meisten Gäste schon weg sein würden, so daß sich die ganze Aufmerksamkeit auf ihn konzentriert hätte.»

«Aber warum ist er dann überhaupt noch hingefahren?»

«Weil er es seiner Freundin versprochen hatte.» Sie sah auf die Uhr. «Ich muß wieder los. Haben Sie erfahren, was Sie wollten? Alle Möglichkeiten hinreichend eingegrenzt?»

«Soweit sind wir noch nicht. Leider.»

Sie gingen zusammen zum College zurück. Vor dem Portal sagte Lanigan: «Sie scheinen nicht sehr betroffen von dem Tod eines Mannes zu sein, mit dem...»

«Mit dem ich geschlafen habe?» Sie lächelte leicht. «Wäre ich ein Mann und Victor eine Frau, mit der ich ein paarmal geschlafen hätte, wären Sie vielleicht nicht so erstaunt, wenn ich eine Woche danach nicht mehr untröstlich wäre...»

«Für Sie war Victor Joyce demnach nur ein... ein flüchtiges Abenteuer...»

«So ähnlich.» Sie winkte ihm noch einmal kurz zu und ging rasch hinein.

Präsident Macomber hatte seinen Sessel zurückgekippt und blätterte, einen Fuß auf eine vorstehende Schreibtischschublade gestützt, die Morgenzeitung durch. Sein Blick fiel auf eine Meldung im hinteren Teil des Blattes. Er richtete sich auf, ließ seine Sekretärin kommen und zeigte ihr den angestrichenen Artikel. «Das müßten wir doch eigentlich auch erfahren haben, Janet.»

Sie überflog rasch die wenigen Zeilen. «Bestimmt, aber wahrscheinlich ist die Mitteilung direkt an den Fachbereich Anthropologie gegangen.»

«Vielleicht hängt sie dort noch am Schwarzen Brett. Können Sie mal nachsehen?»

Janet war sehr schnell wieder zurück. Das Schwarze Brett des Fachbereichs Anthropologie war leer. «Soll ich mal im Dozentenzimmer nachsehen?»

«Nein, ich glaube, jetzt müssen wir ein bißchen Detektiv spielen. Hier steht, daß Professor emeritus Cotton von der University of Chicago die Dreyfus-Medaille verliehen wird. Ich möchte Professor Cotton unbedingt sprechen. Erkundigen Sie sich bitte in der Anthropologischen Gesellschaft, wo er wohnt, und rufen Sie ihn an.»

Eine Viertelstunde später kam sie wieder. «Sie bringen Professor Cotton im Harvard Club unter, dort ist er aber noch nicht eingetroffen, sie erwarten ihn erst am Sonntag. Ich habe hinterlassen, er möchte sich bei Ihnen melden.»

«Danke, Janet... Aber vielleicht erkundigt er sich gar nicht, ob eine Nachricht für ihn da ist, oder sie richten es ihm nicht aus. Wenn er sich bis Montag vormittag nicht gemeldet hat, versuchen Sie es bitte noch mal. Es ist wichtig.»

34

In seinem Büro setzte sich Lanigan mit der Akte Victor Joyce an seinen Schreibtisch und arbeitete sie noch einmal gründlich durch – von dem Protokoll des Diensthabenden über den Anruf, mit dem Dr. Gorfinkle den Unfall in der Pine Grove Road gemeldet hatte, bis zu Dunstables Berichten über seine Gespräche mit Dr. Gorfinkle, Alice Saxon, Clara Lerner und den Mitarbeitern des Breverton Country Clubs und seinen eigenen Notizen über seine erste Begegnung mit Margaret Joyce, seine Gespräche mit Nellie Marston und Cyrus Merton und die Unterhaltung mit Alice Saxon. Auch die Unterlagen über den Diebstahl von Mertons Auto hatte er sich dazugeholt – schon deshalb, weil Cyrus Merton in beiden Fällen betroffen war und beide Vorfälle sich in derselben Nacht ereignet hatten.

Aufmerksam registrierte er den Vermerk des Diensthabenden, daß sich niemand gemeldet habe, als er bei den Joyces angerufen hatte, sobald feststand, wer der Verunglückte war. Er würde Margaret Joyce darauf ansprechen. Als er noch einmal Dunstables Bericht über die Gespräche mit den Leuten aus dem Country Club durchging, stellte er fest, daß der junge Mann aus der Garderobe, ein Student am Windermere Christian, kurz nach Joyce gegangen war. Was hatte Alice Saxon gesagt? Am College erzähle man sich, daß einer Studentin, die sich bei den Veranstaltungen von Victor Joyce mit hochgezogenem Rock in die erste Reihe setzte, gute Noten sicher seien… Hatte der junge Mann aus der Garderobe womöglich eine Freundin, an die Joyce sich herangemacht hatte? Er nahm sich vor, Dunstable noch einmal nach Breverton zu schicken.

Lanigan lehnte sich zurück und überlegte. Vielleicht half

ihm ein Gespräch mit Jacobs in Higginstown weiter. Er ließ sich von der Auskunft die Nummer geben, und Mordecai Jacobs selbst meldete sich.

«Ist es wegen Victor Joyce?» fragte er.

«Wie kommen Sie darauf, Professor?»

«Ein Sergeant hat wegen dieser Sache schon meine Freundin Clara Lerner ausgefragt.»

«Ja, wir ziehen Erkundigungen wegen Joyce ein», erwiderte Lanigan.

«Und was wollen Sie wissen?»

«Sie sind bei dem Dinner am Samstag gleich nach Joyce gegangen. Hat er irgendwas zu Ihnen gesagt? Hatten Sie sich verabredet, vorzeitig zu gehen?»

«Wir haben uns nur kurz begrüßt und sonst den ganzen Abend nicht miteinander gesprochen. Nicht, daß ich was gegen ihn gehabt hätte, aber wir waren auch keine dicken Freunde. Im College heißt es, daß er so früh gegangen ist, weil er sauer war, daß der Barmann ihm nichts mehr gegeben hat. Und ich bin gegangen, weil ich noch zu einer anderen Party wollte.»

«Und wann war das, Professor?»

«Kurz vor zehn. Auf der Veranda, als ich gerade zum Parkplatz gehen wollte, sprach mich einer meiner Studenten an, der im Country Club die Garderobe betreut hatte. Er habe um zehn Schluß, sagte er, und eine der Kellnerinnen würde ihn jetzt ablösen. Wir haben kurz miteinander geredet, und dann ist jeder zu seinem Wagen gegangen.»

«Und worüber haben Sie geredet?»

«Worüber redet man schon im College... Ihm ging's vor allem um die Note, die ich ihm gegeben hatte.»

«Fand er, daß er eine bessere verdient hätte?»

«Seine Freundin hatte das gleiche Seminar bei Joyce gemacht und hatte eine bessere Note bekommen. Und er fand, daß eigentlich er die bessere Note verdient hätte, weil er im Gegensatz zu ihr alle Fragen beantwortet hatte.»

«Und was haben Sie darauf gesagt?» wollte Lanigan wissen.

«Ich habe ihm erklärt, daß die Benotung von Prüfungsaufgaben in Form von Essays immer subjektiv sein muß. Ich habe sogar schon Studenten eine Eins gegeben, die von den sechs Fragen auf dem Prüfungsbogen nur eine beantwortet hatten. Es kommt vor, daß jemand sich so in dieses eine Thema verbeißt, daß die ganze Stunde dafür draufgeht, und für soviel Engagement und fundiertes Wissen hat er dann die Eins verdient, finde ich.»

«Das haben Sie ihm alles auseinandergesetzt?»

«Mehr oder weniger.»

«Und dann sind Sie in den Wagen gestiegen? Da muß es inzwischen aber schon sehr viel später als zehn gewesen sein.»

«Zehn nach zehn oder Viertel nach, schätze ich.»

«Und wann sind Sie in Barnard's Crossing angekommen?»

«Gegen Viertel vor elf.»

«Ziemlich spät für einen Besuch, wie?»

«Es war eine Party, sie haben mich gar nicht viel früher erwartet.»

«Und warum sind Sie nicht über die Pine Grove Road gefahren? Da wären Sie viel schneller in Barnard's Crossing gewesen.»

«Dazu hatte mir Clara Lerner auch geraten, aber ich habe den Abzweig verfehlt und wollte nicht wieder wenden und groß danach suchen. Ich war, ehrlich gesagt, auch gar nicht mehr allzu scharf auf die Party.»

«Und warum nicht?»

«Wenn ich um die Zeit dort aufgetaucht wäre, hätten mich natürlich erst mal alle angestarrt.»

«Warum sind Sie dann überhaupt noch hingefahren?»

«Weil ich es versprochen hatte», sagte Jacobs schlicht.

«Soso... Kann ich Sie unter dieser Nummer immer erreichen, falls ich in den nächsten Tagen noch Rückfragen habe?»

«Nein, ich muß am Montag wieder nach Boston, zu einer Fachbereichssitzung.»

«Sie wollen am Montagmorgen erst losfahren? Kommen Sie denn da noch zu Ihrer Sitzung zurecht?»

«Ich habe einen Flug gebucht.»

«Aber Ihr Wagen –»

«Den lasse ich hier. Es ist ein alter Schlitten, der's kaum noch bis Higginstown gemacht hat. In Boston ist er mir nur ein Klotz am Bein. Als ich noch in Cambridge wohnte, war das was anderes, aber in der Beacon Street brauche ich ihn nicht mehr. Ich will ihn hier verkaufen, wenn ich meine Sommerkurse hinter mir habe. Vielleicht gebe ich ihn auch in Zahlung und kauf mir einen neuen, mit dem ich keinen Ärger mehr habe.»

«Dann kann ich Sie also in Boston erreichen?»

«Ja, ich bin den ganzen Sommer über hier.»

Lanigan kippelte nachdenklich mit seinem Sessel hin und her. Das hörte sich alles recht überzeugend an und deckte sich – vielleicht nur allzu gut! – mit dem, was Alice Saxon ihm gesagt und was Dunstable über sein Gespräch mit Clara Lerner berichtet hatte. Wenn nun Jacobs von Alice Saxon vorgewarnt worden war? Es konnte sich lohnen, die Unterlagen bei der Telefongesellschaft anzufordern…

Jacobs war am Telefon sehr beredt gewesen, aber dafür war er schließlich Englisch-Professor, und eine telefonische Vernehmung war ohnehin nicht so ganz das Wahre. Ein Blinzeln, plötzliches Rotwerden bei einer peinlichen Frage – all das war durch die Leitung nicht zu sehen. Merkwürdig, daß er den Wagen in Higginstown ließ. Warum war er dann mit dem alten Schlitten überhaupt noch nach Hause gefahren? Gab es da vielleicht Blutflecken auf den Polstern, die er nicht rausbekommen hatte? Lanigans Kollegen in Higginstown würden das sicher für ihn checken, wenn er sie darum bat. Etwas Sensationelles hatte er nicht herausbekommen, aber immerhin zeichneten sich etliche Spuren ab. Vielleicht erfuhr Dunstable noch etwas Neues von Aherne. Oder sollte er sich den jungen Mann mal selber vornehmen? Heute abend mußte er sowieso Amy zur Orchesterprobe nach Breverton bringen. Er wählte den Country Club und ließ sich den Geschäftsführer geben.

«Ist der junge Mann da, der sich bei dem Dinner der Windermere-Dozenten um die Garderobe gekümmert hat? Oder kommt er heute abend?»

«Nein, er hat für den Sommer einen anderen Job angenommen. Am Sonntag wäre er frei, falls wir ihn brauchten, hat er gesagt.»

«Sind Sie selbst heute abend da?»

«Ja. Warum?»

«Sie haben nicht zufällig eine Liste der Gäste, die an dem bewußten Abend bei dem Ärztedinner waren?»

«Warum sollte ich die nicht haben?»

«Sie haben eine?»

«Aber ja.»

«Gut, dann bis später.»

Vor der Junior High School stellte Lanigan seinen Wagen ab. «Ach, willst du heute zur Probe bleiben?» fragte Amy. «Es lohnt sich, wir spielen Strauß-Walzer.»

«Nein, ich gehe mal eben in den Country Club.»

«Auf ein Bier?»

«Nein, zu einer dienstlichen Rückfrage. Aber ich bleibe nicht lange.»

Zum Country Club waren es zu Fuß nur fünf Minuten, und der Geschäftsführer hatte gleich Zeit für ihn.

«Hier hab ich Ihnen eine Mitgliederliste rausgesucht, Chief. Die mit den Sternchen hinter dem Namen waren an dem Abend nicht da, entweder haben ihre Patienten sie zu lange aufgehalten, oder sie sind wegen des Wetters nicht gekommen. Es war ja ziemlich neblig.»

«Wissen Sie, wo die Leute wohnen? In welcher Stadt, meine ich.»

«Ja, sicher. Moment mal... Johnson wohnt in Eastham, Silsby kommt sogar aus Andover. Ich schreibe Ihnen die Orte noch dahinter, wenn Sie wollen.»

«Vielleicht ist das gar nicht nötig», sagte Lanigan. «Mich interessiert nur, wer über die Pine Road Grove heimgefahren ist.»

«Keiner», sagte der Geschäftsführer prompt.

«Keiner?»

«Bei diesem Wetter keiner, der seine fünf Sinne beisammen hatte. Außerdem wohnen sie alle nicht im Süden bis auf Dr. Leamis, der wohnt in Lynn, ach ja, und Dr. Gorfinkle wohnt in Barnard's Crossing und hätte bei klarem Wetter vielleicht die Pine Road Grove genommen.»

«Hat er auch», sagte Lanigan.

Der Geschäftsführer lachte. «Richtig, jetzt erinnere ich mich... Er hatte sich Bier übers Smokinghemd geschüttet, und seine Frau sagte, sie sollten lieber über die Pine Grove Road fahren, weil sie meinte, die Verkehrspolizei könnte bei einer Kontrolle auf dem Highway den Bierdunst riechen und ihn wegen Alkohol am Steuer rankriegen.»

«Vielen Dank für Ihre Hilfe», sagte Lanigan.

«Kann ich Ihnen nicht was anbieten, Chief?»

«Nein, danke, ich muß mir jetzt Strauß-Walzer anhören.»

35

Als der Rabbi am Sonntagnachmittag bei Lanigan zu Hause anrief, erfuhr er von Amy, daß der Chief im Revier war. Weil Rabbi Small sich sagte, daß man sich in einem öffentlichen Gebäude nicht eigens anzumelden braucht – und auch, weil er das Gefühl hatte, Lanigan könne ihn abwimmeln –, rief er dort nicht vorher an, sondern fuhr kurz entschlossen hin.

Doch als der Rabbi in Lanigans Büro aufkreuzte, schien der sich sogar zu freuen. «Hereinspaziert, David, setz dich.»

«Störe ich auch nicht?»

«Nein, überhaupt nicht. Ich ackere gerade Routineberichte durch, und die haben Zeit. Ehrlich gesagt sitze ich hier, weil ich es zu Hause nicht mehr ausgehalten habe. Amy übt für die nächste Orchesterprobe, und ihre Flötentöne können einen auf die Dauer ganz schön nerven. Und den Fernseher kann ich auch nicht anstellen, weil sie das stören würde. Du bist bestimmt nicht zufällig vorbeigekommen.»

«Nein, diese Ausrede überlasse ich dir», sagte der Rabbi lächelnd. «Ich hatte tatsächlich einen bestimmten Grund.» Er erzählte von seinem Gespräch mit Lerner.

Lanigan nickte. «Kann mir vorstellen, daß Lerner sich Gedanken macht. Aber im Grunde hast du uns diese Geschichte eingebrockt, David. Du hast gesagt, daß es demjenigen, der Joyce die Uhr abgenommen hat, womöglich nicht um die Uhr selbst ging, sondern darum, die Pulsader auf die scharfkantigen Glassplitter zu drücken.»

«Ich habe nur gesagt, daß –»

«Ja, ja, ich weiß. Aber Mord ist es so und so – in dem einen Fall vorsätzliche Tötung, in dem anderen ein Raubmord. Die Waffe – das gesplitterte Glas – stand praktisch jedem zur Verfügung.»

«Oder keinem», sagte der Rabbi.

«Wieso?»

«Joyce war zwar bewußtlos, es könnte aber doch sein, daß er wie im Reflex die Hand bewegt und sich die Pulsader dabei aufgeschnitten hat.»

Lanigan nickte. «Denkbar ist das natürlich, aber wir wissen, daß jemand an der Unfallstelle war, nachdem Gorfinkle ihn untersucht hat, denn die Uhr ist weg. Wie steht es nun um die Gelegenheit? Das alles ist ja nicht in einem Haus passiert, das nur einigen wenigen Leuten zugänglich war, sondern auf offener Straße. Allerdings auf einer Straße, die – zumal in einer regnerischen Nebelnacht – nur wenig befahren wurde, und zwar nur von Leuten, die von Breverton nach Barnard's Crossing wollten.»

«Oder von Liebespaaren», fügte der Rabbi hinzu.

«Unwahrscheinlich. Die Straße ist schmal. Wenn man dort parken will, gerät man nur zu leicht in den Straßengraben. Nein, ich glaube, die Liebespaare können wir streichen. Zurück zu der Gelegenheit. Wer könnte um diese Zeit dort langgefahren sein? Von dem jungen Mann, der die Garderobe unter sich hatte, wissen wir, daß Joyce um Viertel vor zehn den Country Club verlassen hat. Joyce wollte in der Garderobe seinen Mantel holen, aber dann fiel ihm ein, daß er ihn im Wagen gelassen hatte. Er hielt die Hand mit der Uhr an der Innenseite des Handgelenks hoch und sagte, es sei schließlich schon fast zehn, und Charlie Aherne, der junge Mann an der Garderobe, bestätigte das mit einem Blick auf die Wanduhr. Auch Gorfinkle muß gegen zehn aufgebrochen sein, denn das Ärztedinner ist immer ungefähr um diese Zeit zu Ende. Einige müssen am nächsten Tag Frühdienst im Krankenhaus machen. Als sie mit diesen Treffen anfingen, war das sogar noch wichtiger, weil die meisten noch Assistenzärzte waren. Sie fangen um halb sieben an und machen um halb zehn, allerspätestens um zehn Schluß. Drei Stunden sind ja auch genug. Also nehmen wir mal an, sie brauchen noch mal zehn Minuten oder eine Viertelstunde, um ihre Siebensachen zusammenzuklauben und sich zu verabschieden – dann wäre Gorfinkle um

Viertel vor zehn losgefahren, und er war der einzige, für den überhaupt die Pine Grove Road in Frage kam, weil er in Barnard's Crossing wohnt. Womit wir wieder bei dem Windermere-Dinner wären. Das Essen selbst war gegen zehn zu Ende, danach sollten noch etliche Reden geschwungen werden. Außer Joyce ist nur noch ein Gast vor dem Dessert und dem Kaffee gegangen, nämlich dieser Jacobs, um den sich Lerner jetzt Sorgen macht. Professor Jacobs ist um zehn gegangen, das wissen wir deshalb, weil Aherne um zehn Schluß macht und eine der Kellnerinnen ihn in der Garderobe ablöst. Ihm zahlt der Country Club einen festen Stundensatz, die Kellnerinnen bekommen eine bestimmte Summe für den Abend und teilen die Trinkgelder untereinander auf. Aherne macht also um zehn Schluß und geht zu seinem Wagen, und auf der Veranda trifft er Jacobs und spricht ihn an, weil er ihn vom Windermere Christian her kennt.»

Lanigan lehnte sich zurück und lächelte zufrieden. «Somit hätten wir Tatwaffe und Gelegenheit und kommen jetzt zum Motiv. Du hast selbst gesagt, daß man für so einen Mord, bei dem man nur die Hand eines Bewußtlosen ein paar Zentimeter herunterdrücken muß, keine Planung, keine besonderen Vorbereitungen, keine Gewaltanwendung, keinen großen körperlichen Kraftaufwand braucht. Von daher hätte es durchaus auch Mrs. Joyce sein können. Sie war zu der Zeit nicht im Haus – oder hat sich jedenfalls nicht gemeldet, als der Diensthabende anrief, und es heißt, daß die Ehe kaputt war. Oder dieser Aherne... vielleicht hatte er eine Wut auf Joyce, weil der ihn irgendwann mal schlecht benotet hatte. Aber...» Er hob dozierend den Zeigefinger, «...Jacobs hatte ein sehr starkes Motiv. Er und Joyce waren beide Kandidaten für die einzig frei werdende feste Stelle, die für Jacobs besonders wichtig ist, weil er dann Clara Lerner heiraten kann. Wenn das kein Motiv ist...»

«Und weshalb sollte er die Uhr stehlen?» wandte der Rabbi ein.

«Damit es nach einem Raub aussieht», erwiderte Lanigan prompt.

Der Rabbi schwieg, und Lanigan fuhr fort: «Es gibt da noch ein paar andere wichtige Punkte. Erstens: Er macht sich auf den Weg zu dem Fest bei den Lerners, und vergiß bitte nicht, daß Clara ihm gesagt hat, er soll über die Pine Grove Road fahren, weil das schneller geht. Bei den Lerners ist er aber nie angekommen. Vielleicht, weil er gesehen hatte, daß Blut auf seinem Hemd oder an seinem Jackett war? Zweitens: Dunstable hat ihn angerufen, weil er einen Termin für ein Gespräch mit ihm machen wollte. Auf seinem Anrufbeantworter lief das übliche Band, daß er zurückrufen würde. Das war nachmittags gegen fünf, und weil der Sergeant Dienstschluß hatte, hat er für den Rückruf seine Privatnummer angegeben. Jacobs hat aber nicht zurückgerufen, und als es Dunstable am Abend noch einmal versuchte, hat er wieder nur den Anrufbeantworter erwischt. Am nächsten Morgen fährt Dunstable dann in seine Wohnung in der Beacon Street und erfährt, daß Jacobs abends um sieben, zwei Stunden nach Dunstables Anruf wohlgemerkt, das Haus verlassen hat. Mit einem Koffer.»

«Ist das alles?» fragte der Rabbi.

«Genügt das nicht, um nähere Erkundigungen über ihn einzuziehen?»

Das Telefon läutete. Lanigan meldete sich und hörte eine Weile zu, dann unterbrach er den Anrufer mit einem «Moment mal!» und wandte sich an den Rabbi. «Da hat sich eine Sache ergeben, die mich in den nächsten ein, zwei Stunden ganz schön in Atem halten wird.»

«Ich wollte ohnehin gerade gehen.»

36

Ben Clayman kam als erster. Miriam machte ihm auf. «Kommen Sie nur herein, Mr. Clayman. Mich entschuldigen Sie bitte einen Moment, der Kaffee läuft gerade durch.»

Auf dem Couchtisch standen ein Tablett mit Tassen und ein Teller mit Keksen. Clayman schüttelte dem Rabbi die Hand. «Worum geht's denn überhaupt?» wollte David Small wissen.

«Hat Al Bergson Ihnen das nicht erzählt?»

«Nur daß ein Dreierausschuß – so hat er es ausgedrückt – mich sprechen möchte.»

«Ja, das stimmt, wir sind zu dritt.» Es klingelte wieder. «Das ist entweder Levitt oder Bergson. Ich geh mal hin.»

Es war Levitt, und gleich danach traf auch Bergson ein. Miriam kam mit der Kaffeekanne. Clayman und Levitt schüttelten dankend den Kopf, aber Bergson sagte: «Ja, ich nehme gern eine Tasse, Miriam.»

Sie schenkte ihm und dem Rabbi ein. «Ich lasse die Kanne hier, falls einer von Ihnen es sich doch noch überlegt.» Sie wandte sich zum Gehen, da sagte Levitt: «Ich denke, Sie sollten hierbleiben, Mrs. Small. Das betrifft nämlich auch Sie.»

Sie sah die Männer zögernd an, dann schenkte sie sich auch eine Tasse Kaffee ein und setzte sich zu ihnen.

Ben Clayman hatte gedacht, daß Al Bergson als Vorsitzender ihrer Gemeinde als Sprecher fungieren würde, aber es war Levitt, der den Anfang machte. «Soweit ich weiß, stimmen wir nächste Woche über Ihren Vertrag ab, Rabbi. Ich bin ja noch nicht sehr lange hier. Wenn man für ein Unternehmen wie General Electric arbeitet, kommt man viel rum, ich kenne deshalb die verschiedensten Orte und Gemeinden. Sobald ich neu in eine Stadt komme, trete ich dort einer Jüdischen Gemeinde bei.»

«Sehr löblich», sagte der Rabbi halblaut.

«Wie? Ja, und ich werde nicht nur einfaches Mitglied, sondern arbeite aktiv mit, so daß es nie lange dauert, bis ich in den Vorstand gewählt werde. Und deshalb weiß ich vielleicht besser als viele von Ihren Leuten, wie sie das anderswo mit ihren Rabbis machen. Ich habe nicht schlecht gestaunt, daß Sie nur einen Jahresvertrag haben, obgleich Sie jetzt schon fünfundzwanzig Jahre hier sind.»

«Das wollte ich so», sagte der Rabbi.

Levitt zog ein etwas skeptisches Gesicht, und Clayman warf sich in die Bresche. «Die Sache ist die, Rabbi: Als uns klar wurde, daß Sie ja schon fünfundzwanzig Jahre bei uns sind, haben wir uns gesagt, daß wir was tun müssen. Eine Feier oder so.»

«Eine Art Gemeindefest?»

«Ja, eine richtige schöne Feier. Aber wir möchten Ihnen auch was schenken. Al Bergson sollte eigentlich schon mal vorfühlen, was Sie und Mrs. Small gern hätten. Wir wär's zum Beispiel mit einem neuen Wagen?»

«Ich habe einen Wagen», wandte der Rabbi ein.

Clayman zog verächtlich die Nase hoch. «Der alte Schlitten, mit dem Sie immer zur Synagoge kommen...»

«Er ist erst vier Jahre alt und hat noch nicht mal zwanzigtausend Meilen drauf.»

«Vier Jahre... zwanzigtausend Meilen...» staunte Levitt. «Das ist ja wirklich ein Klacks. Vielleicht ändert sich das, wenn Sie einen großen, komfortablen Wagen haben.»

«Aber was soll ich denn mit zwei Wagen?»

«Sie könnten den anderen Mrs. Small schenken», sagte Clamyn.

«Ich fahre nicht», sagte Miriam.

«Dann geben Sie ihn eben in Zahlung, und wir kaufen Ihnen das nächstgrößere Modell.»

«Das Einparken ist mit dem Wagen, den ich jetzt habe, schon mühsam genug...»

«Na schön, dann eben was anderes. Ein komplettes Tafelbesteck aus Sterlingsilber...»

«Wann sollen wir das denn nehmen?» fragte Miriam.

«Es wäre nur eine Versuchung für Einbrecher», gab der Rabbi zu bedenken.

«Haben Sie vielleicht eigene Vorschläge? Eine schöne Uhr zum Beispiel, eine goldene Rolex...»

Der Rabbi hielt sein Handgelenk hoch. «Für diese hier habe ich, wenn ich mich recht erinnere, fünfzehn Dollar bezahlt. Auf der Garantie stand, daß sie auf eine Minute im Monat genau geht. Wäre eine Rolex genauer?»

Sie schlugen ein Bild vor oder eine Skulptur oder eine Weltreise. Als der Rabbi eine Anregung nach der anderen ablehnte, dämmerte es zumindest Clayman und Levitt, daß der Rabbi aus irgendeinem Grund nicht gewillt war, das Thema zu vertiefen. Schließlich sagte Clayman: «Überlegen Sie es sich doch wenigstens, Rabbi. Sie können es ja in aller Ruhe mit Mrs. Small besprechen und uns dann Bescheid sagen.»

«Einverstanden», sagte der Rabbi nachgiebig.

«Tja, ich muß los», fuhr Clayman fort. «Ich hab meiner Frau gesagt, daß ich heute mal ein bißchen früher komme.»

«Ich auch.» Levitt sah Bergson fragend an. «Kommst du mit, Al?»

«Ich will nur noch meinen Kaffee austrinken», gab Bergson zurück.

«Al bringt ihn bestimmt noch zur Vernunft», sagte Clayman zu Levitt, während sie zu ihren Wagen gingen. «Die Smalls und die Bergsons sind befreundet, sie laden sich gegenseitig zum Essen ein.»

«Geht der Rabbi zu den anderen nicht zum Essen?»

«Sehr selten. Bei den Bergsons wird koscher gekocht. Zu mir zum Beispiel würden sie nicht kommen, weil wir kein getrenntes Geschirr haben, obwohl wir kein Schweinefleisch und nichts essen, was *trefe* ist.»

«Bei uns ist es so ähnlich», sagte Levitt. «Ab und zu essen wir allerdings auch mal Hummer.»

Als sie weg waren, sagte Bergson: «Jetzt mal heraus mit der Sprache, David. Warum willst du dir von der Gemeinde nichts schenken lassen?»

«Weil ich mich dann verpflichtet fühle. Könnte ich einen schönen Wagen oder sonst ein wertvolles Geschenk annehmen und dann kündigen?»

«Kündigen? Wieso?»

«Ich bin dreiundfünfzig. Wenn ich jetzt den Absprung nicht finde, bin ich zu alt für einen anderen Posten.»

«Willst du denn wechseln? Hast du vielleicht ein Angebot von einer größeren Gemeinde?»

«Nein, ich möchte ganz weg vom Rabbinat. Ich hatte an einen Lehrvertrag gedacht oder an eine Stellung in einem Verlag. Nach Israel zu gehen, ohne zu einem bestimmten Zeitpunkt wieder hier sein zu müssen – auch das würde mich reizen.»

«Und wann wolltest du kündigen?»

Der Rabbi lächelte. «Die nächste Woche wäre ein guter Termin, da bin ich fünfundzwanzig Jahre hier und habe Anrecht auf eine Pension.»

«Deine Pension beträgt nur 75 % deines Einkommens.»

«Ich brauche ja jetzt nicht mehr so viel. Hepsibah heiratet im September, und Jonathon hat eine Stelle in einer guten Anwaltsfirma in Aussicht, und wir zwei Alten kommen schon zurecht.»

«Bist du darin mit David einig, Miriam?»

«David ist für die große Strategie zuständig, ich kümmere mich um die Logistik», gab sie zurück.

«Ich will dir was sagen, David: Wenn du deine Kündigung einreichst, nehme ich sie einfach nicht an.»

«Du wirst kaum etwas dagegen tun können, Al.»

«Ich werde dafür sorgen, daß der Vorstand dir einen unbegrenzten Urlaub bewilligt, und deinem Nachfolger sagen wir, daß er die Stellung nur auf Zeit bekommt.»

Der Rabbi zuckte die Schultern. «Tu, was du nicht lassen kannst, Al.»

37

Sobald sich die Tür geschlossen hatte, fragte Lanigan: «Ist der Rabbi raus, Eban?»

«Eben gegangen.»

«Gut. Also weiter im Text. Tim Phelps hat was im Fall Victor Joyce?»

«Er sitzt im Streifenwagen und kann es dir selber sagen.»

«Okay, verbinde mich mal. Hier Chief Lanigan. Legen Sie los, Tim.»

«Ich hab gerade einen Mann angehalten. Wegen überhöhter Geschwindigkeit und weil er eine rote Ampel überfahren hat.»

«Und?»

«Er hat seine Zulassung nicht bei sich.»

«Und?»

«Und trägt eine Uhr, die genauso aussieht wie die, nach der ich in der Pine Grove Road suchen sollte.»

«Sieh mal einer an... Haben Sie ihn darauf angesprochen?»

«Nein, ich wollte erst mit Ihnen reden.»

«Völlig richtig. Lassen Sie sich nichts anmerken. Wer fährt mit Ihnen Streife?»

«Bill Stone.»

«Okay. Bill soll sich in den Wagen des Mannes setzen und ihn ins Revier bringen, Sie kommen mit dem Streifenwagen hinterher.»

Er hieß Malcolm Dorfbetter, war laut Führerschein fünfundzwanzig Jahre alt und wohnte in der Lowell Road 30, in einer Neubausiedlung, wo viele Straßen noch nicht gepflastert und der Rasen zwar gesät, aber noch nicht aufgegangen war.

Er hatte schulterlanges Haar und einen goldenen Ohrring und gab sich sehr selbstbewußt, ja dreist.

Er versuchte mit Phelps zu diskutieren, als der ihn zum Revier brachte.

«Ich hab gar nicht gemerkt, daß ich so schnell gefahren bin, vielleicht hat der Tacho 'ne Macke...»

«Sie haben eine rote Ampel überfahren.»

«Ja, ich hab auf meinen Vordermann geachtet, da hab ich die Ampel nicht gesehen, sie war gerade erst umgesprungen.»

«Nein, als sie umsprang, waren Sie noch 20 Meter weit weg.»

«Na ja, ich wollte schnell noch durchrutschen, denn wenn ich gebremst hätte, wär ich womöglich durch die Scheibe geflogen. Schön, ich geb ja zu, es ist ein Verkehrsdelikt, aber da hätte es doch auch ein Strafzettel getan.»

«Sie haben keine Zulassung.»

«Die ist zu Hause. Ich könnte sie sofort holen, dauert nur zehn, fünfzehn Minuten.»

«Wenn ich Sie ohne die notwendigen Papiere wieder ans Steuer lasse, bin ich meinen Job los.»

«Sie können ja mitkommen. Bis ins Haus, wenn Sie wollen.»

«Jetzt halten Sie erst mal die Luft an, mein Junge. Das können Sie nachher alles dem Chief erzählen.»

Phelps sah den Diensthabenden fragend an, der deutete mit einer Kopfbewegung auf Lanigans Büro, und Phelps brachte den jungen Mann herein.

Der Chief überprüfte gründlich den Führerschein und verglich das Gesicht des jungen Mannes mit dem auf dem Foto.

«Hier steht als Anschrift St. Paul Street, Brookline.»

«Da hab ich bis vor einem Monat gewohnt.»

«Gut. Setzen Sie sich, es geht gleich weiter.» Zu Phelps sagte er: «Sie können mit Ihrer Streife weitermachen, Tim. Und schicken Sie mir bitte Sergeant Dunstable und Lieutenant Jennings herein.» Dunstable kam so schnell, als habe er vor der Tür gelauert – was der Fall war –, und ein, zwei Minuten später war auch Eban Jennings da, der Lanigan einen Zettel auf den Schreibtisch legte.

Lanigan überflog ihn rasch. «Nach unseren Unterlagen wohnen in der Lowell Road 30 die Leamings, Mary und Arthur Leaming. Kein Dorfbetter.»

«Mary Leamings ist meine Mutter. Nachdem mein Alter gestorben war, hat sie diesen Leaming geheiratet.»

«Und Sie wohnen bei Mr. und Mrs. Leaming?»

«Ja, seit einem Monat.»

«Ihre Mutter und Ihr Stiefvater sind noch nicht lange hier?»

«Seit Anfang des Jahres.»

«Sind sie zur Zeit zu Hause?»

«Nein, sie sind auf dem Weg nach Los Angeles. Ich soll inzwischen das Haus hüten. Hören Sie mal, ich hab einen Termin, zu dem bin ich jetzt schon zu spät dran.» Er sah auf die Uhr.

«Das ist ja eine interessante Uhr, die Sie da haben», sagte Lanigan. «Darf ich mal sehen?»

«Aber sicher.» Dorfbetter löste den Verschluß und reichte sie Lanigan. Der Verschluß entsprach genau Margarets Beschreibung.

«Sind Sie Katholik?» fragte der Chief.

«Nein. Wir sind gar nichts. Warum?»

«Weil das eine katholische Uhr ist.»

«Dürfen die nur Katholiken tragen?»

«Das nicht, aber man bekommt sie nicht so einfach im Laden. Woher haben Sie die Uhr?»

«Die... hab ich gefunden.»

«Wo denn?»

«In Boston, das heißt in Brookline.»

Lanigan warf Dunstable einen Blick zu. Für ihn stand praktisch fest, daß dies die Uhr von Victor Joyce war. Sie hatte, genau wie Margaret Joyce es geschildert hatte, ein silbernes Röhrchen über der Zwölf.

«Wo denn da?» fragte Dunstable.

«In der Nähe von Coolidge Corner. Wie ich so durch die Beacon Street geh, seh ich was unter den Büschen blinken, und wie ich genauer hinschaue, ist es eine Uhr. Bei einem Einfamilienhaus hätt ich vielleicht geklingelt und gefragt, ob jemand eine Uhr verloren hat, aber das war vor einem dieser großen Apartmenthäuser, und da wär das ja witzlos gewesen.»

«Diese Uhr ist als gestohlen gemeldet worden», sagte Lanigan.

Dorfbetter ließ höfliche Anteilnahme und leichte Überraschung erkennen. «Na, so was...»

«Geh mit ihm in dein Büro, Eban», sagte Lanigan zu seinem Lieutenant, «und nimm alles auf, was nötig ist.»

Noch war die Uhr nicht eindeutig identifiziert. Er selbst war nie in Rom gewesen, erinnerte sich aber, daß ein Bekannter, der gerade von einer Europareise zurückgekommen war, über Rom und insbesondere den Vatikan gesagt hatte, dort gäbe es jede Menge Läden mit «religiösem Touristenschrott». Wenn nun dort Uhren wie die von Joyce ein Standardartikel waren?

Er rief bei Mrs. Joyce an. «Hier Chief Lanigan. Ich komme mal eben bei Ihnen vorbei, es eilt ein bißchen.»

«Sie haben eine gute Nachricht für mich», sagte Peg ganz aufgeregt. «Das spüre ich.»

Er lächelte. «Vielleicht. Zunächst wollte ich fragen, ob Sie die Uhr Ihres Mannes eindeutig erkennen würden.»

«Ich habe sie Ihnen doch beschrieben. Auf dem Zifferblatt ist das Herz Jesu und über der Zwölf das silberne Röhrchen.»

«Ja, aber wenn es noch mehr von diesen Uhren gibt? Ein Freund von mir ist gerade aus Rom gekommen und hat erzählt, daß er dort solche Uhren in einem Laden gesehen hat.»

«Das kann nicht sein», erklärte sie sehr bestimmt. «Ich weiß, daß meine Mutter das Herz Jesu hat aufmalen lassen, nachdem sie die Uhr gekauft hatte.»

«Aber das ist ja schon etliche Jahre her. Inzwischen ist vielleicht ein geschäftstüchtiger Juwelier – womöglich sogar der, mit dem Ihre Mutter damals ins Geschäft gekommen ist – auf die Idee gekommen, daraus ein schönes Souvenir zu machen, und hat einen ganzen Schwung solcher Uhren produziert. Gibt es denn irgendein Kennzeichen, an das Sie sich erinnern, einen Kratzer vielleicht, der –»

Sie schloß die Augen und versuchte, sich die Uhr in Erinnerung zu rufen. «Auf der Uhr selbst wüßte ich nicht... Aber eins der Armbandglieder hatte eine kleine Delle, das erste Glied gleich nach der Uhr.»

Er zog die Uhr aus der Tasche, sah sich das Armband noch einmal genau an und hielt sie ihr dann hin. «Ist das die Uhr Ihres Mannes?»

Margaret Joyce riß sie ihm beinah aus der Hand und drückte sie ans Herz. «Ja, ganz bestimmt. Die kleine Delle hab ich selber mal gemacht, als ich mit dem Band gespielt habe. Ich wollte eigentlich noch ein anderes Armband anbringen lassen, aber die Zeit war zu knapp, und ich habe mir gesagt, daß es Victor vielleicht gar nicht auffällt.»

«Damit wäre diese Frage geklärt», sagte Lanigan. «Aber wir müssen die Uhr leider noch eine Weile behalten. Es ist ein Beweisstück.» Er streckte die Hand aus.

Margaret Joyce gab sie sichtlich ungern wieder her. «Aber ich bekomme sie doch zurück?»

«Ja, natürlich.» Er zögerte einen Augenblick. «Wir haben uns im College ein bißchen umgehört...»

«Sie sind wegen einer verschwundenen Uhr eigens nach Boston gefahren? Das ist aber sehr lieb von Ihnen. Ich hätte nie gedacht, daß sich die Polizei bei einem doch gar nicht so wertvollen Gegenstand solche Mühe macht.»

«Wir wußten, daß Ihnen die Uhr viel bedeutet. Außerdem gab es da noch... hm... gewisse andere Aspekte. Es heißt, Sie und Ihr Mann wollten sich trennen.»

«Ja, das stimmt», bestätigte sie unbefangen. «Ich strebte eine kirchliche Trennung und eine Zivilscheidung an. Daß Victor anderen Leuten davon erzählt hat, wundert mich allerdings, da hätte es ja jederzeit mein Onkel erfahren können. Wir hatten es ihm noch verschwiegen, weil Victor meinte, er bekäme dann vielleicht seine Festanstellung nicht – mein Onkel sitzt nämlich im Aufsichtsrat von Windermere. Deshalb sind wir, obgleich wir nicht mehr wie Mann und Frau zusammenlebten, immer gemeinsam zur Kirche und anschließend zum Sonntagsessen zu meinem Onkel gegangen.»

«Und Ihr Onkel und Ihre Tante wußten oder ahnten nichts?»

«Meine Tante wußte bestimmt Bescheid. Geahnt hat sie es wohl von Anfang an, und an dem Tag, an dem das Abschlußdinner im Country Club stattfinden sollte, hat sie mich nachmittags besucht und... und hat wohl gesehen, daß wir getrennte Schlafzimmer haben. Ich glaube allerdings nicht, daß sie es meinem Onkel erzählt hat, denn als er anrief, weil er Victor abholen wollte, war er völlig ruhig.»

«Und Sie glauben, Sie hätten es ihm angemerkt, wenn er es inzwischen erfahren hätte?»

«Er hätte mich zumindest darauf angesprochen.»

«Ja, vermutlich.» Lanigan stand auf. «Noch eine andere Frage: Als der Diensthabende Sie am Samstagabend anrief, hat sich hier niemand gemeldet...»

«Ich war im Kino.»

«Im *Criterion*?»

«Nein, den Film, der dort lief, kannte ich schon, ich bin ins *Excelsior* nach Breverton gefahren. Dort habe ich Bekannte getroffen und mit ihnen hinterher noch einen Kaffee getrunken.»

Der Chief nickte, und sie brachte ihn zur Tür. «Wo hat man die Uhr gefunden?» fragte sie.

«In Brookline.»

«Demnach könnte er die Uhr verloren haben, als er jemanden... besuchte? Nein, das kann nicht sein. Ich bin so gut wie sicher, daß er sie an dem Abend getragen hat.»

«Aber nicht hundertprozentig sicher.»

«Ich... nein. Hundertprozentig nicht.»

Daß Dorfbetter die Uhr angeblich in der Beacon Street gefunden hatte, bestärkte Dunstables Verdacht Jacob gegenüber. Allerdings war nicht ganz auszuschließen, daß der Junge log und in Wirklichkeit dem armen Joyce die Uhr vom Handgelenk gerissen hatte. Angenommen, dabei war Blut auf die Manschette gespritzt. Man kann natürlich versuchen, es zu waschen. Oder zu vergraben oder zu verbrennen. Oder man zieht es einfach aus und legt es zu der übrigen schmutzigen Wäsche, um ihn in den Waschsalon zu bringen.

«Gibst du mir mal die Schlüssel, die wir diesem jungen Kerl abgenommen haben?» sagte er zu dem diensthabenden Sergeant.

Der Sergeant holte den Schlüsselring hervor. «Ich nehm ihn mal kurz mit», sagte Dunstable. «Mal sehen, ob einer der Schlüssel zur Haustür der Lowell Road 30 paßt.»

«Hauptsache, du bringst sie zurück.»

Mit dem Schlüsselring in der Hand kam Dunstable in den Umkleideraum, wo Streifenpolizist Sterling zum Feierabend gerade wieder seine Zivilsachen angezogen hatte. «Hast du's sehr eilig, Bob?» fragte er.

«Nicht besonders. Warum?»

«Ich will mich mal ein bißchen in der Lowell Road 30 umsehen. Können wir deinen Wagen nehmen?»

«Klar.»

Sie fuhren zur Lowell Road.

«Da steht ja ein Wagen in der Einfahrt.» Sterling deutete hin. «Unter einer Plane.»

«Gehört wahrscheinlich seinem Stiefvater.»

«Ich denke, der gondelt gerade nach Los Angeles...»

«Dazu würdest du bestimmt auch nicht so einen Schlitten, sondern einen Leihwagen nehmen.»

«Und warum hat er ihn nicht in die Garage gestellt?»

«Weil da wahrscheinlich die Gartenmöbel sind, der Rasenmäher und die Winterreifen. Warte hier, ich geh mal eben zum Haus.»

Dunstable stieg die Stufen zur Haustür hoch. Als er sich noch einmal umsah, stellte er zu seinem Ärger fest, daß Sterling seinen Posten verlassen hatte und zu dem Wagen gegangen war. Er wollte gerade einen der Schlüssel in der Haustür ausprobieren, als Sterling rief: «Hey, Sergeant, kommen Sie mal her! Schnell!»

«Was ist?»

Sterling hob die Plane hoch. «Ist das nicht die Zulassung von dem Wagen, der als gestohlen gemeldet worden ist? 111 123. Leicht zu merken, die Nummer.»

«Ich werd verrückt!»

«Und was machen wir jetzt?»

Einen Augenblick war Dunstable versucht, die Tür aufzuschließen und vom Haus aus zu telefonieren, aber dann besann er sich anders. «Du bleibst hier und sperrst die Augen auf. Sicher ist sicher. Ich fahre zurück zum Revier und spreche mit dem Chief.»

«Der ist nicht da. Ich hab ihn wegfahren sehen.»

«Vielleicht ist er inzwischen wieder zurück. Sonst rede ich mit dem Lieutenant. Gib mir die Wagenschlüssel.»

Bis Dunstable ins Revier zurückkam, saß Lanigan schon wieder am Schreibtisch. Der Sergeant meldete seine Entdeckung. «Vielleicht steckt sogar der Schlüssel», sagte er. «Ich könnte ihn ohne weiteres starten, indem ich –»

«Nein», fuhr Lanigan energisch dazwischen. «Wir lassen ihn mit dem Abschleppwagen herbringen, so wie er ist – mit Plane und allem.» Er stand auf, ging um seinen Schreibtisch herum und deutete nach draußen. «Sie sollen ihn so abstellen, daß man ihn von diesem Stuhl aus sehen kann. Klar?»

«In Ordnung.»

«Was hatten Sie eigentlich in der Lowell Road zu suchen, Sergeant?»

«Ich wollte nur mal sehen, ob einer von Dorfbetters Schlüsseln in die Haustür paßt.»

«Na gut, dann fahren Sie mit dem Abschleppwagen wieder hin. Und passen Sie auf, daß die Leute ihn bei uns im Hof an der richtigen Stelle abstellen.»

Als Lanigan hörte, wie draußen die Hinterräder des Wagens aufsetzten, ließ er Dorfbetter holen. «Ich möchte von Ihnen gern wissen –»

Aber da hatte der Junge schon die Plane gesehen. «Verdammt!» stieß er hervor und schlug die Hände vors Gesicht. Aber nur kurz. Dann sah er auf und fing an zu reden wie ein Wasserfall. «Die Schlüssel steckten, und die Wagentür war verriegelt, der Fahrer konnte also nicht wieder rein. Das hat mein Dad auch oft gemacht. Mein richtiger Dad, meine ich. Mein Stiefvater macht nie was falsch. Einmal hat er über eine Stunde mit einem Drahtbügel rumgemacht, um durchs Fenster an die innere Klinke zu kommen. Ein andermal hat er die Scheibe einschlagen müssen. Dann hat er aus seinen Fehlern gelernt und sich einen von diesen kleinen Magnetbehältern gekauft, in denen man einen Zweitschlüssel unter der Stoßstange verstecken kann. Und wie ich so an der hinteren Stoßstange rumtaste, finde ich doch tatsächlich den Schlüssel – an der gleichen Stelle, wo mein Dad ihn auch immer hingetan hat. Wenn das kein Wink des Schicksals war... Ich wollte nur ein bißchen spazierenfahren und die Karre dann zurückbringen. Aber wie ich wieder zum Parkplatz komme, steht da ein Streifenwagen, na, und da bin ich lieber nach Hause gefahren und hab mir gedacht, ich bring den Wagen später zurück.»

«Sie sind wegen Autodiebstahls in Haft genommen.» Lanigan nahm eine Karte vom Schreibtisch und las ihm seine Rechte vor. «Und jetzt sagen Sie mir bitte, welche Strecke Sie gefahren sind.»

«Ohne Anwalt kriegen Sie kein Wort mehr aus mir raus.»

Luigi Tomasello war der dienstälteste Assistent District Attorney, und da Lanigan seit Jahren sehr harmonisch mit ihm zusammenarbeitete, hatte er keine Hemmungen, ihn zu Hause anzurufen.

«Ich habe ihn zunächst nicht weiter nach der Uhr gefragt, weil die Stelle, an der er sie angeblich gefunden hat, auf eine andere Spur hindeutete, die wir bereits seit einiger Zeit verfolgten. Dann haben meine Leute Mertons Wagen in seiner Einfahrt gefunden. Er sei nur ein bißchen darin spazierengefahren und habe den Wagen später zurückbringen wollen, sagt er, aber weil inzwischen der Streifenwagen auf dem Parkplatz angekommen sei, habe er diesen Plan aufgegeben.

Daraufhin habe ich ihn wegen Autodiebstahls vorläufig in Haft genommen und ihm seine Rechte vorgelesen.»

«*Dann* haben Sie ihm seine Rechte vorgelesen.»

«Ja, aber ich hatte ihn noch nicht verhört, ich hatte ihn noch nicht mal mit der Sache konfrontiert, wie man so sagt. Ich hatte den Wagen nur so hinstellen lassen, daß man ihn von meinem Büro aus sehen konnte, und dann Dorfbetter kommen lassen. Ich habe kein Wort gesagt, geredet hat ausschließlich er.»

«Bleibt er dabei, daß er die Uhr gefunden hat?»

«Nachdem ich ihm seine Rechte vorgelesen hatte, hat er keinen Piep mehr gesagt und nach einem Anwalt geschrien.»

«Sie hätten ihn in Haft nehmen und ihm seine Rechte vorlesen sollen, sobald Sie den Wagen in seiner Einfahrt entdeckt hatten. Ein gewitzter Anwalt könnte es so drehen, als hätten Sie ihn irgendwie zu einer Aussage gezwungen. Und machen wir uns nichts vor, Hugh. Wenn sich herausstellt, daß es Mord ist, vertritt ihn nicht irgendein Anfänger, sondern John Stewart wird den Fall selbst übernehmen. Jetzt passen Sie mal auf: Sie veranlassen alles Nötige – Fotos, Fingerabdrücke, das ganze Drum und Dran – und schicken uns das Material her. Morgen erheben wir dann förmlich Anklage wegen Autodiebstahls.»

«Und die Uhr?»

«Von der reden wir zunächst nicht, weil er sie ja angeblich gefunden hat. Das können wir immer noch nachschieben.»

«Aber ich brauche einen Durchsuchungsbefehl für sein Haus. Vielleicht liegt da ein Hemd mit Blutflecken herum...»

«Den beantragen wir nach der Anklageerhebung. Und vergessen Sie in Ihrem lobenswerten polizeilichen Eifer nicht, daß es mir vor allem um seine Verurteilung geht.»

«Okay, Luigi.»

Das Gespräch mit Tomasello hatte Lanigans Begeisterung über die Entdeckung der Uhr und die Lösung des Rätsels um den Mord an Joyce etwas gedämpft. Hatte er sich mit seiner

List, Dorfbetter den Wagen unter der Plane auf dem Polizeiparkplatz sehen zu lassen, vielleicht selber eine Falle gestellt? Konnte ein Anwalt den Jungen wirklich mit der Begründung freibekommen, die Polizei habe unangemessen reagiert? Vielleicht aber hatte Tomasello mit seiner Bemerkung auch nur sicherstellen wollen, daß sein Polizeichef spurte...

Er konnte sich jetzt genau vorstellen, wie es gelaufen war. Daß Dorfbetter den Zündschlüssel im Wagen gesehen und einen Zweitschlüssel in dem Magnetkästchen unter der hinteren Stoßstange gefunden hatte, nahm er ihm ohne weiteres ab. Er hatte auch Verständnis dafür, daß er dieser Versuchung nicht hatte widerstehen können. Aber daß er sich überhaupt auf dem Parkplatz herumgedrückt hatte, war doch ein sicheres Zeichen dafür, daß er darauf aus gewesen war, sich einen Wagen zu schnappen. Vielleicht wirklich nur für eine kurze Spazierfahrt. Und wohin? Die Wagennummer – 111 123 – war einprägsam, deshalb mußte er die Hauptstraßen meiden. Wenn er sich in dieser Gegend auskannte, bot sich die Pine Grove geradezu an.

Dorfbetter fährt also vom Parkplatz herunter, ein Stück über die Abbot Road und dann in die Pine Grove, sieht das Autowrack mit einem vielleicht toten, vielleicht auch nur bewußtlosen Mann am Steuer, und über den Fensterrand hängt die Hand des Mannes mit einem goldenen Armband. Die nächste Versuchung... Vielleicht war er nicht mal ausgestiegen, sondern war nah an das Wrack herangerollt, hatte sein Fenster heruntergekurbelt, nach dem heraushängenden Handgelenk gegriffen, die Uhr abgezogen, schnell, vielleicht angeekelt, die blutige Hand wieder losgelassen und war weggefahren.

Lanigan lehnte sich zurück, reckte sich genüßlich und dachte bei sich, daß es ein erfolgreicher Tag gewesen war. Vielleicht würde er Amy zur Feier des Tages zum Essen ausführen.

Sehr zufrieden machte er sich auf den Heimweg. Am besten sagte er dem Rabbi gleich Bescheid, daß Professor Jacobs jetzt höchstwahrscheinlich aus dem Schneider war, damit Lerner sich nicht unnötig aufregte. Als er um die Ecke bog, sah er in der Einfahrt des Rabbis zwei Wagen stehen, ein dritter parkte direkt vor dem Haus. Sie haben Besuch, dachte er und fuhr weiter. Dann rufe ich David Small eben morgen an.

38

Erst am Nachmittag des nächsten Tages war Dorfbetters Vernehmung zur Anklage beendet, und Lanigan konnte zum Revier zurückfahren. Jetzt wurde es aber wirklich Zeit, dem Rabbi von dem neuen Verdacht zu erzählen, damit er Lerner Bescheid sagen konnte. Obgleich der Rabbi um diese Zeit meist im Tempel war, fuhr der Chief vorsichtshalber erst bei den Smalls vorbei, wo Miriam ihm die Tür aufmachte.

«Ist David da?»

«Komm herein, du bekommst auch eine Tasse Tee. David ist in seinem Arbeitszimmer, aber er kommt sicher gleich.»

«Wenn er zu tun hat –»

«Nein, er hält nur seine Mittagsruhe. Nach dem Essen legt er sich gern zu einer kleinen Siesta hin, das hat er sich in Israel so angewöhnt.»

Genüßlich gähnend kam der Rabbi herein. «Bereit zu neuen Taten?» fragte Lanigan etwas ironisch.

«Hallo, Hugh! Ich hab dich klingeln hören. Sehr erholend, so ein Mittagsschlaf.»

«Ja, wer sich's leisten kann... Hast du schon mit Lerner gesprochen?»

«Nein, noch nicht. Ich denke, er wird zum Abendgottesdienst kommen.»

«Dem ist bestimmt ein Stein vom Herzen gefallen – wir haben nämlich inzwischen einen weiteren und sehr viel überzeugenderen Verdächtigen.»

«Sehr viel überzeugender?»

«Jacobs hatte ein Motiv und die Gelegenheit, aber wir konnten ihm nichts nachweisen. Der neue Mann hat uns einen hieb- und stichfesten Beweis geliefert: Er hatte die Uhr am Handgelenk.»

«Was du nicht sagst...»

«Purer Zufall, aber ohne eine Portion Glück wäre unsere Erfolgsquote sehr viel dürftiger. Ich hab dir doch erzählt, daß ich einen meiner Leute an den Unfallort geschickt hatte, der die Umgebung nach der Uhr absuchen sollte, und dazu mußte ich sie ihm natürlich genau beschreiben. Der Mann – Phelps heißt er – hatte gestern Streifendienst und hielt einen Autofahrer an, weil er bei Rot über eine Kreuzung gebraust war, und da entdeckt er an seinem Handgelenk eine Uhr, die genauso aussieht wie die, die ich ihm beschrieben hatte. Während sein Partner den Führerschein überprüft – die Zulassung hatte er nicht bei sich –, ruft Phelps mich im Revier an, du hast übrigens gerade bei mir gesessen –»

«Deshalb hast du mich so schnell hinauskomplimentiert...»

«Genau.» Lanigan berichtete von seinem Gespräch mit Dorfbetter. «So ein Hippietyp mit langem Zottelhaar, einem Ohrring und diesen knautschigen Hosen, die nach unten zu schmaler werden und um die Fesseln Falten schlagen. Als er sagte, er hätte die Uhr unter einer Hecke vor einem Apartmenthaus in der Beacon Street gefunden, in der Nähe der Coolidge Corner, gab Sergeant Dunstable mir ein Zeichen, und ich dachte, damit hätte sich der Verdacht gegen Jacobs bestätigt – es konnte nämlich durchaus sein Haus sein. Jetzt mußte ich zunächst feststellen, ob das wirklich die Uhr von Victor Joyce war.»

«Entsprach sie nicht der Beschreibung, die Mrs. Joyce dir gegeben hatte?»

«Doch, aber wenn sich nun herausstellte, daß solche Uhren in Rom inzwischen als Massenware für Touristen verkauft werden? Außerdem wollte ich Mrs. Joyce sowieso noch das eine oder andere fragen. Wo sie in der Unfallnacht gewesen war, zum Beispiel. Als der Diensthabende anrief, um sie zu benachrichtigen, hatte sich im Haus nämlich niemand gemeldet.»

«Und?»

«Sie war in Breverton im Kino gewesen, hatte Bekannte getroffen und mit ihnen noch einen Kaffee getrunken, so daß sie erst kurz vor Mitternacht nach Hause kam.»

Der Rabbi runzelte die Stirn. «Sie war allein im Kino?»

«Erstaunlich, was? Ich habe auch gestaunt. Aber damit hat sich ein Gerücht bestätigt, das mir zu Ohren gekommen war. Daß nämlich die Ehe in die Brüche gegangen war und sie sich scheiden lassen wollte.»

«Scheiden lassen? Hast du mir nicht erzählt, daß sie eine fromme Katholikin ist?»

«Zivilscheidung und kirchlich sanktionierte Trennung», erläuterte Lanigan. «Ich habe sie darauf angesprochen, und sie hat es offen zugegeben. Sie lebten schon eine Weile nicht mehr als Mann und Frau zusammen.»

«Wußten ihr Onkel und ihre Tante davon?»

«Die Tante wußte es angeblich, der Onkel nicht.»

«Wenn die Tante es gewußt hat, wußte vermutlich auch der Onkel Bescheid. Ich möchte annehmen, daß er nur seine Gefühle besser unter Kontrolle hatte», sagte der Rabbi trokken.

«Kann schon sein. Jedenfalls war damit die Uhr eindeutig identifiziert. Inzwischen war Dunstable zu dem Haus in der Lowell Road gefahren, weil er sehen wollte, ob einer von Dorfbetters Schlüsseln in die Haustür paßte. So hat er es jedenfalls gesagt, aber der gute Dunstable neigt zu Alleingängen, und ich vermute, er wollte im Haus nach einem Hemd mit Blutflecken oder dergleichen suchen. Er hatte Bob Sterling mitgenommen, und während er sich an der Haustür zu schaffen macht, sieht Sterling einen Wagen unter einer Plane in der Einfahrt stehen. Er wirft einen Blick unter die Plane, und siehe da, es ist Mertons Wagen, den sie ihm vom Parkplatz des Einkaufszentrums geklaut hatten.» Sehr selbstzufrieden erzählte er weiter, wie er den Wagen zum Revier hatte bringen und so abstellen lassen, daß Dorfbetter ihn sehen mußte. «Damit war die Sache gelaufen. Ich habe ihm seine Rechte vorgelesen und ihn dann unter der Anklage des Autodiebstahls verhaftet.»

«Er hat gestanden?»

«Nein, er hat nach einem Anwalt geschrien und kein Wort mehr gesagt. Da haben wir ihn eben eingesperrt, und heute ist im Gericht die Anklage erhoben worden. Für mich liegt der Fall klar. Er schnappt sich den Wagen, vielleicht wirklich nur für eine Spazierfahrt, kutschiert die Pine Grove hoch –»

«Warum die Pine Grove?»

«Weil es ein großer, auffallender Wagen mit einer Nummer ist, die man sich leicht merken kann. In der Pine Grove braucht er nicht zu fürchten, daß ein Cop auf der Lauer liegt und nach einem gestohlenen Wagen Ausschau hält. Und wie er so durch die Gegend gondelt, sieht er das Autowrack mit einem Toten oder Bewußtlosen am Steuer und eine Hand mit einem goldenen Armband, die aus dem Fenster hängt. Ich schätze, er ist nicht mal ausgestiegen, sondern nur dicht herangefahren, hat das Fenster heruntergekurbelt und sich die Uhr geschnappt.»

«Und warum hat er nicht die Polizei verständigt?» fragte der Rabbi. «Er hätte ja seinen Namen nicht zu nennen brauchen.»

Lanigan zuckte die Schultern. «Diese Typen denken doch bloß an sich.»

«Kommst du da nicht aufgrund eines äußeren Eindrucks zu einer Vorverurteilung?»

«Wie meinst du das?»

«Langes Haar, Ohrring, schlampige Kleidung – läßt du dich davon in deinem Urteil nicht beeinflussen?»

Lanigan überlegte. «Doch, in gewisser Weise schon. Und das ist auch ganz normal. Gewisse vorgefaßte Meinungen hat jeder. Als du mit mir wegen Jacobs gesprochen hast, weil er einer von deinen Leuten ist, spielte dieser Gedanke bei dir auch eine Rolle, stimmt's?»

«Mag sein. Wir machen es alle, da hast du schon recht, aber es kann uns die Sicht verstellen.»

«Ja, aber in diesem Fall haben wir einen handfesten Beweis.»

«Um zu schlucken, daß er die Uhr des Neffen in Brookline gefunden und dann den Wagen des Onkels in Barnard's

Crossing gestohlen hat, müßte man schon sehr gutgläubig sein, das gebe ich ja zu...»

Lanigan stand auf. «Ich bin gestern schon mal hier vorbeigefahren, um dir Bescheid zu sagen, aber vor deinem Haus standen so viele Wagen, daß ich mir gesagt habe, daß du wohl Besuch hattest.»

«Das war sehr nett von dir. Es war mehr eine dienstliche Unterredung. Ich denke, daß ich Lerner beim Abendgottesdienst sehe, da kann ich –»

«– ihm Bescheid sagen?» Lanigan grinste. «Nicht nötig. Wir sind uns im Gericht über den Weg gelaufen.»

39

Das Telefon läutete, als der Rabbi gerade zum Abendgottesdienst gehen wollte, und Miriam ging hin. Es war Simcha. «Ich hatte so viel um die Ohren, daß ich mich erst jetzt melden kann. Vor Mittwoch kann ich leider nicht in Barnard's Crossing sein, mir ist was dazwischengekommen. Einer meiner früheren Lieblingsschüler wohnt in Boston und will unbedingt am Dienstagabend mit mir essen, und deshalb –»

«Dann freuen wir uns auf Mittwoch, Simcha. Wenn du vorher kurz durchrufst, welchen Zug du nimmst, holt David dich ab.»

«Kann ich ihn mal eben sprechen?»

«Augenblick bitte.» Sie winkte David heran und reichte ihm den Hörer.

«Wir sehen uns also am Mittwoch, Simcha?»

«Ja, David. Du hast wohl noch nicht mit dem Mann gesprochen, den wir auf dem Rückweg vom Tempel getroffen haben?»

«Herb Rosen meinst du? Nein, aber ich möchte annehmen, daß er heute abend beim Minjan ist.»

«Also wenn du ihn siehst und gerade daran denkst –»

«– frage ich ihn, ob er einen Bruder hat, der an der University of Chicago studiert hat. Und wenn er heute nicht beim Minjan ist, bringe ich euch am Mittwoch zusammen.»

«Es ist albern, ich weiß, David, aber manchmal hat man eben diese fixen Ideen...»

«Macht gar nichts, Simcha. Also dann bis Mittwoch.»

«Was will denn Simcha von Herb Rosen?» fragte Miriam neugierig.

«Wir haben Herb am Sonntag auf dem Rückweg vom Tempel getroffen. Simcha war sich sicher, daß er Herb schon mal gesehen hatte, vielleicht in einem seiner Seminare oder einfach nur so an der Uni. Als Rosen ihm sagte, daß er gar nicht an der University of Chicago studiert hat, meinte Simcha, er hätte vielleicht einen Bruder dort gehabt.»

«Und warum ist das für Simcha so wichtig?»

«Weil er sich mit zunehmendem Alter dabei ertappt, daß er alles mögliche vergißt oder verlegt, möchte ich denken. Für ihn sind das die ersten Anzeichen von Vergreisung, und die machen ihm schwer zu schaffen.»

«Ich kann mir denken, wo er Herb Rosen gesehen hat. Im Doughnut Shop.»

«Wie kommst du denn darauf?»

«Wenn er ihn nicht von früher kannte, ist das die einzige Möglichkeit. Simchas Bekannter hat ihn dort abgesetzt, wir haben ihn abgeholt, und viel mehr als den Doughnut Shop hat er von Barnard's Crossing nicht gesehen.»

«Und was hat Rosen an dem Abend dort gemacht?»

«Doughnuts gekauft, einen Kaffee getrunken...»

Der Rabbi schüttelte den Kopf. «Nein. Lanigan sagt, daß er mit der Probe früher Schluß gemacht hat, weil er einen Anruf seiner Tochter an der Westküste erwartete.»

«Frag ihn doch. Dann werden wir ja sehen, ob ich recht habe.»

Als der Rabbi im Tempel eintraf, vermerkte er zufrieden, daß Rosen da war, da aber der Gottesdienst gleich darauf begann, konnte er seinen Auftrag nicht mehr erledigen, sprach Herb Rosen aber hinterher an. «Schön, daß Sie da sind, Mr. Rosen.»

«Ja, ich wollte den Kaddisch für meinen Vater sprechen, den Tag habe ich noch nie ausgelassen. Irgendwie bin ich ihm das wohl schuldig.»

«Sie sprechen den Kaddisch nicht für ihn», sagte der Rabbi.

«Wie meinen Sie das?»

«Wenn Sie sich den Text einmal genauer ansehen, werden Sie merken, daß darin von den Verstorbenen gar nicht die Rede ist.»

«Dazu kann ich leider nicht genug Hebräisch.»

«Den Kaddisch beten wir nicht auf Hebräisch, sondern auf Aramäisch, aber in Ihrem Gebetbuch steht auch die englische Übersetzung. Es handelt sich dabei um eine sogenannte Doxologie, eine Lobpreisung. Bedenken Sie, daß Sie den Kaddisch nur im Rahmen eines Gottesdienstes, nie beim privaten Beten sprechen, und zwar laut, im Gegensatz zu unseren sonstigen Gebeten. Damit bringen Sie zum Ausdruck, daß Ihr Glaube an Gott unerschüttert ist, obwohl Sie einen geliebten Menschen verloren haben.»

Rosen lächelte. «Ja, das mag die vernunftgemäße Erklärung sein, aber für mich als Musiker ist auch das Gefühl, das Persönliche wichtig. Deshalb spreche ich den Kaddisch für meinen Vater.»

«Die Gründe im einzelnen tun nichts zur Sache», sagte der Rabbi. «Hauptsache, Sie tun es.» Gerade noch rechtzeitig fiel ihm Simchas Auftrag ein. «Sagen Sie, Mr. Rosen, waren Sie am Samstagabend im Doughnut Shop?»

«Ja, auf der Rückfahrt von der Probe. Woher wissen Sie das?»

«Ich nehme an, daß mein Vetter Sie dort gesehen hat, deshalb glaubt er jetzt, daß er Sie kennt.»

«Wahrscheinlich saß er an einem der Tische.»

«Ja, das stimmt. Erstaunlich, daß ausgerechnet Sie ihm im Gedächtnis geblieben sind.»

«Wahrscheinlich, weil ich der einzige Erwachsene dort war.»

«Der einzige Erwachsene?»

«An dem Abend wimmelte es dort von Teenagern, die das große Basketballmatch feierten. Ich bin mit Cyrus Merton, dem Immobilienmakler, hereingekommen, aber der ist gleich nach hinten zur Toilette gesaust, deshalb hat Ihr Vetter ihn wohl nicht gesehen, und ich bin an die Theke gegangen.»

«Waren Sie mit Merton zusammen?»

«Nein, wir kamen gleichzeitig dort an und haben einen kleinen Affentanz aufgeführt, weil einer dem anderen den

Vortritt lassen wollte. Kabarettreif, sag ich Ihnen! Zum Schluß habe ich ihn vorangehen lassen.»

Als der Rabbi auf den Parkplatz kam, sah er Ben Clayman in seinem Wagen sitzen. «Fein, daß ich Sie noch erwische», sagte Clayman. «Ich wollte Ihnen nur sagen, daß Fisher wieder im Krankenhaus liegt.»

«Ist es schlimm?»

Clayman zuckte die Schultern. «Ich weiß nur, daß der Arzt heute vormittag bei ihm war und ihn gleich wieder eingewiesen hat. Ob Sie ihn wohl mal besuchen könnten?»

«Ist er wieder im *Salem Hospital*?»

«Ja.»

«Da muß ich morgen sowieso hin, ich schaue bei ihm vorbei.»

«Bestens. Ich sehe Ihren Wagen nicht auf dem Parkplatz stehen, Rabbi. Kann ich Sie mitnehmen?»

«Nein, danke. Ich gehe ganz gern ein Stück zu Fuß.»

«War er oder war er nicht?» fragte Miriam, kaum daß der Rabbi die Tür hinter sich geschlossen hatte.

«War er was? Wovon redest du, Miriam?» fragte er leicht genervt zurück.

«War Herb Rosen im Doughnut Shop oder nicht? Du wolltest ihn doch fragen.»

«Ja, du hattest recht. Er hat Doughnuts gekauft.» Er ging zum Telefon.

«Willst du Simcha anrufen, um den Ärmsten zu beruhigen?»

David Small lächelte etwas grimmig. «Nein, im Gegenteil. Ich rufe Lanigan an und werde ihn wohl etwas beunruhigen müssen.»

Er wählte Lanigans Nummer. «Hier David Small. Ich glaube, ich weiß jetzt, woher Dorfbetter die Uhr hatte. Nicht von Joyce.»

«Nein? Dann... Nein, sag nichts, ich bin gleich bei dir.»

Lanigan stürzte sich geradezu auf den Rabbi, der friedlich im Wohnzimmer saß. «Komm, David, heraus damit!»

«Ich habe heute abend beim Gottesdienst mit Mr. Rosen gesprochen.»

«Herb Rosen?»

«Ja. Er leitet das Orchester, in dem Amy spielt, und sagt, daß er am Samstagabend im Doughnut Shop war.»

«Damit erzählst du mir nichts Neues. Er ist gleichzeitig mit uns losgefahren. Bis zur Abbot Road waren wir zusammen, dort haben wir uns zum Abbiegen auf die linke Spur gesetzt, und er hat uns von der Nebenspur aus noch zugerufen, daß er schnell ein paar Doughnuts kaufen will.»

«Weißt du noch, wann das war?»

«Ich habe nicht auf die Uhr gesehen, aber laß mich mal überlegen... Von der Junior High, wo das Orchester probt, sind wir kurz vor zehn weggefahren. Rosen hatte etwas früher als sonst Schluß gemacht, weil er einen Anruf seiner Tochter erwartete. Als wir an der Ampel standen, muß es demnach kurz nach halb elf gewesen sein.»

«Er sagt, daß er gleichzeitig mit Cyrus Merton vor der Tür des Doughnut Shop stand, sie haben, wie er es ausdrückt, einen kleinen Affentanz aufgeführt, um einander den Vortritt zu lassen.»

«Ja und?»

«Wie ist er zum Doughnut Shop gekommen?»

«Aber ich sage dir doch, er ist über den Highway gefahren und –»

«Nicht Rosen, sondern Merton. Wie kam Merton um halb elf in den Doughnut Shop?»

«Ich... Sag mal, worauf willst du eigentlich hinaus, David?»

«Vom Country Club und der Junior High School zum Highway ist es etwa gleich weit. Rosen fährt kurz vor zehn, Merton nach zehn los. Du hast eindeutig ermittelt, daß nur zwei Gäste – Joyce und Jacobs – vor zehn das Dinner im Country Club verlassen haben. Wie konnte Merton, wenn er nach zehn losfuhr, zur gleichen Zeit im Doughnut Shop ankommen wie Rosen? Er muß über die Pine Grove Road gefahren sein, was auch naheliegt, denn er wußte, daß Joyce getrunken hatte, fürchtete vielleicht, daß er einen Unfall gebaut hatte, und wußte, daß in der Pine Grove wenig Verkehr war – besonders in einer so trüben, nebligen Nacht, so daß man ihn nicht so bald finden würde. Wenn Merton über die Pine Grove gefahren ist, muß er den zertrümmerten Wagen gesehen haben. Und die Hand, die aus dem Seitenfenster mit den spitzigen Glasscherben hing. Vielleicht war sein erster Gedanke, ihm die Uhr abzunehmen, damit sie nicht Dieben in die Hände fiel. Warum aber hat er den Unfall nicht der Polizei gemeldet? Und da drängt sich der Gedanke an die andere Möglichkeit auf, die ich bei unserem ersten Gespräch über den Unfall angedeutet habe.»

«Daß er ihn umgebracht hat? Wieso sollte er Joyce umbringen?»

Der Rabbi schüttelte den Kopf. «Ich kenne keinen der Beteiligten – weder Joyce und seine Frau noch Jacobs oder Merton. Ich kann nur raten. Für Mrs. Joyce war klar, daß die Tante von ihren Scheidungsplänen wußte, ihr Onkel aber, glaubte sie, war noch völlig ahnungslos. Ich glaube dagegen, daß der Onkel ebenfalls Bescheid wußte und sich Gedanken machte, was in diesem Fall aus seiner Nichte werden sollte. Eine Frau ohne Mann, der die Möglichkeit einer Wiederheirat verstellt ist – das ist kein beneidenswertes Los. Willst du wissen, wo Dorfbetter die Uhr gefunden hat? Im Handschuhfach von Mertons Wagen.»

«Aber warum... ich meine, wie...»

«Schon wegen der Reliquie auf dem Zifferblatt hätte Merton die Uhr nicht weggeworfen, ein solches Sakrileg würde er nie begehen. Und wenn Blut daran klebte, hätte er sie auch nicht eingesteckt oder auf den Beifahrersitz gelegt, da hätte es Flecke auf der Polsterung geben können. Ins Handschuhfach legt man gewöhnlich die Zulassung, Werkstattrechnungen und allen möglichen Kram – nur keine Handschuhe, die hat man meist in der Tasche. Durchaus möglich, daß ihr auf einem der Papiere Blutspuren findet, die sich identifizieren lassen.»

Eine volle Minute saß Lanigan da, ohne sich zu rühren. Dann stand er unvermittelt auf. «Ich muß zurück ins Revier. Das muß ich gründlich durchdenken.»

Als Lanigan wieder an seinem Schreibtisch saß, rief er sofort den Assistant District Attorney an. «Ich muß Sie sprechen. Im Fall Joyce hat sich was ergeben.»

«Okay, dann kommen Sie morgen früh vorbei und –»

«Nein, Lou, die Sache ist eilig. Es muß gleich sein.»

«Na schön. Es ist schließlich nicht das erste Mal, daß Angela mit dem Abendessen warten muß.»

Er hörte sich aufmerksam an, was Lanigan zu sagen hatte. «Ein bißchen schwach auf der Brust, Hugh, aber es läßt sich was draus machen. Genug, um den Mistkerl hinter Gitter zu bringen, denke ich. Sie erledigen die übliche Routine – Fotos fürs Verbrecheralbum, Fingerabdrücke, das ganze Drum und Dran, und sperren ihn ein, die Nacht verbringt er in der Zelle, und morgen früh bringen wir ihn ins Gericht und erheben Anklage.»

«Was haben Sie eigentlich gegen Cyrus Merton, Lou?» fragte Lanigan neugierig.

«Ich will Ihnen sagen, was ich gegen ihn habe, diesen scheinheiligen Armleuchter. Als wir hierhergezogen sind, hat Pater Joe ihn uns empfohlen, und wir haben unser Haus bei ihm gekauft. Einer, der vom Gemeindepfarrer empfohlen wird, haben wir in unserer Harmlosigkeit gedacht, wird uns schon nicht über den Tisch ziehen. Beim Einzug stellte sich heraus, daß das Haus von Termiten verseucht war, und das hatte Merton gewußt, denn der Kammerjäger sagte, er wäre in Mertons Auftrag schon mal dagewesen, hätte aber zu früh wieder aufhören müssen, so daß die Biester nicht alle draufgegangen sind. Ich hätte nichts dagegen, wenn Merton eine Nacht im Knast sitzt.»

«Abends ist er jetzt immer bei seiner Nichte. In ihrem Beisein möchte ich es nicht machen. Außerdem will ich erst noch nachsehen lassen, ob im Handschuhfach Blutspuren sind.»

«Na gut, dann legen Sie eben gleich morgen früh los. Und zwar machen Sie folgendes…

40

Die Sitzung des Aufsichtsrates von Windermere sollte um zehn Uhr beginnen, das Programm fing aber schon früher an – mit einem zwanglosen Frühstück von halb acht bis neun in der Cafeteria, dem sich eine Besichtigung der Collegebauten anschließen sollte. Die Teilnehmer von außerhalb, die meist in Hotels untergebracht waren, stärkten sich mit Eiern, Schinken und Würstchen, andere, die später dazustießen und schon zu Hause gefrühstückt hatten, nahmen nur eine Tasse Kaffee, vielleicht mit einem Doughnut oder einem Toast. Man nutzte die Gelegenheit, um alte Bekanntschaften aufzufrischen und Projekte zu fördern oder zu diskutieren, die einem besonders am Herzen lagen.

Präsident Macomber war nicht dabei, Mark Levine aber war sehr aktiv. Er machte keine Reklame für die Namensänderung, weil er sich sagte, daß das womöglich eher kontraproduktiv gewesen wäre, aber er ging plaudernd von einem zum anderen, begrüßte die Neuankömmlinge und gab sich betont jovial und freundschaftlich.

Charles Dobson, der schon recht früh gekommen war, wurde als Automobilfachmann natürlich von allen Seiten zu Komfort, Haltbarkeit und Wiederverkaufswert der verschiedensten Fabrikate und Modelle befragt. «Was halten Sie von dem neuen Nissan, der gerade rausgekommen ist?» In diesem wie auch in ähnlichen Fällen war seine stehende Redensart: «Na ja, ein Cadillac ist es nicht.» Dobson seinerseits fragte seine Kollegen: «Haben Sie Cy Merton schon gesehen? Der Mann seiner Nichte ist ermordet worden, wußten Sie das schon?»

Für ihn war es wichtig zu wissen, ob der Präsident Cyrus Merton wegen der Namensänderung angesprochen und ob der Tod von Joyce Mertons Entscheidung in dieser Sache beeinflußt hatte. Um neun wurde er unruhig, und als ihm niemand etwas über Merton sagen konnte, überlegte er, ob er ihn zu Hause anrufen sollte, und besprach sich mit seinem Kollegen Ridgeway. «Passen Sie auf, der kommt noch», beruhigte ihn Ridgeway. «Soviel ich weiß, war er beim letzten Mal auch nicht zum Frühstück da. Sind Sie schon mal mit ihm gefahren? Ein unglaublich vorsichtiger Fahrer. Mich hat er mal nach Cambridge mitgenommen, ich hab gedacht, wir kommen dort nie an. Wahrscheinlich mochte er sich heute nur nicht in den Berufsverkehr stürzen. Vielleicht wollte er auch nicht früher als unbedingt notwendig mit Macomber zusammentreffen.»

Um neun kam Präsident Macomber. «Mr. Perkins, der bei uns für Haus- und Baufragen zuständig ist, wird uns herumführen», sagte er, «und Ihnen etwas über die geplanten Reparaturen und Umbauten erzählen. Danach stößt Professor Sykes, der Leiter unseres Fachbereichs Physik, dazu und zeigt uns die neuen Laboratorien.»

Macomber marschierte los, und die anderen liefen in lockerer Reihe hinter ihm her. Ridgeway deutete auf das Eckhaus und sagte wieder einmal: «Das ist Clarke House, da hab ich schon gegessen. Ich habe nämlich mit Roger Clark zusammen studiert.» Und Dobson antwortete – wie schon bei früheren Gelegenheiten: «Alle Achtung!»

Levine trat zu Macomber und flüsterte: «Wie ist denn so die Lage, Don?»

«Unverändert», sagte Macomber niedergeschlagen.

«Aber Merton ist nicht da. Vielleicht kommt er gar nicht.»

«Der kommt noch, darauf kannst du dich verlassen!»

Gleich früh waren Lieutenant Jennings und ein uniformierter Polizist zu Merton gefahren. Mrs. Marston machte auf, aber hinter ihr erschien Cyrus Merton, der gerade losfahren wollte. «Kommen Sie wegen meines Wagens?» fragte er.

«Ja, wir haben ihn bei uns im Revier», erwiderte Jennings. «Wenn Sie wollen, nehmen wir Sie mit, Sie prüfen, ob alles in

Ordnung ist, und können dann mit dem guten Stück nach Boston fahren.»

«Bestens! Ist er beschädigt?»

«Das sollen Sie selbst entscheiden, Sir.»

Merton sah auf die Uhr. Möglich, daß die Formalitäten sich eine Weile hinzogen, aber er hatte noch reichlich Zeit und fand es entschieden angenehmer, wieder in seinem eigenen Wagen zu sitzen, als das Firmenlogo in Boston spazierenzufahren.

Auf dem Weg zum Revier bombardierte er Jennings mit Fragen. Wo hatte man den Wagen gefunden? War schon bekannt, wer ihn gestohlen hatte? Ein professioneller Autodieb oder ein Kid, der auf eine Vergnügungsfahrt aus gewesen war? Jennings hielt sich bedeckt. «Das weiß ich nicht genau», sagte er. Oder: «Das wird Ihnen alles der Chief erklären.»

Lanigan erwartete sie auf dem Parkplatz. «Ist das Ihr Wagen?» fragte er Merton.

«Ja, das ist er.»

«Würden Sie bitte prüfen, ob alles in Ordnung ist?»

Langsam ging Merton um den Wagen herum.

«Der Kratzer dort am Kotflügel zum Beispiel», sagte Lanigan.

«Nein. Der war schon da. Den habe ich mir geholt, als ich mal rückwärts aus der Garage rausgefahren bin.»

Lanigan setzte sich ans Steuer und löste die Kofferraumverriegelung. «Fehlt was?» rief er nach hinten.

«Scheint nicht so.»

Der Chief lehnte sich über den Beifahrersitz und machte die Tür auf. «Kommen Sie doch mal herein und sehen Sie sich im Innenraum um», bat er. Merton setzte sich neben ihn und blickte nach hinten. «Scheint okay zu sein.»

«Und das Handschuhfach?»

Merton machte es auf, sah flüchtig hinein und klappte es wieder zu.

Lanigan griff an ihm vorbei noch einmal nach dem Handschuhfachdeckel und machte ihn auf. «Da liegt ja eine Uhr!

Ist das nicht die von Victor Joyce? Sieht genauso aus, wie seine Frau sie beschrieben hat.»

Merton wurde rot und lächelte etwas mühsam. «Ja, das ist sie. Ich bin da wohl nicht ganz offen Ihnen gegenüber gewesen. Es war eine ziemlich peinliche Situation. Als Victor sich in Breverton das Geld von mir lieh, drängte er mir die Uhr als Sicherheit auf. Ich wollte sie nicht haben, aber er ließ nicht locker, und schließlich habe ich mich überreden lassen.»

«Wir haben unanfechtbare Beweise dafür, daß Victor Joyce die Uhr trug, als er den Country Club verließ», sagte Lanigan ruhig.

Merton schwieg einen Augenblick, dann sagte er: «Wenn ich… Könnten Sie mich nach Hause fahren lassen? Ich möchte meinen Anwalt verständigen.»

«Den können Sie auch von hier aus anrufen», sagte Lanigan. «Wir haben einen Münzfernsprecher, Sie können aber auch von meinem Büro aus telefonieren.» Die blauen Augen blickten hart, und Merton begriff, daß man ihn nicht so ohne weiteres wieder laufenlassen würde.

Der Aufsichtsrat von Windermere tagte im vierten Stock des Verwaltungsgebäudes. Runde Tische waren mit weißen Tischdecken, Silber und Kristall für den gehobenen Imbiß vorbereitet, den der Partyservice zum Abschluß der Sitzung bringen und servieren würde.

Weiter hinten standen um einen langen Konferenztisch zweiundzwanzig Metallstühle mit ledergepolsterten Sitzen – je einer für die zwanzig Mitglieder des Aufsichtsrates, den Sekretär und den Präsidenten. Auf jedem Platz lagen ein kleiner Notizblock, ein Bleistift, ein Kugelschreiber und ein Exemplar der Tagesordnung. Um zehn saßen erst fünf oder sechs Leute am Tisch, die anderen standen herum und redeten.

Mark Levine trat zu seinem Freund. «Wie steht's inzwischen, Don?»

Macomber nickte zu den Aufsichtsräten herüber, die schon saßen. «Wenn die dort zu Merton halten, sind wir geplatzt. Ich hoffe immer noch, daß wir zumindest einen umdrehen können. Bei einer geheimen Abstimmung wäre es machbar, aber allzu optimistisch bin ich nicht.»

«Aber Merton ist noch nicht da», wandte Levine ein. «Vielleicht kommt er nicht mehr.»

«Das wäre zu schön, um wahr zu sein», sagte Macomber bitter. «Diese Sitzung läßt er sich bestimmt nicht entgehen.»

«Vielleicht steckt er im Stau oder hatte einen Platten oder so was. Jetzt ist es genau zehn. Willst du nicht anfangen? Vielleicht können wir die Abstimmung über die Bühne bringen, ehe er kommt.»

«Sehr verlockend, Mark, aber wenn er gerade dann aufkreuzt, wenn die Abstimmung gelaufen ist, bekomme ich den schönsten Zoff mit ihm. Nein, ich warte lieber noch eine Weile.»

Mark Levine zuckte die Schultern und wandte sich ab. Um halb elf aber beschloß er, die Initiative zu ergreifen. «Hey, Don», rief er. «Weißt du, wie spät es ist? Wann fangen wir denn endlich an?»

«Cyrus Merton ist noch nicht da», sagte jemand.

«Na und? Wir sind beschlußfähig.»

«Ja, aber... Er kommt von Barnard's Crossing, das ist ganz schön weit.»

«Und ich komme aus Dallas, Texas, das ist noch ein Stückchen weiter.»

«Ja, und ich aus Bangor, Maine», sagte ein anderer. «Allmählich wird es Zeit...»

«Na gut», sagte Macomber, «dann darf ich alle Anwesenden bitten, Platz zu nehmen und eröffne hiermit die Sitzung. Fürs Protokoll: Sitzungsbeginn zehn Uhr fünfunddreißig.»

Macomber widerstand der Versuchung, die anderen Themen durchzujagen, um möglichst schnell zur Abstimmung über die Namensänderung zu kommen. Geduldig hörte er sich mit den anderen die Verlesung des Protokolls der vorangegangenen Sitzung und die Berichte der Ausschüsse an, und erst nach elf stellte er den kritischen Antrag zur Diskussion.

Die Beteiligung war eher lustlos, hauptsächlich waren es die Gegner des Antrags, die sie in Gang hielten, um die Abstimmung hinauszuzögern, und dabei immer wieder erwartungsvoll zur Tür schauten. Als Macomber den Antrag zur Abstimmung stellte, beantragte Charles Dobson verabredungsgemäß eine geheime Abstimmung.

Macomber zuckte die Schultern. «Dazu brauchen wir wohl keinen formellen Beschluß. Wenn Mr. Dobson lieber eine geheime Abstimmung hätte, soll mir das recht sein.»

Der Sekretär verteilte die Abstimmungszettel, sammelte sie nach ein, zwei Minuten zusammengefaltet ein, öffnete sie und sortierte sie in zwei Häufchen. «Der Antrag ist mit sechzehn zu vier Stimmen angenommen.»

Sofort stellte McKitterick, der Mann aus Bangor, den Antrag, daraus eine einstimmige Entscheidung zu machen. Die Gegner sahen sich kurz an, nickten, und der Antrag ging ohne Gegenstimmen durch.

Mark Levine mußte gleich nach dem Essen in die Stadt, um etwas Geschäftliches zu erledigen, kam aber am frühen Abend zu Macomber, um sich mit ihm vor dem Essen noch etwas die Beine zu vertreten. «Hat Merton sich eigentlich gemeldet?» fragte er.

Macomber schüttelte den Kopf. «Nein. Ich habe überlegt, ob ich ihn anrufen soll, aber er sollte nicht den Eindruck haben, daß ich mich an seiner Niederlage weide. Wahrscheinlich ist ihm etwas Wichtiges dazwischengekommen, vielleicht ein großer Geschäftsabschluß.»

«Mag sein. Vielleicht wußte er aber auch, daß er nicht durchkommen würde, und ist deshalb lieber weggeblieben.»

«Das paßt eigentlich nicht zu ihm. Mut hat er, das muß man ihm lassen. Wäre er dagewesen, hätte er die Abstimmung womöglich doch noch für sich entscheiden können. Ich hatte mir ausgerechnet, daß er sechs Stimmen und seine eigene hatte. Damit hätte er uns knapp schlagen können. Ich war ganz überrascht, daß schließlich nur vier mit Nein gestimmt haben.»

«Ich nicht», sagte Levine. «Ich bin seit Sonntag hier und habe intensiv für die Namensänderung geworben. Dieser Kitterick aus Bangor erschien mir aussichtsreich. Als ich ihn ansprach, hat er sich ein bißchen gewunden und gefragt, ob ich sicher sei, daß es eine geheime Abstimmung geben würde. Ich hatte das Gefühl, daß er eigentlich mit Ja stimmen, es andererseits aber auch nicht mit Merton verderben wollte. Ein anderer – Bridges aus Worcester, glaube ich – hatte ein vielversprechendes Geschäft mit Merton eingeleitet, das er nicht gefährden wollte.»

«Interessant... Hoffentlich ist er nicht so geknickt, daß er zurücktritt.»

«Wäre das denn so schlimm?» fragte Levine erstaunt.

«Abgesehen von dieser fixen Idee wegen der Namensänderung, war er durchaus nützlich. Ein College ist ja gewissermaßen auch im Immobiliengeschäft, und davon versteht er was.»

Levine lächelte. «Wollen wir hoffen, daß er es sich nicht allzusehr zu Herzen nimmt. So ein Sieg muß gefeiert werden, Don. Ich lade dich zum Essen ein.»

«Darüber wollte ich gerade mit dir sprechen. Mein früherer Professor, Simon Cotton, ist in Boston, er nimmt an der Tagung der Anthropologischen Gesellschaft teil, und ich hatte mich zum Abendessen eigentlich mit ihm verabredet.»

«Kein Problem. Den nehmen wir einfach mit.»

41

Macomber holte seinen früheren Lehrer im Harvard Club ab. Im *Ritz Carleton* erwartete sie Levine und ging mit ihnen ins Restaurant. Als der Kellner eine Flasche Champagner im Eiskübel brachte, sah Cotton seinen Gastgeber erstaunt an. «Ist das Ihr übliches Getränk zum Abendessen, Mr. Levine?»

«Nein, der Schampus ist nur zum Anstoßen. Den Wein zum Essen suche ich aus, wenn wir bestellt haben.»

«Und worauf stoßen wir an?»

«Auf der heutigen Aufsichtsratssitzung», erläuterte Macomber, «wurde beschlossen, den Namen unserer Hochschule zu ändern. Aus dem Windermere Christian College ist das Windermere College of Liberal Arts geworden.»

«Sie haben demnach Ihre kirchlichen Bindungen gelöst. Und welcher Kirche waren Sie verbunden?»

«Im Grunde gar keiner», erwiderte Macomber. «Als das College noch eine Bildungsanstalt für junge Damen war, sollte das christliche Element im Namen einfach den Eindruck erwecken, daß es sich um eine moralische Einrichtung handelte.»

«Donald meint, daß ihm die heutige Abstimmung eine stärkere Einflußnahme sichert», ergänzte Levine.

«Ja, das stimmt», bestätigte Macomber. «Für die Entscheidung brauchte ich eine Zweidrittelmehrheit, und um die zu erreichen, habe ich mir nach und nach Leute in den Aufsichtsrat geholt, von denen ich Unterstützung erwarten konnte. Jetzt kann ich Windermere vielleicht zu einer Hochschule machen, die echte Bildung vermittelt und nicht nur eine Produktionsstätte für angepaßte Wissenschaftler ist. Etwas in der Art haben Sie doch von jeher gefordert, Professor Cotton.»

Der wiegte skeptisch den Kopf. «Ich wünsche Ihnen dabei

natürlich viel Erfolg, aber seien Sie nicht zu optimistisch. Sie arbeiten damit einer Entwicklung entgegen, die vor fünfzig oder sechzig Jahren eingesetzt hat.»

«Was war denn vor fünfzig oder sechzig Jahren?» wollte Levine wissen.

«Zu diesem Zeitpunkt erkannten die Verwaltungsorgane der Hochschulen, daß Forschung gewinnbringender ist als Lehre. Prompt verlagerte sich der Schwerpunkt des Interesses von den Studierenden auf die Lehrenden. Früher wurde man Hochschullehrer, weil man Freude am Gelehrtenleben und an der Vermittlung von Wissen an aufnahmefähige junge Menschen hatte. Falls man auf einen besonders interessanten Aspekt seines Fachs oder ein besonders fesselndes Problem stieß, schrieb man darüber vielleicht einen Artikel in einer Fachzeitschrift oder sogar ein Buch – in seiner Freizeit, wohlgemerkt, einfach, weil man Lust dazu hatte. Als sich die Zeiten änderten, wurde aus der freiwilligen Leistung eine Klausel im Anstellungsvertrag.»

«Veröffentlichen oder verrecken...»

«Und die Universität XYZ war nun das Institut, an dem ein Hochschullehrer einen neuen Planeten oder das neueste Krebsmittel entdeckt hatte. Damit kam natürlich auch mehr Geld in die Kasse.»

«Und wenn durchgesickert war, daß in der Universität ABC eine wichtige Veröffentlichung anstand», sagte Macomber, «trat prompt XYZ mit einem Angebot an den betreffenden Hochschullehrer heran.»

«Das ist aber völlig normal», sagte Levine. «In großen Konzernen läuft es genauso.»

«Ja, aber in einem Konzern lockt man mit höheren Gehältern und anspruchsvolleren Aufgaben. An der Hochschule ist der Anreiz eine stark eingeschränkte Lehrtätigkeit. So hebt zwar der neu berufene Hochschullehrer durch seinen Namen das Ansehen der Universität, aber die Studenten haben nichts davon.»

«Was aber wohl keinen Einfluß auf die Zahl der Anmeldungen an der XYZ-Uni hat», vermutete Levine.

«Ganz im Gegenteil», bestätigte Macomber. «XYZ kann nun nicht mehr alle qualifizierten Bewerber, sondern nur noch die Besten und schließlich nur noch die Allerbesten aufnehmen. Und die High Schools werben mit der Zahl oder dem Prozentsatz ihrer Abgänger, die bei XYZ angekommen sind.»

«Die meisten Studenten wollen ja an die XYZ-Uni», sagte Cotton, «weil ihnen an einer Mehrung ihres Wissens liegt. Des Wissens über sich selbst, über die Welt, über das Universum. In der Praxis aber sind solche Hochschulen inzwischen eine Art Profi-Trainingslager, in dem die Neulinge sich um die wenigen freien Plätze im Team raufen. Das Ende vom Lied ist, daß die Hochschule jede Menge vorzüglich ausgebildeter junger Menschen mit eingeschränktem Denkvermögen hervorbringt.»

«Mit eingeschränktem Denkvermögen?» wiederholte Levine.

«Ja, denn der Wettbewerb vollzieht sich auf der Grundlage von Noten. Und einer, der gute Noten haben will, begreift sehr schnell, daß man die nur bekommt, wenn man originelle Ideen für sich behält und die Vorstellungen des Professors nachplappert. Wer sich im Studium diese Einstellung angewöhnt hat, kommt sein Leben lang nicht mehr davon los.»

«Wo haben Sie denn promoviert, Professor?» fragte Levine.

«Überhaupt nicht», sagte Cotton knapp. «Den Doktorvater möchte ich sehen, der es mit mir ausgehalten hätte...»

Macomber lachte, während Levine ein verlegenes Gesicht machte.

Der Kellner brachte den Kaffee. Levine zündete sich eine Zigarre an. «Sind Sie noch länger hier, Professor?» fragte er. «Dann würde ich gern mit Ihnen über ein paar neue Ideen sprechen, die ich bei uns umsetzen möchte.»

«Eigentlich hatte ich vor, noch ein paar Tage zu bleiben», sagte Cotton, «aber meine Frau hat heute abend angerufen und mich gebeten, nach Hause zu kommen. Nein, nein, alles in Ordnung, aber sie hat die Enkel gehütet, während unsere Tochter in der Klinik lag, und die haben sie wohl ganz schön strapaziert, sie ist viel zu gutmütig. Morgen früh fliege ich zurück.»

«Ich auch», sagte Levine. «Wann geht Ihre Maschine? Ich frage deshalb, weil die Firma, mit der ich hier geschäftlich zu tun habe, mir einen Wagen mit Fahrer zur Verfügung gestellt hat.»

«Ich fliege um acht.»

«Meine Maschine geht etwas später, aber wenn Sie wollen, hole ich Sie um sieben ab.»

«Meine Frau ist ein etwas nervöser Typ», erläuterte Professor Cotton auf der Fahrt zum Flughafen. «Ich habe ihr gesagt, daß es Unfug ist, sich in ihrem Alter zwei kleine Kinder aufzuladen. Mein Schwiegersohn könnte es sich durchaus leisten, für vierzehn Tage eine Hilfe zu bezahlen. Aber als Großmutter muß man sich eben auch mal in die Pflicht nehmen lassen, hat sie gesagt.» Verärgert über so viel Halsstarrigkeit schüttelte er den Kopf. «Andererseits habe ich nach vierzehn Tagen das Restaurantessen gründlich satt. Eigentlich wollte ich noch zu meinem Vetter in Barnard's Crossing... ach, du liebe Güte!»

«Was ist?»

«Ich hatte mich für heute dort angemeldet, sie werden auf mich warten.»

«Sie können ihn ja vom Flugplatz aus anrufen», tröstete Levine.

«Nein, um diese Zeit ist er zum Frühgottesdienst im Tempel.»

«Ein frommer Jude also...»

«Er ist der Rabbi dort.»

«In Barnard's Crossing? Rabbi Small ist Ihr Vetter?»

«Kennen Sie ihn?»

«Er hat vor ein paar Jahren in Windermere ein Seminar gehalten.»

«Ja, ein Vetter zweiten oder dritten Grades. Warten Sie... mein Großvater und sein Urgroßvater waren Brüder.»

«Wieso haben Sie dann andere Namen? Cotton und Small...»

Der Professor lächelte durchtrieben. «Können Sie Hebräisch?»

«Als Junge bin ich in die hebräische Schule gegangen.»

«Sagen Sie mal meinen Namen laut, aber mit der Betonung auf der letzten Silbe.»

Levine sah ihn zweifelnd an und sagte: «Cot-*ton*...» Dann fiel der Groschen: «Das heißt ja *klein*.»

«Eben. Davids Großvater hat den Namen übersetzt, meiner hat ihn transliteriert. Ich glaube, ursprünglich hießen wir Kottontschik – entweder weil ein Vorfahre klein oder vielleicht auch, weil er besonders groß war. So wie wir einen dicken Jungen aus Spaß eine Bohnenstange nennen.»

«Wenn es eilt, können Sie auch vom Flugzeug aus telefonieren.»

«Ja, da haben Sie recht. Er möchte gern weg vom Rabbinat und denkt an eine Stelle an der Hochschule. Auf der Tagung habe ich einen Kollegen aus Iowa getroffen, der meinte, daß in seinem College eine Stelle frei wäre, das habe ich David eigentlich nur noch sagen wollen.»

Der Fahrer hatte das Gepäck zum Schalter von Levines Fluggesellschaft gebracht, und Mark Levine schüttelte Professor Cotton die Hand. «Ich habe mich gefreut, daß wir noch mal zusammen sprechen konnten, Professor.»

«Ganz meinerseits. Und schönen Dank für das Abendessen und fürs Mitnehmen.»

Levine checkte sein Gepäck ein, dann rief er von einer Telefonzelle aus bei Präsident Macomber an. «Don? Dieser Rabbi Small aus Barnard's Crossing, der dir so gefallen hat, ist ein Vetter von Professor Cotton. Und stell dir vor, er gibt die Stelle in Barnard's Crossing auf und möchte an die Hochschule.»

«Genau der Mann, den wir suchen. Ich werde ihm gleich schreiben.»

«Am besten rufst du ihn an, Don.»

«Gute Idee.»

Simchas Anruf kam, als der Rabbi nach dem Minjan beim Frühstück saß. «Simcha kommt heute nicht», sagte er zu seiner Frau. «Er kommt überhaupt nicht mehr vorbei, weil er schon auf dem Weg nach Chicago ist. Er hat vom Flugzeug aus angerufen, stell dir das mal vor. Er hätte was Interessantes für mich aufgetan, sagt er. In Iowa. Näheres schreibt er noch.»

Der Rabbi war bei seiner zweiten Tasse Kaffee, als Macomber anrief. Miriam sah ihn fragend an. «Das war Präsident Macomber von Windermere. So ganz klar ist mir die Sache nicht, aber irgendwie hat er von einem seiner Aufsichtsräte gehört – der es wiederum von Simcha hat –, daß ich mich für eine Stelle an der Hochschule interessiere. Er möchte gern mit mir sprechen.»

42

Auf der Fahrt nach Boston überlegte der Rabbi, was Präsident Macomber wohl von ihm wollte. Vielleicht ging es ja um das Seminar – drei Wochenstunden –, das er ein Semester als Vertretung von Rabbi Lambden gegeben hatte. Es war eine schöne Zeit gewesen, aber wenn Macomber ihm das Seminar wieder anbot, würde er nicht akzeptieren, denn dann konnte er keine Vollzeitstelle mehr übernehmen. Und falls er ihm ein weitergehendes Angebot machen wollte, hätte Simcha ihm bestimmt vorhin davon erzählt.

Macomber begrüßte ihn herzlich, ja, fast überschwenglich. «Ich hatte ja keine Ahnung, daß Sie mit Professor Cotton verwandt sind», sagte er, als er sich wieder hinter seinen Schreibtisch gesetzt und den Rabbi auf den Besucherstuhl gebeten hatte. «Im Studium gehörte ich zu seinen eifrigsten Bewunderern. Als ich erfuhr, daß er in Boston war, habe ich mich natürlich sofort mit ihm in Verbindung gesetzt, und am Dienstagabend haben wir zusammen gegessen – Professor Cotton, ich und Mark Levine, einer der Aufsichtsräte und ein guter Freund von mir. Wir haben lange zusammengesessen und über Erziehung im allgemeinen und Windermere im besonderen geredet.»

Macomber schilderte das Gespräch in großen Zügen und wiederholte: «Ja, wie gesagt, ich möchte aus Windermere eine Hochschule machen, in der nicht nur Vorbereitung auf den Beruf geboten, sondern echte Bildung vermittelt wird. Ich brauche Hochschullehrer, die für die Studenten da sind, statt Abhandlungen für gelehrte Gazetten zu schreiben. An meiner Hochschule soll Lernen um des Lernens willen betrieben werden.» Er unterbrach sich, als er den Rabbi nachdrücklich nikken sah. «Sind Sie auch dieser Meinung?»

«Genau das ist es, was das Judentum von jeher unter Lernen versteht. Bei uns gibt es ein Sprichwort: Benutze dein Torawissen nicht als Spaten, um damit zu graben.»

«Wieso... doch, ich glaube, jetzt verstehe ich. Man soll demnach das Torawissen nicht verwenden, um seinen Lebensunterhalt damit zu verdienen. Lernen um des Lernens willen... Aber verstoßen Sie als Rabbi nicht eigentlich gegen dieses Prinzip? Im Grunde verdienen Sie doch mit dem Wissen um die Tora Ihr Brot.»

Der Rabbi lächelte. «Strenggenommen wird der Rabbi für die Zeit bezahlt, die er nicht auf produktive Arbeit verwenden kann. Ein weiteres jüdisches Sprichwort besagt, daß ein Vater, der seinen Sohn kein Handwerk lernen läßt, ihn damit lehrt, ein Dieb zu werden. Wir unterscheiden demnach zwischen dem, was man für sich selbst lernt, und dem, was man lernt, um es im Interesse des Gemeinwohls und zum Broterwerb in die Praxis umzusetzen.»

«Dieser Unterschied hat sich bei uns leider stark verwischt», sagte Macomber etwas wehmütig. «Heutzutage lernt man oft nur noch, um voranzukommen: Von der High School auf ein gutes College, vom College an eine gute Fachuniversität, von der Fachuniversität zu einem guten Job und von dem guten zu einem besseren Job.» Er hatte sich zurückgelehnt, jetzt richtete er sich wieder auf, rückte seinen Sessel ein Stück näher an den Schreibtisch heran und fuhr sachlicher fort: «Rabbi Lambden, für den Sie vor ein paar Jahren die Vertretung gemacht haben, geht nächstes Jahr in den Ruhestand –»

«– und jetzt wollen Sie wissen, ob ich sein Seminar übernehmen will.»

«Nein, diese Veranstaltung wird nicht weitergeführt.» Er lächelte. «Sie hatte, um ehrlich zu sein, mehr oder weniger nur eine Alibifunktion und sollte die Eltern jüdischer Studenten beruhigen, die sich möglicherweise an dem christlichen Element in unserem Namen hätten stören können. Es war ein leichtes Seminar, das fast alle jüdischen Studenten belegt haben, weil man da ohne große Mühe eine Eins kassieren konnte.» Der Rabbi setzte zu einem Protest an, und Macomber hob beschwichtigend die Hand. «Ich weiß, zu Ihrer Zeit war das anders, aber unter Rabbi Lambden lief das immer so. Inzwischen heißen wir nicht mehr Windermere Christian, sondern Windermere College of Liberal Arts.» Und als der Rabbi ihn erstaunt ansah, fügte er hinzu: «Ja, seit Dienstag, der Aufsichtsrat hat den Antrag einstimmig genehmigt. Und ich möchte, daß aus dem College zweiter Wahl, das wir bisher waren, eine erstklassige Bildungseinrichtung für junge Menschen wird, denen es um echtes Wissen geht und nicht nur darum, sich das Rüstzeug für einen Job zu holen. Dazu gehört auch, daß sie die Gesellschaft, in der sie leben, ihre Ursprünge und ihre Geschichte verstehen lernen. Die griechischen und römischen Einflüsse berücksichtigen wir seit eh und je, die jüdischen Strömungen aber haben wir bisher immer durch die christliche Doktrin gefiltert. Ich möchte Seminare in jüdischer Philosophie und Ideengeschichte anbieten – entweder als Teil eines vergrößerten Bereichs Klassische Philologie oder als eigenen Fachbereich. Hätten Sie Lust, den Lehrstuhl zu übernehmen?»

43

Der Rabbi nahm an der sonntäglichen Vorstandssitzung nicht teil. Als der Schriftführer sein Kündigungsschreiben verlas, kam sofort der Verdacht auf, der Dreierausschuß habe etwas falsch gemacht.

«Womit habt ihr denn den Rabbi vergrätzt?»

«Wir haben ihn überhaupt nicht vergrätzt», versicherte Ben Clayman. «Levitt hat nur gesagt, daß er sich wundert, weil der Rabbi keinen Vertrag auf Lebenszeit hat –»

«Ja, aber ich bin nicht darauf rumgeritten», sagte Levitt. «Als er sagte, es sei ihm lieber so, war das Thema für mich erledigt.» Und etwas boshaft fügte er hinzu: «Und ich habe nicht von seinem alten Schlitten geredet.»

«Glaubst du im Ernst, er schmeißt die Brocken hin, weil ich seinen Wagen einen alten Schlitten genannt habe?»

«Jetzt hört mal zu», sagte Al Bergson. «Ich weiß, warum der Rabbi gekündigt hat.»

«Komm, sag schon...»

«Ihr laßt einen ja nicht zu Worte kommen. Als Clayman und Levitt gegangen waren, hat mir der Rabbi gesagt, er würde keins der teuren Geschenke annehmen, von denen die Rede war, weil er ohnehin kündigen wolle. Und warum? Weil er dreiundfünfzig ist und noch mal was anderes machen will. Er ist seit fünfundzwanzig Jahren hier, so daß er Anrecht auf eine Pension hat –»

«Ja, aber dann reduziert sich sein Einkommen doch erheblich.»

«Um ein Viertel. Aber wie er mir sagt, wird seine Tochter bald heiraten, und sein Sohn hat einen guten Job in Aussicht. Damit stehen die Kinder auf eigenen Füßen, und für ihn und seine Frau reicht es.»

«Und was will er jetzt machen?»

«Warum bleibt er nicht einfach hier, bis er was Passendes gefunden hat?»

«Ich habe angeboten, ihm einen längeren Urlaub zu bewilligen, dann könnten wir für dieses Jahr einen Vertreter einstellen und–»

«Das finde ich nicht gut. Was ist, wenn der Mann, den wir einstellen, bei uns gut ankommt? Müssen wir ihn dann nach einem Jahr wieder heimschicken?»

«Ja, und wer weiß, was wir kriegen, wenn es nur für ein Jahr ist.»

«Der Rabbi hat recht. Fünfundzwanzig Jahre sind genug.»

Schließlich einigten sie sich darauf, die Kündigung des Rabbis anzunehmen und ihm entsprechend zu schreiben.

«Und schreib hinein: Mit Bedauern. Wir nehmen mit Bedauern zur Kenntnis...»

«Oder besser noch: ...mit großem Bedauern.»

«Im Herbst können wir ihm dann eine große Party geben und ihm ein hübsches Geschenk überreichen, einen silbernen Kiddusch-Becher vielleicht...»

«Oder eine Urkunde auf Pergament in altmodischer Schrift und mit so einem großen schnörkeligen Buchstaben am Anfang von jedem Satz. Etwas, was er sich rahmen kann.»

«Also den Rahmen müßten wir dann wohl auch noch übernehmen...»

«Hast recht. Den Rahmen kriegt er dazu.»

Nach der Sitzung machte Bergson kurz beim Rabbi Station und schilderte ihm den Verlauf der Sitzung. «Besonders erschüttert waren sie nicht, David», sagte er zu Miriams Kummer. Der Rabbi schien sich über die Formulierung eher zu amüsieren.

«Ich konnte mich mit meinem Vorschlag, dir einen längeren Urlaub zu bewilligen, nicht durchsetzen. Einer meinte allerdings, du könntest doch bleiben, bis du einen neuen Job gefunden hast. Hat sich in dieser Richtung übrigens schon was getan?»

Der Rabbi lächelte. «O ja. Im nächsten Jahr übernehme ich den Lehrstuhl für Judaistik am Windermere College.»

44

An einem heißen, feuchten Julitag hatte Lanigan wegen einer ganz anderen Sache bei Tomasello von der Staatsanwaltschaft zu tun und erkundigte sich im Gehen nach dem Fall Merton.

«Der wird eingestellt», sagte Tomasello kurz angebunden.

Lanigan setzte sich wieder. «Wieso denn das? Gibt es eine neue Beweislage?»

«Der Boss ist der Meinung, daß wir nicht durchkommen würden», gab Tomasello ziemlich unglücklich zurück.

«Aber warum denn nicht? Der Mann ist die Pine Grove Road heruntergefahren und muß das Autowrack gesehen haben.»

«Na und?»

«Er hat den Unfall nicht der Polizei gemeldet.»

«Das ist noch nicht strafbar.»

«Und die Uhr? Sie lag in seinem Wagen, er muß sie Joyce abgenommen haben und –»

«Die Uhr lag nicht in seinem Wagen, die haben Sie Merton ins Handschuhfach gelegt.»

«Ja, aber er ist offenbar davon ausgegangen, daß sie die ganze Zeit da gelegen hatte, er hat sogar versucht mir zu erzählen, Joyce hätte sie ihm als Sicherheit für das geliehene Geld gegeben.»

«Damit würden wir uns vor Gericht schwertun. Zu der Zeit war er noch nicht verhaftet und auch noch nicht verwarnt worden.»

«Na und? Die Uhr ist nicht wegzuleugnen. Sie gehörte Joyce, Merton hatte sie ihm abgenommen.»

«Es dürfte Ihnen schwerfallen, eine Jury davon zu überzeugen, daß damit der Tatbestand des Diebstahls erfüllt ist. Die

Uhr gehörte erst seinem Bruder, dann seiner Nichte. Vor allem aber hatte sie eine Reliquie auf dem Zifferblatt, und daß er als guter Katholik – einer, der jeden Tag zur Messe geht – die Uhr an sich genommen hat, damit sie nicht gestohlen wird, würde ihm jeder Geschworene abnehmen. Das Dumme ist aber vor allem, daß die Anklage sich auf die Aussage dieses Doktors stützen müßte –»

«Meinen Sie Dr. Gorfinkle? Was haben Sie denn gegen den?»

«Der Mann ist Augenarzt. Wahrscheinlich hat er seit zwanzig Jahren keinem Patienten mehr den Puls gefühlt. Wir haben nur seine Aussage dafür, daß Joyce noch lebte, als er ihn sah. Und dieser Gorfinkle... kennen Sie ihn?»

«Ja, natürlich.»

«Können Sie sich Gorfinkle im Zeugenstand vorstellen, im Kreuzverhör womöglich, konfrontiert mit den bohrenden Fragen der Verteidigung?»

«Da ist was dran... Merton kommt also ungestraft davon. Eine etwas peinliche Situation, wenn ich ihn in der Kirche sehe oder ihm in der Stadt über den Weg laufe.»

«Das dürfte in ein, zwei Wochen kein Problem mehr sein. Ich habe gehört, daß er sein Geschäft an eine große Bostoner Immobilienfirma verkaufen will oder schon verkauft hat, er zieht mit seiner Schwester nach Florida.»

«Und die Nichte?»

«Es heißt, daß sie wieder in das Kloster in Ohio zurück will, wo sie zur Schule gegangen ist.»

«Haben Sie mit ihm gesprochen, Luigi?»

«Nein, aber Elliot Bender, Mertons Anwalt, ein ganz großes Tier, war bei meinem Boss, dem District Attorney. Sie waren nach dem Studium ein, zwei Jahre in der gleichen Anwaltsfirma und können gut miteinander.»

«Meinen Sie, daß deshalb –»

«– der Fall eingestellt wird? Nein, das nicht, aber weil sie befreundet sind, war es für Bender leichter, zu meinem Boss vorzudringen. Er sagt, Merton habe den Unfall der Polizei melden wollen, sich aber gedacht, daß sie dann seine Nichte anrufen, sie vielleicht aus dem Schlaf reißen und zur Identifizierung des Toten ins Krankenhaus holen würden, und diese traumatische Erfahrung wollte er ihr ersparen. Deshalb ist er zu ihr gefahren, um es ihr schonend beizubringen und von dort aus die Polizei anzurufen.»

«Aber sie war nicht zu Hause.»

«Ja, und da hat er im Doughnut Shop Station gemacht und einen Kaffee getrunken, später wollte er es dann noch mal versuchen.»

«Warum hat er nichts von dem Unfall gesagt, als er den Diebstahl seines Wagens gemeldet hat?»

«Wahrscheinlich hat er sich gedacht, die Polizei wüßte es inzwischen schon», sagte Tomasello.

Grollend und unzufrieden fuhr Lanigan nach Barnard's Crossing zurück. Hätte er vielleicht nicht so bereitwillig auf Tomasellos Vorschlag eingehen, hätte er vorher Merton noch ausführlicher befragen sollen?

Spontan hielt er vor Rabbi Smalls Haus. Der Rabbi stand, ein hohes, beschlagenes Glas in der Hand, in dem Durchgang zwischen Garage und Küche und blätterte in einer Zeitschrift.

«So was könnte ich auch gebrauchen, David. Ich hab einen harten Tag hinter mir.»

«Gin Tonic. Moment, ich hol dir einen.»

Sie prosteten sich zu, und der Rabbi fragte: «Nehmen die Straftaten zu, oder ist dir der Verwaltungskram auf den Magen geschlagen?»

«Weder noch.» Und dann erzählte er von seinem Gespräch mit Tomasello.

«Was er da über Gorfinkle gesagt hat, ist Unfug», befand der Rabbi. «Dr. Gorfinkle dürfte sich und seiner Frau hundertmal den Puls gefühlt haben, wenn einer von ihnen sich nicht wohl fühlte. Kein Anwalt könnte ihm einreden, daß er sich geirrt hat, daß in Wirklichkeit kein Puls mehr zu spüren war. Der Schlüssel ist das Haus im Shurtcliff Circle.»

«Wieso? Was war mit dem Haus?»

«Es lag im Dunkeln. Nachdem Merton von der Pine Grove

in die Abbot Road eingebogen war, ist er nach rechts Richtung Shurtcliffe gefahren und nicht nach links zu seinem Haus auf dem Point, denn bis dahin waren es noch mehrere Meilen, zum Shurtcliffe Circle aber nur noch zwei Blocks.»

«Und warum –?»

«In das Haus am Shurtcliffe Circle wollte er nicht etwa, um seiner Nichte schonend die Nachricht von dem Unfall beizubringen, sondern weil er dringend auf die Toilette mußte. Und als er sah, daß niemand zu Hause war, fuhr er noch die ein, zwei Blocks bis zum Doughnut Shop. Wir wissen ja, daß er dort gleich zur Toilette gerannt ist.»

«Dann glaubst du also, daß er Joyce umgebracht hat?»

Der Rabbi schüttelte den Kopf. «Ich weiß nicht, was ihm in diesem Moment durch den Kopf gegangen ist. Vielleicht wollte er nur die Uhr an sich nehmen und hat dabei versehentlich die Pulsader aufgeschnitten. Oder er hat Joyce die Uhr abgenommen und – verärgert über dessen trunkenen Leichtsinn – die schlaffe Hand fallen lassen, die unglücklich auf eine spitze Glasscherbe auftraf. Oder er sah plötzlich eine Lösung für sein Problem. Ich kenne den Mann ja nur aus deinen Erzählungen. Was sollte aus dem ansehnlichen Vermögen werden, das er angesammelt hatte? Er hatte keine Kinder, seine Schwester hatte keine Kinder, der Fortbestand der Familie war nur gesichert, wenn seine Nichte Nachwuchs in die Welt setzte. Das muß ihm wichtig gewesen sein, sonst hätte er sich als frommer Katholik kaum gegen die Absicht seiner Nichte gesperrt, in einen Orden einzutreten. Eigentlich hätte es ihn stolz und froh machen müssen, daß jemand aus seiner Familie eine Berufung hatte.

Jetzt aber strebte sie eine kirchlich sanktionierte Trennung und eine Zivilscheidung an. Da sie es mit ihrem Glauben ebenfalls ernst nahm, würde sie keine neue Ehe eingehen, solange ihr Mann noch lebte. Und da saß dieser Victor Joyce nun in dem zertrümmerten Wagen, und es war so leicht, ihn durch einen ganz leichten Druck vom Leben zum Tode zu befördern...»

Lanigan nickte nachdenklich. «Verstehe. Ja, so geht es eben

bei der Polizei: Ein Haufen Arbeit für nichts und wieder nichts.»

«So darfst du das nicht sehen. Du hast mehreren Menschen eine schwere Last von der Seele genommen. Schließlich standen Dorfbetter und Jacobs, möglicherweise auch der Junge aus der Garderobe im Country Club, ja, sogar Mrs. Joyce unter Mordverdacht.»

«Ja, aber der mutmaßliche Täter geht straffrei aus.»

«Nur weil ihr ihn nicht einsperren könnt, meinst du? Er muß mit sich selbst leben, und er weiß, daß ihn das Glück verlassen hat. Ich überlege...»

«Was?»

«In allen Religionen gibt es Menschen, die deren Grundregeln mißachten, während sie die Rituale, die Äußerlichkeiten, peinlichst genau befolgen. Ich habe in Israel einen Mann kennengelernt, der sich buchstabengetreu an jede Regel, jede Vorschrift hielt. Er benutzte sogar zweierlei Gebetsriemen. Es ist strittig, auf welche Weise die Gebetsstreifen in die Phylakterien einzulegen sind, und um nichts zu riskieren, benutzte er beide Varianten. Und dann geschah etwas sehr Schlimmes: Sein Sohn kam ums Leben. Von Stund an ging er nicht mehr zum Minjan, ja, er ließ sich nicht einmal mehr am Sabbat in der Synagoge sehen. Und nun überlege ich, ob Merton in seiner Gemeinde in Florida weiterhin täglich zur Messe gehen wird...»

45

Eine Party mußte sein, schließlich war der Mann seit fünfundzwanzig Jahren bei ihnen. Und wie immer klangen die ersten Vorschläge recht großspurig. «Er ist doch schließlich fast so lange hier wie der Tempel. Schön, noch nicht seit der Grundsteinlegung, aber als er kam, stand der Bau noch nicht mal ein Jahr. Wie wär's, wenn wir das zusammenlegen: Fünfundzwanzig Jahre Synagoge Barnard's Crossing, fünfundzwanzig Dienstjahre von Rabbi Small... Ein Dinner mit Tanz in einem Nobelhotel in Boston und einen tollen Tombola-Hauptgewinn, einen Cadillac vielleicht.»

«Und wieviel Eintritt müßten wir für so was nehmen? Hundert Dollar pro Person. Mindestens. Und wie viele Leute würden da kommen?»

«Ja, und ich müßte mir einen Smoking leihen, da gehen noch mal dreißig, vierzig Dollar drauf. Und für so was würde meine Frau bestimmt ein neues Kleid haben wollen.»

«Der Frauenverein hat doch immer so Second hand-Angebote...»

«Ach, geh mir doch mit diesem Schmonzes, darauf läßt meine Frau sich bestimmt nicht ein. Und dann der Babysitter, die Parkgebühren und Trinkgelder – das macht pro Paar gut und gern dreihundert Dollar.»

Nein, ganz so hoch wollte man die Sache denn doch nicht aufhängen. Der Cadillac als Tombola-Hauptgewinn wurde gestrichen. «Stellt euch mal vor, die Leute lesen in der Zeitung, daß eine jüdische Kleinstadtgemeinde bei einem Fest einen Cadillac als Hauptgewinn ausgesetzt hat...»

Auch die große Abendgarderobe wurde abgeschrieben. «Einen dunklen Anzug hat jeder, aber wer von unseren Leuten besitzt schon einen Smoking?»

Dann geriet das Nobelhotel unter Beschuß. «Es kommt ja im Grunde nur ein Samstagabend in Frage. Ist einer von euch schon mal am Samstagabend nach Boston ins Theater gefahren? Der Verkehr ist mörderisch. Ja, wenn es der Country Club in Breverton wäre...»

«Der ist nicht koscher.»

«Wir könnten ja einen koscheren Partyservice bestellen. Die bringen das ganze Geschirr und das Essen fix und fertig mit.»

«Wenn's nur um den Samstagabendverkehr geht...»

Und so einigte man sich schließlich auf ein Fest im Gemeindesaal, wo keine Probleme mit *hashruth*, mit dem Verkehr oder mit Abendkleidung zu befürchten waren.

«Also ich war ja richtig geplättet, Rabbi. Sie waren für mich etwas, was es schon immer gegeben hat...»

«Wie die Elektrizität?»

«Na ja, so ähnlich. Sie wissen schon, wie ich's meine», sagte sein Gesprächspartner mit einem etwas verlegenen Lächeln und ging rasch weiter.

Sie kamen an den Tisch des Rabbis, um ihm zu sagen, wie erstaunt sie über seine Kündigung waren und wie sehr sie sein Fortgehen bedauerten, um sich für Gefälligkeiten zu bedanken, die er ihnen erwiesen hatte, und um ihm alles Gute zu wünschen. Die meisten kannte er kaum, weil sie allenfalls zu den Hohen Feiertagen in die Synagoge kamen.

Auch Ira Lerner sprach ihn an. «Sie sind doch noch immer Rabbi, nicht?»

«Ich denke schon. Warum?»

«Weil ich Sie bitten möchte, meine Tochter Clara zu trauen. Sie heiratet diesen Mordecai Jacobs, von dem ich Ihnen damals erzählt habe.»

«Und wann soll die Hochzeit sein?»

«Ende des Jahres.»

«Wäre es dann nicht besser, wenn der neue Rabbi die Trauung vornimmt?»

«Weil das in seine Zuständigkeit fällt, meinen Sie? Ja, das

stimmt schon. Aber Sie haben damals, in Ihrem zweiten oder dritten Jahr hier, Myra und mich getraut, und es ist eine gute Ehe geworden. In zwei Jahren haben wir Silberhochzeit. Und weil man heutzutage soviel von Scheidung und Trennung hört, möchte ich gern, daß Sie für Clara und ihren Freund das tun, was Sie für Myra und mich getan haben.»

Zum Glück fing der Rabbi Miriams warnenden Blick auf und brachte ein etwas mühsames Lächeln zustande.

«Das macht David bestimmt gern», versicherte Miriam und lächelte sonnig.

Klugmann / Mathews

«Da werden endlich wieder Geschichten erzählt, die so intelligent und spannend sind, die zum Zittern und Lachen bringen. Allererste Empfehlung: die subtil anarchistischen Polizeikomödien der beiden Hamburger Norbert Klugmann&Peter Mathews.» *Lui*

Beule & Co
Beule oder Wie man einen Tresor knackt. Ein Kommissar für alle Fälle. Flieg, Adler Kühn
(thriller 3101)
Die Helden des Autorenduos scheinen auf den ersten Blick wenig perfekt. Sie haben Probleme mit Frauen, mit sich selbst und mit ihrer Kondition. Eigentlich sind sie ganz selten richtige Helden. Da kommt es schon vor, daß ein Keller in Brand gesetzt wird, weil ein geklauter Tresor sich nicht knacken läßt. Oder ein Schrebergärtner ermordet wird, weil er seinen Garten nicht verkaufen will...

Die Schädiger
(thriller 2771)
Rochus Rose wachsen die Schulden über den Kopf, und die Methoden des Geldeintreibers Sänger sind raffiniert, aber nicht ganz legal...

Vorübergehend verstorben
Roman
320 Seiten. Gebunden
Wunderlich Verlag
Die Männer sind alle Verbrecher, ihr Herz ist ein finsteres Loch... Die Anwältin Luise Rubato fährt lieber in die Grube, als der Moral der Männer zu erliegen.

rororo thriller

Norbert Klugmann
Das Pendel des Pentagon
(thriller 2954)
«Norbert Klugmann legt ein wahnsinniges Tempo vor und ihm fließen mitunter Dialoge aus der Feder, gegen die hochgerühmte amerikanische Kollegen die reinsten Langweiler sind.» *Süddeutscher Rundfunk*

Schweinebande
(thriller 3175)

Doppelfehler *Ein Fall für den Sportreporter*
(thriller 3228)
Ein ATP-Tennisturnier in Deutschlands wildem Osten läßt sich nicht ohne weiteres vermarkten. Ein toter Tennisprofi indes belebt das Geschäft...

rororo thriller werden herausgegeben von Bernd Jost. Ein Gesamtverzeichnis der Reihe finden Sie in der *Rowohlt Revue*. Jedes Vierteljahr neu. Kostenlos in Ihrer Buchhandlung.

3013/5

Hansjörg Martin

«**Hansjörg Martin** ist eine Person von historischer Bedeutung. Was Raymond Chandler für die amerikanische Kriminalliteratur war, ist er für die deutsche geworden: man kann ihn ohne jeden Zweifel als ihren Vater betrachten. Sein Roman *Gefährliche Neugier* löste 1965 ein Genre aus, das man lange danach den neuen, den modernen deutschen Kriminalroman nannte.»
Rudi Kost in «Schwarze Beute»

Eine Auswahl der thriller von Hansjörg Martin:
Wotan weint und weiß von nichts
(thriller 2386)
Bei Westwind hört man keinen Schuß
(thriller 2286)

Blut ist dunkler als rote Tinte
(thriller 2190)

Gefährliche Neugier. Kein Schnaps für Tamara. Einer fehlt beim Kurkonzert
(thriller 2972)

Gute Messer bleiben lange scharf *Kriminalstories*
(thriller 2635)

Mallorca sehen und dann sterben
(thriller 2270)

Der Rest ist Sterben
(thriller 2900)
Schwester Cosima ist eine allseits beliebte Person mit untadeligem Lebenswandel. Deswegen trifft es alle wie ein Schock, als man sie erdrosselt in ihrer Wohnung findet...

rororo thriller

Apollonia muß sterben
(thriller 3023)

Einer fehlt beim Kurkonzert
(thriller 2109)

Kein Schnaps für Tamara
(thriller 2086)

Rechts hinter dem Henker
(thriller 2167)

Das Zittern der Tenöre
(thriller 2618)

Süßer Tod
(thriller 2877)
Direktor Hebestreit ist entsetzt. In seiner Viehzuchtgenossenschaft findet man eine Leiche. Und gerade jetzt kann er schlechte Publicity nicht gebrauchen...

rororo thriller werden herausgegeben von Bernd Jost. Ein Gesamtverzeichnis der Reihe – und aller lieferbaren Titel von *Hansjörg Martin* – finden Sie in der *Rowohlt Revue*. Jedes Vierteljahr neu. Kostenlos in Ihrer Buchhandlung.

3015/2

Janwillem van de Wetering

«Seine Helden sind eigensinnig wie Maigret, verrückt wie die Marx Brothers und grenzenlos melancholisch: Der holländische Krimiautor Janwillem van de Wetering, der mitten in den einsamen Wäldern des US-Bundesstaats Maine lebt, schreibt mörderische Romane als philosophische Traktate.»
Die Zeit

Eine Auswahl der thriller von Janwillem van de Wetering:

Ketchup, Karate und die Folgen
(thriller 2601)
«... ein hochkarätiger Cocktail aus Spannung und Witz, aus einfühlsamen Charakterstudien und dreisten Persiflagen.»
Norddeutscher Rundfunk

Massaker in Maine
(thriller 2503)

Kuh fängt Hase *Stories*
(thriller 3017)

Outsider in Amsterdam
(thriller 2414)

Rattenfang
(thriller 2744)

Der Schmetterlingsjäger
(thriller 2646)

So etwas passiert doch nicht!
Stories
(thriller 2915)

Ticket nach Tokio
(thriller 2483)
«Dieses Taschenbuch macht süchtig: nach weiteren Krimis von Janwillem van de Wetering und nach Japan.»
Südwestfunk

rororo thriller

Straßenkrieger
(thriller 3184)

Tod eines Straßenhändlers
(thriller 2464)

Der Tote am Deich
(thriller 2451)

Drachen und tote Gesichter
Japanische Kriminalstories 1
(thriller 3036)

Totenkopf und Kimono
Japanische Kriminalstories 2
(thriller 3062)

Blut in der Morgenröte
Japanische Kriminalstories 3
(thriller 3075)

De Gier im Zwielicht
(thriller 3082)

Sonne, Sand und coole Killer
Erzählungen aus dem Reisetagebuch eines Schriftstellers
(thriller 3129)

Ein Gesamtverzeichnis aller lieferbaren Titel von **Janwillem van de Wetering** finden Sie in der *Rowohlt Revue*. Kostenlos in Ihrer Buchhandlung.